철의 시대

AGE OF IRON
by J. M. Coetzee

이 도서의 국립중앙도서관 출판예정도서목록(CIP)은 서지정보유통지원시스템 홈페이지(http://seoji.nl.go.kr)와
국가자료공동목록시스템(http://www.nl.go.kr/kolisnet)에서 이용하실 수 있습니다.
(CIP제어번호: CIP2019019627)

세계문학전집
181

J. M. Coetzee : Age of Iron

철의 시대

J. M. 쿳시 장편소설

왕은철 옮김

문학동네

일러두기

1. 번역 대본으로는 *Age of Iron*(J. M. Coetzee, Penguin Books, 1990)을 사용했다.
2. 주석은 모두 옮긴이주다.
3. 본문 중 고딕체는 원서에서 이탤릭체로 강조한 부분이다.

V. H. M. C. (1904~1985)

Z. C. (1912~1988)

N. G. C. (1966~1989)를

위하여

차례

1

차고 옆으로 골목길이 있지. 너도 기억할 게다. 네가 친구들과 함께 그곳에서 가끔씩 놀곤 했었지. 이제 그곳은 바람에 날려온 낙엽들만이 쌓여 썩어가는 황폐하고 쓸모도 없고 죽은 곳이 되었다.

그런데 어제 보니까, 종이박스와 비닐로 만든 거처가 그 골목길 끝에 만들어져 있더구나. 그 안에는 한 남자가 몸을 웅크리고 있었다. 거리에서 본 적 있는 남자였다. 키가 크고 마르고, 쭈글쭈글한 피부에 충치 먹은 긴 송곳니 하며, 헐렁한 회색 옷에 챙이 축 늘어진 모자를 쓴 모습이 틀림없이 그 남자였다. 그는 모자를 쓴 채 자고 있었다. 모자 챙이 그의 귀에 눌려 접혀 있었다. 그는 떠돌이였다. 밀 스트리트에 있는 주차장 주변을 어슬렁거리면서 쇼핑 온 사람들한테 동냥을 하고, 고가도로 밑에서 술을 마시고, 쓰레기통을 뒤져 먹을 것을 찾는 떠돌이들

중 하나였다. 비가 많이 오는 8월을 가장 힘들어하는 노숙자들 중 하나였다. 그는 입을 쩍 벌리고 꼭두각시처럼 다리를 쭉 뻗은 채 종이박스 안에서 자고 있었다. 그의 주변에서는 고약한 냄새가 났다. 지린내, 싸구려 포도주 냄새, 옷에서 나는 곰팡내, 그리고 다른 냄새도 섞여 있었다. 불결했다.

잠시, 나는 그를 빤히 내려다보며, 빤히 바라보면서 냄새를 맡으며 서 있었다. 손님. 하고많은 날 중에서 하필이면 이날, 나를 찾아온 손님.

이날은 내가 닥터 시프레트로부터 그 소식을 들은 날이었다. 좋은 소식이 아니었다. 그러나 그건 내 것이었다. 나를 위한, 전적으로 나만의 것이어서, 거부할 수 없는 것이었다. 그것은 내가 팔로 받아들어 가슴에 안고, 머리를 젓지도 눈물을 흘리지도 않고 집으로 가져가야 하는 것이었다. "선생님, 고마워요." 내가 말했다. "솔직하게 얘기해주셔서 고마워요." 그가 말했다. "최선을 다할게요. 함께 이겨내봐요." 그러나 나는 그가 이미, 동지 같은 겉모습 뒤에서, 발을 빼내고 있다는 걸 느낄 수 있었다. 소브 키 퓌.* 죽어가는 자가 아니라 살아 있는 자를 향한 그의 헌신.

차에서 내렸을 때에야 몸이 떨리기 시작했다. 차고 문을 닫았을 때쯤엔 온몸을 떨고 있었다. 진정하기 위해서 나는 이를 악물고 핸드백을 움켜쥐어야 했다. 내가 종이박스로 된 거처를 보고 그 남자를 본 건 바로 그때였다.

"여기서 뭘 하는 거죠?" 내 목소리에 짜증이 묻어 있었다. 그러나 나

---

* 프랑스어로 '도망쳐라'라는 뜻.

는 개의치 않았다. "여기 있으면 안 돼요, 나가요."

그는 누운 채 꼼짝도 하지 않고 눈을 들어, 내 겨울용 스타킹, 푸른색 코트, 늘어진 모양새가 늘 이상한 스커트, 어린애처럼 핑크색이 도는 늙은이의 두피에 듬성듬성 난 흰머리를 올려다보았다.

그런 다음 그는 다리를 오므리고 느긋하게 일어섰다. 그는 아무 말도 없이, 내게서 등을 돌리고 검정색 비닐을 툴툴 털더니 반으로 접고, 다시 반으로 접고, 또다시 반으로 접었다. 그리고 가방(거기에는 '캐나다 항공'이라고 쓰여 있었다)을 꺼내 그걸 집어넣고 지퍼를 닫았다. 나는 옆으로 비켜섰다. 그는 종이박스들과 빈병 하나와 오줌냄새를 뒤에 남기며, 나를 지나쳤다. 바지가 아래로 처지자, 그는 바지를 위로 추슬러올렸다. 나는 그가 완전히 떠났는지 확인하려고 기다렸다. 그가 다른 쪽에서 산울타리 속으로 비닐을 넣는 소리가 들렸다.

그러니까 한 시간 내에 두 가지 일이 생긴 셈이었다. 오랫동안 두려워하며 기다리던 소식, 그리고 이 정찰, 또다른 통보. 기민하게, 한 치의 오차도 없이 나타난, 썩은 고기를 먹는 새들 중 첫번째. 얼마나 오랫동안 나는 저들이 가까이 오지 못하도록 할 수 있을까? 결코 수가 줄어들지 않는 케이프타운의 부식동물들. 벗고 다녀도 추위를 타지 않고, 밖에서 잠을 자도 아프지 않고, 밥을 굶어도 쇠약해지지 않고, 술기운으로 속에서부터 따뜻해지고, 핏속에 든 전염병과 감염병도 술의 불길에 타버리는 사람들. 잔치가 끝난 후의 뒤처리꾼들. 마른 날개와 반들반들한 눈의 무자비한 파리들. 나의 상속인들.

울리던 소리가 모두 잦아들고, 바닥을 밟는 발바닥 소리도 단조롭고 밋밋하기만 한 이 텅 빈 집안으로, 나는 얼마나 더딘 걸음으로 들어왔는지 모른다! 그리고 네가 여기에 있어 나를 안아주고 위로해줬으면 하고 얼마나 바랐는지 모른다! 나는 껴안음의 진정한 의미를 이해하기 시작한다. 우리는 안기기 위해 껴안는다. 우리는 미래의 팔에 안기도록, 우리들 자신이 죽음을 넘은 곳으로 나아가도록, 우리의 자식들을 껴안는다. 내가 너를 껴안았을 때는 늘 그랬던 거다. 우리는 자식들에게 보살핌을 받기 위해 그들을 낳는다. 본연의 진실, 어머니의 진실. 바로 이게 네가 지금부터 끝까지 나한테서 듣게 될 이야기다. 그래, 나는 네가 얼마나 그리웠는지 모른다! 위층으로 올라가 네 침대 위에 앉아 손가락으로 네 머리를 만지작거리며, 학교 가는 날 아침마다 그랬던 것처럼 네 귀에 대고 "얘야, 일어날 시간이야!" 하고 속삭일 수 있기를 얼마나 바랐는지 모른다! 따뜻한 피가 흐르는 몸으로 젖내나는 숨결을 내뿜으며 네가 돌아누울 때, 우리가 '엄마 꼭 안아주기'라고 일컫던 방식으로, 나는 너를 덥석 껴안곤 했었다. 그 의미를 말로 표현한 적은 결코 없지만, 그 껴안음의 비밀스러운 의미는, 엄마는 죽지 않고 네 속에서 계속 살아 있을 것이니 슬퍼해서는 안 된다는 거였다.

산다는 것! 너는 나의 삶이다. 나는 삶 자체를 사랑하는 것만큼 너를 사랑한다. 아침이면 나는 집에서 나와 손가락에 침을 묻히고 들어올려 바람에 댄다. 차가운 바람이 네가 사는 북서쪽에서 불어오면, 나는 냄새를 맡으려고 오랫동안 서서 정신을 집중한다. 아직도 네 귓불 뒤와 목주름에서 나는 젖내가 수만 마일에 걸친 육지와 바다를 건너 내게 도달했으면 싶어서다.

오늘부터 내게 주어진 첫번째 과업. 나의 죽음을 공유하고 싶은 마음을 억제하는 것. 너를 사랑하고, 삶을 사랑하고, 살아 있는 사람을 용서하고 비통한 마음 없이 떠나는 것. 죽음을 나 자신의 것으로, 오로지 나만의 것으로 껴안는 것.

그렇다면 이 글은 누구한테 쓰는 걸까? 너한테 쓰는 것이지만 너한테 쓰는 게 아니기도 하다. 나한테 쓰는 것이다. 내 안에 있는 너에게 쓰는 것이다.

오후 내내, 나는 계속 바쁘게 움직이려 했다. 서류를 분류하고 버려가며 책상 서랍을 청소했다. 해질녘이 되었을 때, 나는 다시 밖으로 나왔다. 차고 뒤에는 전처럼, 위에 검정색 비닐이 말끔히 걸쳐진 거처가 있었다. 그 안에는 그 남자가 다리를 웅크리고 누워 있었다. 그 남자 옆에선 개 한 마리가 귀를 쫑긋 세운 채 꼬리를 흔들었다. 검정색 바탕에 흰 점들이 박힌, 새끼에 불과한 어린 콜리.

"불은 안 돼요." 내가 말했다. "알겠어요? 불은 안 된다고요. 엉망이 되는 건 싫어요."

그는 일어나 앉으며 드러난 발목을 문질렀다. 그리고 자신이 어디에 있는지 모르는 사람처럼 주위를 둘러봤다. 알코올중독자처럼 눈 주위가 부석부석하고, 쭈글쭈글하며 말처럼 길쭉한 얼굴. 건강하지 못한, 이상야릇한 녹색 눈동자.

"먹을 것 좀 줄까요?" 내가 말했다.

그는 나를 따라 부엌까지 왔다. 개가 그 뒤를 따라왔다. 그리고 그는 내가 샌드위치를 자르는 동안 기다렸다. 그는 한입 베어먹더니 씹는 걸 잊은 사람처럼 그걸 입에 가득 문 채, 문에 기대서 있었다. 빛이 그의 멍한 녹색 눈을 비추었다. 개가 나지막이 낑낑거렸다. "청소해야 돼요." 나는 참지 못하고 말했다. 그가 나가면 문을 닫으려고 했다. 그는 아무

소리도 없이 나갔다. 나는 그가 모퉁이를 돌기 전에 샌드위치를 던져버리고, 개가 그걸 향해 돌진하는 모습을 분명히 보았다.

네가 이곳에 살았을 때는 이러한 노숙자들이 많지 않았다. 지금 그들은 이곳 삶의 일부분이지만 말이다. 그들이 무서우냐고? 대체로 그렇진 않다. 약간의 구걸과 약간의 도둑질, 그리고 오물과 소음과 만취 상태, 그 이상으로 나쁘진 않다. 내가 두려워하는 건 어슬렁거리는 갱들이다. 감옥의 첫번째 그늘이 벌써부터 드리워지기 시작한, 상어처럼 난폭하고, 뚱한 입 모양을 한 남자아이들. 경이로움의 시기이며 영혼의 성장기인 유년 시절에 대해 코웃음을 치는 아이들. 경이로움을 감지하는 영혼의 발육이 정지되고 화석화된 아이들. 그들과 분리되어 다른 쪽에 사는, 영혼의 발육이 똑같이 정지된 백인 아이들. 점점 더 단단하게 실을 자아 움직임 없는 고치 속으로 자꾸만 파고들어가는 그애들. 수영 레슨, 승마 레슨, 발레 레슨, 잔디 위에서의 크리켓 경기, 불도그들이 지키는 담으로 둘러싸인 뜰 안의 삶, 푸티*처럼 부드럽고 천사처럼 환한 빛을 발하는 금발머리의 순진한 아이들, 천국의 아이들. 태어나지 않은 자들의 림보인 그들의 거처, 꿀에 흠뻑 젖어 부드러운 피부로 단물을 빨아들이는, 벌의 포동포동하고 하얀 유충 같은 그들의 순진함. 행복으로 가득차고 멍한, 그들의 졸고 있는 영혼.

왜 이 남자에게 음식을 주느냐고? 이 개(틀림없이 훔친 개다)가 졸라대면 먹이를 주는 것과 같은 이유에서다. 내가 너한테 젖을 먹인 것과 같은 이유에서다. 줄 정도로 충만하기 위해서다. 충만하니까 주는

---

* 아이들이 가지고 노는 고무찰흙이라는 의미의 영어 'putty'와 아기 천사라는 의미의 이탈리아어 'putti'의 언어유희.

거다. 그보다 더 깊은 충동이 어디 있겠니? 노인들도 그 쪼글쪼글한 몸에서 마지막 한 방울까지 짜내어 주려고 하는 법이다. 주고자 하는, 살지게 하고자 하는 완강한 의지. 죽음이 그의 첫 화살을 내 가슴에 겨냥했을 때, 그것은 과녁에 정확하게 꽂혔다.

오늘 아침, 그에게 커피를 가져다주었을 때 그가 하수구에 오줌을 누는 걸 보았다. 그는 창피한 기색도 없었다.

"일자리 필요해요?" 내가 말했다. "당신한테 줄 일거리는 많아요."

그는 아무 말 없이 두 손으로 잔을 잡고 커피를 마셨다.

"당신은 인생을 허비하고 있어요. 더이상 어린애가 아니잖아요. 어떻게 이런 식으로 살 수 있죠? 어떻게 하루종일 누워서 아무것도 하지 않을 수 있어요? 이해가 안 돼요."

그건 사실이다. 나는 이해하지 못한다. 내 안에 있는 무언가가 나로 하여금 나태함, 방종, 소멸을 받아들이는 데 거부감을 느끼게 만든다.

그는 충격적인 짓을 했다. 그는 똑바로 나를 쳐다보면서, 처음으로 나를 똑바로 쳐다보면서, 커피 때문에 갈색 줄무늬가 생긴 진하고 노란 침을 내 발 옆 콘크리트 위에 캭 뱉었다. 그런 다음 나한테 커피잔을 들이밀고 어슬렁거리며 가버렸다.

물자체物自體.* 충격을 받으며 나는 생각했다. 우리 사이에 놓인 물자체. 내게 뱉은 게 아니고 내 앞에 뱉은 침, 내가 그걸 볼 수 있고, 자세히 관찰할 수 있고, 생각할 수 있는 곳에 뱉은 침. 그의 말, 그 자신의 입에서 나온, 그의 입을 떠날 당시에는 따뜻했을 그 나름의 말. 언어 이전의

---

* 칸트가 말한 '물자체(Ding an sich)'를 환기하는 말로, 의식과는 독립적으로 존재하는 그 자체로서의 사물 또는 객관적 실재를 의미함.

언어에서 나온, 부정할 수 없는 말. 처음에는 바라보더니 다음에는 침을 뱉었다. 어떤 눈길이었느냐고? 한 남자가 자기 어머니뻘의 나이 많은 여자에게 보내는, 존경심 없는 눈길. 여기, 당신 커피 가져가.

그는 지난밤에는 골목에서 자지 않았다. 종이박스도 사라졌다. 그러나 찾아보니, 나뭇간에 '캐나다 항공' 가방이 있고, 목재와 장작단이 뒤엉킨 곳을 헤쳐서 자리도 만들어뒀더구나. 그는 돌아오려는 거다.

벌써 여섯 페이지를 썼다. 그것도 네가 만난 적도 만날 일도 없는 남자에 대해서만. 왜 그에 대해서 쓰는 거냐고? 왜냐하면 그는 나이면서 내가 아니기 때문이다. 그가 나를 바라보는 눈길에서, 나는 글로 표현할 수 있는 방식으로 나 자신의 모습을 보기 때문이다. 그게 아니라면 내가 쓰는 이 글이 높아졌다가 낮아지는 신음소리 같은 것밖에 더 되겠니? 나는 그에 대해 쓰면서 나 자신에 대해 쓴다. 나는 그의 개에 대해 쓰면서 나 자신에 대해 쓴다. 나는 그 거처에 대해 쓰면서 나 자신에 대해 쓴다. 남자, 집, 개, 무슨 단어든, 나는 그걸 통해 너를 향하여 손을 뻗는다. 다른 세계에서라면 말이 필요하지 않을 것이다. 나는 너의 집 현관에 나타나 "그냥 들렀다"라고 말할 것이다. 그 말이면 충분할 것이다. 나는 너를 껴안고 너에게 안길 것이다. 그러나 이 세계에서는, 그리고 이 시대에는, 나는 말을 통해 네게 닿아야 한다. 그래서 나는 날마다 스스로를 말로 바꿔 페이지에 사탕처럼 채워넣는다. 내 딸을 위한, 내 딸의 생일을 위한, 내 딸이 태어난 날을 위한 사탕처럼. 내 딸이 언젠가 때가 되면 포장을 벗겨, 입에 넣고 빨고 흡수할, 내 몸에서 나온 말들, 나한테서 나온 드롭스. 병에 쓰여 있듯, 옛날식 드롭스, 노인이 만든 드롭스, 사랑으로 만들어 포장한 드롭스. 우리가 우리 자신을 집어삼키거나 내버리라고 내어주는 사람들을 향해 느끼는 일 외에는 다른 대안이 없는 사랑.

오후 내내 비가 끊임없이 내렸지만, 나는 어두워지고 난 후에야 문이 삐걱거리는 소리를 들었다. 일 분쯤 지나, 개가 발로 베란다를 긁는 소리도 들렸다.

나는 텔레비전을 보고 있었다. 장관들과 차관들의 족속 가운데 하나가 대국민 성명을 발표하는 중이었다. 그들이 연설할 때 늘 그러듯이, 나는 서 있었다. 그건 자존심을 지키고자 하는 내 나름의 방식이다(사격부대가 앞에 있는데 누가 앉아 있겠니?). 온스 버이흐 니 푸어르 드레이허멘테 니. 우리는 어떠한 위협에도 굴복하지 않겠다고 그는 말하고 있었다. 그렇고 그런 연설 중 하나.

등뒤의 커튼은 열려 있었다. 나는 어느 순간, 그 남자가, 이름도 모르는 그 남자가 유리창으로 내 어깨 너머를 바라보고 있다는 걸 알았다. 그래서 나는 볼륨을 높였다. 말이 실제로 들리지 않는다면 적어도 말의 억양이라도, 땅에 기둥을 박는 망치처럼, 묵직하게 내리찍는 느릿느릿하고 공격적인 아프리칸스어의 리듬이라도 그에게 들릴 수 있도록 볼륨을 높였다. 우리는 쿵쿵 내려찍는 말을 같이 들었다. 그들 밑에서 살아가는 치욕적인 삶. 무릎을 꿇은 채 오줌발을 받는 것과 같은, 신문을 읽는 일과 텔레비전을 보는 일. 그들 밑에서, 그들의 피둥피둥한 배와 그들의 꽉 찬 방광 밑에서. "당신들이 끝날 날도 얼마 남지 않았어." 나는 옛날에 이렇게 속삭이곤 했다. 이제 그들이 나보다 더 오래 살 테지만 말이다.

내가 갑작스럽게 공격을 받은 건 가게에 가기 위해 밖으로 나가 차고 문을 열 때였다. 공격, 바로 그것이었다. 개처럼 달려들어 내 등을 이빨로 물어뜯는 듯한 고통. 나는 소리를 질렀다. 움직일 수가 없었다. 그때 그가, 이 남자가 어디선가 나타나 나를 부축해 집안으로 데리고 들어갔다.

나는 소파에 왼쪽 옆구리를 대고 누웠다. 그게 내가 취할 수 있는 유일하게 편한 자세였다. 그는 기다렸다. "앉아요." 내가 말하자, 그가 앉았다. 고통이 가라앉기 시작했다. "나는 암에 걸렸어요." 내가 말했다. "암세포가 뼛속까지 퍼졌대요. 그래서 아픈 거예요."

그가 내 말을 이해하는지는 알 수 없었다.

긴 침묵. 그런 다음, 그가 말했다. "큰 집이네요. 이 집에서 하숙을 쳐도 되겠어요."

나는 피곤하다는 몸짓을 했다.

"학생들에게 방을 세줄 수도 있겠어요." 그는 무자비하게 말을 계속했다.

나는 하품을 하다가, 틀니가 빠지는 게 느껴져 손으로 입을 가렸다. 옛날 같으면 얼굴을 붉혔을 것이다. 하지만 더는 그러지 않는다.

"집안일을 거들어주는 여자가 있는데, 월말까지는 자기 사람들을 방문하러 나가 있어요. 당신에게도 사람들이 있나요?"

사람들이 있느냐고? 이상한 표현이다. 나에게는 사람들이 있는가? 네가 나의 사람들일까? 그렇진 않은 것 같다. 어쩌면 플로렌스만이 사람들을 가질 자격이 있을 게다.

그는 아무 대답도 하지 않았다. 그에게는 아이가 없다는 분위기가 풍겼다. 아이들이 없을 뿐만 아니라 어린 시절도 없었을 것 같다. 뼈만 남은 얼굴과 쭈글쭈글한 피부. 늙어 보이지 않는 뱀의 머리를 상상할 수 없듯이, 그의 얼굴에서는 아이의 얼굴을 찾아볼 수 없다. 녹색 눈, 동물의 눈. 그런 눈을 가진 갓난아이를 상상할 수 있니?

"남편과 나는 오래전에 헤어졌어요. 그 사람은 지금, 죽고 없어요. 나한테는 미국에 사는 딸이 하나 있어요. 그애는 1976년에 떠난 후로 돌아오지 않았어요. 미국인과 결혼했지요. 둘 사이에는 아이가 둘 있고요."

딸. 내 몸에서 나온 몸. 너.

그는 담뱃갑을 꺼냈다. "집안에서는 담배 피우지 마세요, 부탁해요." 내가 말했다.

"장애가 있는 거예요?" 내가 말했다. "장애인 연금을 받는다고 했잖아요."

그는 오른손을 내밀었다. 엄지와 검지는 펴져 있는데 다른 손가락들은 안으로 굽어 있었다. "손가락을 못 움직여요." 그가 말했다.

우리는 그의 손을, 손톱에 때가 낀 굽은 손가락 세 개를 응시했다. 일 때문에 굳은살이 생겼다고는 할 수 없는 손이었다.

"사고로 그랬나요?"

그는 고개를 끄덕였다. 이도 저도 아닌 끄덕임.

"돈을 줄 테니 잔디를 깎아줘요." 내가 말했다.

그는 한 시간 동안, 울타리 전지용 가위로, 이곳저곳 무릎 높이까지 올라온 잔디를 건성으로 깎았다. 결국, 그는 잔디 몇 야드를 깎았다. 그리고 그만뒀다. “이건 나한테 맞는 일은 아니군요.” 나는 그에게 한 시간 동안 일한 삯을 줬다. 그가 떠날 때, 고양이 밥그릇이 그의 발에 차여 엎어져버렸다. 고양이 밥이 베란다에 이리저리 흩어졌다.

대체로 그는 쓸모보다는 문제가 더 많은 사람이다. 하지만 내가 그 사람을 택한 건 아니었다. 그가 나를 택했다. 아니, 어쩌면 그는 단순히, 개가 없는 집을 택한 걸 수도 있다. 고양이들의 집.

고양이들은 새로 들어온 식구들 때문에 동요하고 있다. 고양이들이 바깥으로 코를 내밀면, 개가 그들을 향해 장난스럽게 돌진한다. 고양이들은 언짢아하며 집안에서 살금살금 돌아다닌다. 오늘은 먹지도 않으려고 했다. 나는 먹이가 냉장고에 있던 거라 고양이들이 거들떠보지 않는 거라고 생각하고, 냄새나는 먹이(도대체 이건 뭘로 만들었을까? 물개 고기? 고래 고기?)에 뜨거운 물을 약간 부어 저어서 줬다. 하지만 고양이들은 여전히 꼬리 끝을 찰싹대며 접시 주변을 돌기만 할 뿐 거들떠보지도 않았다. 나는 고양이들을 향해 접시를 밀치며 “먹어!” 하고 소리쳤다. 그랬더니 그중 큰 놈이 접시가 자기 몸에 닿을까봐 깔끔을 떨며 앞발을 들어올렸다. 나는 그 모습을 보고 자제력을 잃었다. “그럼 뒈져버려라!” 나는 소리를 지르면서, 고양이들을 향해 난폭하게 포크를 던졌다. “너희들을 먹이는 게 지긋지긋하다!” 내 목소리에는 새로운 광기의 각이 서 있었고, 나는 그 목소리를 들으며 의기양양해했다. 사람들을 친절히 대하는 일에 신물이 난다. 고양이들을 친절히 대하는 일에도 신물이 난다! “뒈져버려라!” 나는 다시 고래고래 소리를 질렀다. 달아나는 그들의 발톱이 리놀륨 바닥을 할퀴었다.

알 게 뭐야? 이런 기분이 되면 나는 빵을 써는 도마 위에 한 손을 올려놓고 곧장 토막을 낼 수도 있다. 나를 배반한 몸인데, 알 게 뭐야? 나는 내 손을 바라본다. 그건 그저 도구, 갈고리, 다른 물건들을 움켜쥐기 위한 물건일 뿐이다. 두 다리는 둔하고 추한 기둥일 뿐이고. 내가 왜 이런 걸 끌고 온 사방을 다녀야 하지? 내가 왜 밤이면 밤마다 이걸 침대로 끌고 가서 시트로 덮어주고, 팔도 얼굴 가까이 시트 밑에 놓고, 혼란 속에서 잠도 못 자고 멀뚱멀뚱 누워 있어야 하지? 끔찍하게 꼬르륵거리는 소리를 내는 배도 마찬가지고, 발딱발딱 뛰는 심장도 마찬가지다. 왜? 그것들이 나와 무슨 상관이지?

우리는 죽기 전에 병에 걸린다. 우리가 우리의 몸에서 떨어지도록 말이다. 우리에게 영양을 공급해주던 젖도 점점 묽어지고 시어진다. 우리는 젖가슴으로부터 떨어져 돌아서며, 별개의 삶을 살기 위해 안달하기 시작한다. 그러나 이 첫번째 삶, 지구에서의, 지구의 몸에서의 삶보다 더 좋은 게 있을까, 있을 수 있을까? 이 모든 우울함과 절망과 분노에도 불구하고, 나는 그것에 대한 사랑을 놓지 않았다.

고통스러워, 닥터 시프레트가 처방한 알약 두 개를 먹고 소파에 누웠다. 몇 시간 후 깨어보니 머릿속이 혼미하고 몸에 한기가 들었다. 나는 더듬더듬 위층으로 올라가, 옷도 벗지 않은 채 침대로 들어갔다.

한밤중에 나는 방안에 어떤 존재가 있다는 걸 알았다. 그 사람일 터였다. 존재 혹은 냄새. 그건 거기에 있다가 사라졌다.

층계참이 삐걱거리는 소리가 났다. 이제는 서재로 들어가는구나, 하고 생각했다. 이제는 불을 켜는구나. 나는 책상 위에 있는 서류 중에, 사적인 게 있는지 생각해보려고 했다. 하지만 머릿속이 너무 혼란스러웠다. 이제는 그가 책장에 층층이 꽂힌 책들을 바라보겠구나, 나는 꽂힌 순서를 떠올려보려고 애쓰며 생각했다. 그리고 수북한 옛날 잡지들을 바라보겠구나. 이제는 벽에 걸린 그림들을 보겠구나. 아가멤논의 보물창고에서 나온 보석으로 치장한 소피 슐리만*의 사진, 대영박물관에 소장되어 있는, 로브를 입은 데메테르**상의 사진. 이제, 책상 서랍을 조용히 열겠구나. 편지, 계산서, 봉투에서 뜯어낸 우표, 사진으로 가득한 맨 위 서랍은 그의 흥미를 끌지 못할 게다. 그러나 맨 아래 서랍에는 페니, 드라크마, 상팀, 실링 등 동전들이 가득 담긴 담배 상자가 있다. 굽은 손가락이 달린 손이 그 안으로 쏙 들어가, 남아프리카 동전으로 보일 만큼 큰, 5페세타*** 동전을 두 개 꺼내 호주머니에 넣을 게다.

분명히 천사는 아니다. 오히려, 집안이 컴컴해지면 빵 부스러기를 찾아먹으려고 굽도리널 밑에서 기어나오는 벌레다.

나는 층계참 끝에서 그가 잠긴 문 두 개를 열려고 하는 소리를 들었다. 거기엔 쓰레기밖에 없어요, 나는 그에게 속삭여주고 싶었다. 쓰레기와 죽어버린 기억밖에 없어요. 그러나 머릿속의 안개가 다시 나를 덮쳤다.

침대에서 하루를 보냈다. 힘도 없고 식욕도 없다. 톨스토이를 읽었다. 내가 너무나도 잘 알고 있는 암에 관련된 유명한 이야기가 아니라, 제화공과 같이 사는 천사의 이야기다. 밀 스트리트 쪽으로 산책을 나가

---

* 트로이를 처음 발굴한 고고학자의 부인.

** 대지의 여신.

*** 페세타는 스페인의 옛 통화 단위.

면, 집으로 데려와 돌봐줄 나만의 천사를 찾아낼 가능성이 있을까? 전혀 없을 것 같다. 어쩌면 시골에 가면, 햇볕이 내리쬐는 가운데 이정표에 몸을 기대고 졸면서 우연히 벌어질 일을 기다리며 앉아 있는 천사가 하나 혹은 둘쯤 있을지도 모른다. 판자촌에도 어쩌면 있을 수 있겠지. 그러나 밀 스트리트나 교외에는 없을 것이다. 천사들에게서 버림받은 교외. 누더기를 걸친 낯선 사람이 문을 두드린다면, 그는 영락없이 부랑자나 알코올중독자, 혹은 길 잃은 이일 뿐이다. 그러나 우리는 우리의 조용한 집에, 이야기에 나오듯 천사들의 합창이 울려퍼지기를 마음속으로 얼마나 고대하는가!

이 집은 그날을 기다리는 데 지쳤다. 혼자서 버티는 데 지쳤다. 마루에는 탄력이 사라졌다. 전선을 감싼 절연재는 마르고 부서지려 하고, 배관에는 모래가 잔뜩 끼어 막혔다. 나사들이 녹슬거나 썩은 나무에서 헐렁하게 풀려버린 낙수 홈통은 아래로 축 늘어졌다. 지붕의 타일에는 이끼가 잔뜩 끼어 있다. 단단하게 지어졌지만 사랑이 없고, 차갑고, 이제는 활기마저 없고, 소멸할 준비가 되어 있는 집. 태양빛도, 심지어 아프리카의 태양빛조차도 따뜻하게 데우지 못했던 벽들. 마치 죄수들의 손으로 만들어진 벽돌이 완강한 무뚝뚝함을 발산하고 있는 듯.

지난여름, 인부들이 배수관을 다시 놓을 때, 나는 그들이 오래된 배관들을 파내는 걸 봤다. 그들은 땅을 이 미터쯤 파고 내려가 곰팡이가 낀 벽돌, 녹슨 쇠, 편자 한 짝까지 끄집어냈다. 그러나 뼈는 없었다. 인간의 과거가 없는 장소. 천사들처럼 영혼들도 관심을 갖지 않는 곳.

이 편지는 내 마음을 드러내기 위한 게 아니다. 이건 무엇인가를 드러내기 위한 것이기는 하지만 내 마음을 드러내기 위한 건 아니다.

오늘 아침, 차에 시동이 걸리지 않아 나는 그에게, 이 남자에게, 이 동거인에게 차를 밀어달라고 부탁해야 했다. 그는 진입로에서 차도까지 차를 밀어줬다. "지금이에요!" 그가 차 지붕을 탁 치며 소리쳤다. 시동이 걸렸다. 나는 도로로 접어들어 몇 야드쯤 가다가, 충동적으로 차를 세웠다. "나, 지금 피시 호크에 가야 하는데," 나는 연기가 자욱한 뒤쪽을 향해 소리쳤다. "같이 갈래요?"

그래서 우리는 네가 어렸을 때 타고 다녔던 녹색 힐맨을 타고 출발했다. 개는 뒷좌석에 태웠다. 오랫동안 우리 사이에는 아무 말도 오가지 않았다. 우리는 병원과 대학교와 비숍스코트를 지나쳤다. 개는 내 어깨 위로 몸을 굽히고, 얼굴에 와닿는 바람을 음미했다. 차는 와인버그 언덕을 힘겹게 올라갔다. 다른쪽의 길게 뻗은 내리막길에서 나는 엔진을 끄고 미끄러져내려갔다. 운전대가 덜덜 떨리고 개가 흥분해 낑낑거릴 때까지, 차는 점점 더 속도를 더했다. 나는 미소를 짓고 있었던 것 같다. 눈을 감고 있었는지도 모른다.

언덕 밑으로 내려가 속도가 늦춰지기 시작하자, 나는 그를 힐끗 쳐다봤다. 그는 편하고 태연한 자세로 앉아 있었다. 제법이네! 나는 생각했다.

"어렸을 때, 말하자면 브레이크 같은 게 없는 자전거를 타고 언덕길을 내려가곤 했어요. 오빠가 타던 자전거였는데, 오빠는 자꾸 나보고 그걸 타고 내려와보라고 부추겼어요. 나는 아무 겁도 없이 그렇게 했고요. 아이들은 죽는다는 게 뭔지 모르잖아요. 자기가 죽을 수도 있다는 생각을 결코 하지 않죠.

나는 이보다 더 가파른 길도 오빠 자전거를 타고 내려가곤 했어요. 빠르면 빠를수록 살아 있다는 느낌이 더 강렬해지더군요. 마치 내가 살갗을 뚫고 나갈 것처럼 생명감이 느껴졌어요. 나비가 태어나거나 알을 낳을 때 그런 느낌일 거예요.

이렇게 오래된 차로는 아직도 미끄러져내려갈 수 있어요. 요즘 차는 엔진을 끄면 핸들이 잠겨버려요. 그건 알 거예요. 하지만 사람들은 때때로 그걸 착각하거나 잊어버리고, 그러다가 차가 도로 위에 있도록 통제를 못하게 되죠. 때로는 옆쪽으로 이탈해서 바닷속으로 빠지기도 하죠."

바닷속으로 말이다. 유리 안에서 햇빛이 반짝이는 바다 위로 날아가는 동안, 잠긴 핸들을 붙들고 몸부림치면서 말이다. 그런 일이 실제로 일어날까? 많은 사람들이 그렇게 할까? 만약 내가 어느 토요일 오후, 채프먼스 피크에 서 있으면, 마지막 비행에 나선 각다귀들처럼 공중에 가득한 그들을, 남자들과 여자들을 보게 될까?

"해주고 싶은 얘기가 있어요." 내가 말했다. "어머니가 아직 어렸을 때, 그러니까 20세기 초에, 가족 모두가 크리스마스가 되면 해변으로 놀러가곤 했대요. 그때는 아직 소달구지를 타고 다니던 시절이었어요. 어머니의 가족은 이스턴케이프의 유니언데일에서부터 피상스강 입구에 있는 플레텐버그만까지 백 마일이 넘는 거리를 우마차를 타고 갔대요. 며칠이 걸렸는지는 모르겠어요. 그들은 길가에서 캠핑을 하면서 갔대요.

그들이 묵었던 곳들 중에는 고갯길 정상도 있었대요. 할아버지와 할머니는 마차에서 자고, 어머니와 다른 형제들은 마차 밑에서 잤대요.

여기서부터 이야기가 시작돼요. 어머니는 고요한 밤의 정적 속에서, 아늑하게 담요를 덮고 고갯길 정상에 누워 수레바큇살 사이로 별들을 바라봤대요. 그사이 형제자매들은 옆에서 새근새근 자고 있었고요. 어머니가 별들을 바라보는데, 별들이 움직이기 시작하는 것 같더래요. 별들이 움직이는 게 아니라면 마차가 움직이고 있었던 거죠. 천천히, 아주 천천히 말이에요. 어머니는 이렇게 생각했대요. 어떡하지? 마차가 굴러내려가기 시작하면 어떡하지? 큰일났다고 소리를 쳐야 할까? 만약 내가 아무 말 없이 있다가 부모님이 타고 있는 마차가 올라왔던 고갯길을 속도를 더해가면서 내려가버리면 어떡하지? 하지만 이 모든 게 내 상상이라면 어쩌지?

두려움으로 질식할 것 같고 가슴이 방망이질치는 가운데, 어머니는 별들을 바라보며, 별들이 움직이는 모습을 바라보며, 수레가 삐걱거리는 소리를 들으며, 첫번째 삐걱거리는 소리를 들으며, 어떡하지? 어떡하지? 하고 생각하며 누워 있었대요. 마침내 어머니는 잠이 들었고, 그날 밤엔 죽음에 관한 꿈만 꿨대요. 하지만 어머니는 아침에 다시 나타났대요. 빛과 평화 속으로 말이에요. 수레도 다시 나타났고, 부모님도 다시 나타났고, 전에 그랬듯이 모든 게 괜찮았대요."

이제는 그가 뭔가를, 언덕이나 차나 자전거, 자신이나 어린 시절에 관해 뭔가를 얘기할 차례였다. 그러나 그는 완강하게 침묵을 지켰다.

"어머니는 아무에게도 밤에 있었던 일을 얘기하지 않았대요." 나는 하던 얘기를 이어갔다. "어쩌면 어머니는 내가 태어나기를 기다리고 있었는지도 모르죠. 나는 어머니에게서 여러 차례, 다양한 식으로 그 얘기를 들었어요. 그 얘기에서, 어머니의 가족들은 언제나 피상스강으로 가는 길이었어요. 지명이 어찌나 멋지고 아름답게 느껴졌는지 몰라요! 나는 그곳이 세상에서 가장 아름다운 곳이리라 확신했어요. 어머니가 돌아가시고 몇 년 후, 나는 플레텐버그만에 가서 처음으로 피상스강을 구경했어요. 그런데 그건 강이 전혀 아니더군요. 갈대로 가득한 실개울이었어요. 저녁에는 모기가 들끓고, 이동주택용 주차장에서는 아이들이 고함을 지르고, 맨발에 반바지를 입은 뚱뚱한 남자들이 가스레인지에 소시지를 굽는 곳이었어요. 천국은 전혀 아니더라고요. 계곡을 건너고 산을 넘어 해마다 찾아갈 만한 곳은 아니었죠."

차는 보이스 드라이브를 힘겹게 올라갔다. 힘을 써보려 하지만 늙어서 힘을 못 쓰는 돈키호테의 말 로시난테처럼. 나는 핸들을 더 단단히 붙잡고 차를 몰아쳤다.

나는 폴스만의 해안선을 굽어다보는 뮈젠버그 위쪽에 차를 세우고 시동을 껐다. 개가 낑낑대기 시작했다. 우리는 개를 내보내주었다. 개는 연석에 대고 코를 킁킁거리고, 잡풀에 대고 코를 킁킁거리더니 오줌을 쌌다. 우리는 어색한 침묵 속에서 그 모습을 지켜보았다.

그가 말했다. "차를 잘못 세웠어요. 아래쪽을 향했어야죠."

나는 분한 마음을 숨겼다. 나는 늘 내가 능력 있는 사람으로 여겨지기를 바랐다. 이제, 더욱더 가시적으로 드러나기 시작하는 나의 무능력.

"케이프 출신이에요?" 내가 말했다.

"예."

"여기에서 평생 살았어요?"

그는 불안하게 몸을 뒤척였다. 질문 두 개. 너무 많은 것.

해안으로 몰려들고 있는, 완벽하게 반듯한, 수백 야드나 되는 파도. 그 앞을 미끄러지며 몸을 굽히고 서핑하는 사람의 모습. 만 건너에 있는 호텐토트홀랜드산맥은 맑고 푸른 모습이었다. 굶주림, 나는 생각했다. 내가 느끼는 건 눈의 굶주림이다. 눈을 깜빡이는 것마저도 아까운 굶주림. 이 바다, 이 산들을 시야에 깊이 아로새겨, 내가 어디를 가든, 그것들이 언제나 내 눈앞에 있도록 하고 싶다. 나는 이 세상에 대한 사랑으로 굶주려 있다.

참새떼가 우리 주변 덤불숲에 앉아 부리로 깃털을 다듬다가 다시 날아갔다. 서핑을 하던 사람이 해안에 도착하여 해변 위쪽으로 터벅터벅 걸어가기 시작했다. 갑자기 눈에 눈물이 어렸다. 눈을 깜빡이지 않아서 그런 거야, 나는 생각했다. 하지만 솔직히 말해서, 나는 울고 있었다. 운전대 위에 몸을 구부리고, 처음에는 조용하고 점잖게 흐느끼다가, 나중에는 오랫동안 아무 말 없이 큰 소리로 울며 허파를 비워내고 심장을 비워냈다. "미안해요." 나는 숨을 헐떡였다. 그리고 마음이 진정되자 이렇게 말했다. "미안해요, 내가 왜 이런지 모르겠어요."

굳이 사과하지 말았어야 했다. 그는 뭘 보았다는 내색을 전혀 하지 않았다.

나는 눈물을 닦고 코를 풀었다. "갈까요?" 내가 말했다.

그는 문을 열고, 길게 휘파람을 불었다. 개가 달려왔다. 말을 잘 듣는 개, 틀림없이 그가 잘사는 집에서 훔쳤을 개.

차는 정말로 잘못된 방향으로 주차돼 있었다.

"후진으로 출발시켜요." 그가 말했다.

난 핸드브레이크를 풀고, 언덕 아래로 차를 약간 후진시키다가 클러

치를 풀었다. 차가 부르르 떨더니 멈춰 섰다. "후진으로 시동을 걸어본 적이 없어요." 내가 말했다.

"옆쪽으로 방향을 틀어봐요." 그는 운전연습을 시켜주는 남편처럼 지시했다.

나는 차가 아래로 굴러가게 하다가 방향을 틀었다. 그때, 커다란 하얀색 메르세데스가 엄청나게 큰 소리로 경적을 울리더니 지나갔다. "차가 오는 걸 못 봤어요!" 나는 숨을 헐떡였다.

"가요!" 그가 소리를 질렀다.

나에게 소리를 지르는 이 낯선 사람을 나는 놀라서 쳐다보았다. "가요!" 그가 곧장 내 얼굴에 대고 다시 소리를 질렀다.

엔진에 시동이 걸렸다. 나는 경직된 침묵 속에서 차를 몰았다. 밀 스트리트의 모퉁이에서 그가 내려달라고 했다.

그에게서 풍기는 가장 지독한 냄새는 그의 신발과 발에서 난다. 그에겐 양말이 필요하다. 그에게는 새 신발이 필요하다. 그는 씻을 수 있어야 한다. 매일매일 씻을 수 있어야 한다. 그에게는 깨끗한 속옷이 필요하다. 그에게는 침대가 필요하다. 그에게는 거주할 집이 필요하다. 그에게는 하루 세끼 먹을 음식이 필요하다. 그에게는 은행예금이 필요하다. 너무 많아서 다 줄 수 없다. 솔직히 말하면, 제 어머니의 무릎에 기어들어 위로받기를 원하는 사람이 주기에는 너무 많다.

오후 늦게 그가 돌아왔다. 우리 사이에 있었던 일을 잊을 셈으로, 나는 그를 데리고 뜰 주변을 돌면서 해야 할 일들을 지적해주었다. "전지를 해볼래요?" 내가 말했다. "가지 치는 법 알아요?"

그는 머리를 저었다. 아니, 그는 가지 치는 법을 몰랐다. 혹은 알고 싫어하지 않았다.

아래쪽 구석에는, 너무 웃자란 빽빽한 덩굴식물들이 오래된 참나무 벤치와 토끼집을 덮고 있었다. "이걸 모두 없애야 해요." 내가 말했다.

그는 덩굴식물의 한쪽 가장자리를 들어올렸다. 토끼집 바닥에는 바싹 마른 뼈들이 어지럽게 널려 있었다. 그중에는 완벽한 상태인 새끼토끼의 골격도 있었다. 목뼈는 새끼가 마지막 순간에 뒤로 젖힌 듯, 아치형이었다.

"토끼예요." 내가 말했다. "이 토끼들은 가정부의 아들 거였어요. 나는 그애가 여기에서 토끼를 애완동물로 키우도록 해줬지요. 그런데 그애에게 뭔가 심각한 일이 생겼어요. 그애는 이 토끼들을 잊어버렸고, 결국 토끼들이 굶어죽게 된 거죠. 나는 병원에 있었기 때문에 그 사실을 몰랐어요. 아무도 주목하지 않는 사이 뜰 아래쪽에서 토끼들이 고통스럽게 죽었다는 걸 집에 돌아와 알고는 너무나 속이 상했어요. 말도 못하고 울지도 못하는 동물들이 말이죠."

벌레 먹은 구아버가 떨어져 나무 밑에 흐늘흐늘하게 깔려 악취가 나고 있었다. "나무에 열매가 열리지 않았으면 좋겠어요. 하지만 그러는 법이 결코 없죠."

뒤따라온 개가 습관적으로 토끼집의 냄새를 맡았다. 오래전에 죽은 토끼들, 모두 날아가버린 그들의 냄새.

"여하튼, 당신이 할 수 있는 만큼 정리를 해보세요. 이곳이 완전히 황폐해지지 않도록 말이에요."

"왜 그래야 해요?" 그가 말했다.

"나란 사람이 그렇기 때문이에요. 어수선하게 만들어놓고 떠나긴 싫어서요." 내가 말했다.

그는 어깨를 으쓱하며 혼자 미소를 지었다.

"돈을 받고 싶으면 일을 해야 해요. 당신에게 돈을 거저 줄 수는 없어요." 내가 말했다.

그는 남은 오후 동안, 덩굴식물과 풀을 베어 치우는 일을 했다. 그는 이따금 먼 곳을 쳐다보며, 내가 위층에서 자신을 계속 지켜보고 있다는 사실을 모르는 체했다. 나는 다섯시에 그에게 돈을 줬다. "당신이 정원사가 아니라는 건 알고 있어요." 나는 말했다. "나도 당신에게 맞지 않는 일을 시키고 싶진 않아요. 하지만 우리가 계속 자선에 의존해 살아갈 수는 없잖아요."

그는 지폐를 받아 접어서 호주머니에 넣고, 나를 쳐다보지 않아도 되도록 눈길을 한쪽으로 돌리며, 부드럽게 말했다. "왜 그렇죠?"

"당신은 그런 걸 받을 자격이 없는 사람이기 때문이에요."

그는 미소를 짓고 있었지만 겉으로 드러내지는 않으며 말했다. "자격이라…… 자격이 있는 사람은 누군데요?"

자격이 있는 사람은 누구냐고? 나는 순간적으로 화가 나서, 그에게 지갑을 쑥 내밀었다. "그렇다면 당신이 믿는 건 뭔데요? 가져가는 것인가요? 원하는 만큼 가져가고 싶어요? 자, 그럼, 가져가요!"

그는 침착하게 지갑을 받아, 거기에 든 30랜드와 동전 몇 개를 꺼내고, 내게 지갑을 돌려줬다. 그리고 가버렸다. 개가 촐랑거리며 그의 뒤를 따라갔다. 그는 삼십 분 후에 돌아왔다. 술병이 딸그락거리는 소리가 들렸다.

어딘가에서 그는 매트리스를 구해왔다. 사람들이 해변에 갈 때 가져가는 접이식 매트리스였다. 그는 먼지가 자욱한 지저분한 나뭇간의 작은 보금자리에 누워 머리맡에 촛불을 켜놓은 채 담배를 피우고 있었다. 개는 그의 발치에 자리를 잡고 있었다.

"돈 돌려줘요." 내가 말했다.

그는 호주머니에 손을 넣어 지폐 몇 장을 꺼내 내밀었다. 나는 그걸 받았다. 전부는 아니었지만 그건 중요하지 않았다.

"돈이 필요하면 얘기해요. 나는 인색한 사람은 아니에요. 촛불 조심하고요. 불이 나면 안 되니까."

나는 돌아서서 나왔다. 하지만 금세 다시 들어갔다.

"당신은 나한테," 나는 말했다. "이 집을 학생들을 받는 하숙집으로 바꾸라고 얘기했었죠. 그보다 더 좋은 일을 할 수도 있겠죠. 거지들을 위한 쉼터로 바꿀 수도 있을 거예요. 무료 급식소와 숙소도 운영할 수 있겠죠. 하지만 안 해요. 왜냐고요? 이 나라에서는 자선의 정신이 사라졌기 때문이에요. 자선을 받아들이는 사람들은 코웃음을 치고, 자선을 행하는 사람들은 절망스러운 마음으로 행하죠. 자선이라는 게 마음에서 마음으로 전해지지 않는데, 자선을 뭐하러 하죠? 당신은 자선이 어떤 거라고 생각해요? 공짜 수프? 돈요? 자선은 마음을 의미하는 라틴어 단어에서 유래했어요. 주는 것처럼 받는 것도 어려운 법이에요. 그만큼 많은 노력이 필요한 거라고요. 당신이 그걸 알게 됐으면 좋겠네요. 그냥 누워 있지만 말고 뭔가를 배우길 바라요."

거짓말이다. 자선, 즉 카리타스caritas는 마음과는 아무 상관도 없는 말이다. 하지만 내 일장 연설이 잘못된 어원에 기초하고 있다고 한들 무슨 상관이랴? 내가 얘기를 해도 그는 거의 듣지 않는다. 어쩌면, 새처럼 날카로운 눈매를 하고 있음에도, 그는 내가 알고 있는 정도 이상으로 술에 취해 정신이 없는지도 모른다. 혹은 그는, 궁극적으로, 관심이 없는 건지도 모른다. 관심. 자선의 진정한 근원. 나는 그가 관심을 가져주길 바라지만, 그는 그러지 않는다. 그는 관심을 기울이는 일을 넘어선 사람이기 때문에. 관심을 기울이는 일을 넘어섰고, 관심을 넘어선 사람.

이 나라에서 산다는 건 가라앉는 배에 타고 있는 것과 흡사하기 때문에, 우울한 주정뱅이 선장과 퉁명스러운 선원 한 사람이 근무하고, 구명보트에서는 물이 새는 낡은 정기선에 타고 있는 것과 흡사하기 때문에, 나는 단파라디오를 침대맡에 놔둔다. 대부분은 이야기하는 소리만 들린다. 그러나 밤늦게까지 계속 듣다보면, 말을 줄이고 음악을 틀어주는 방송국도 더러 있다. 나는 지난밤, 라디오 소리가 점점 커졌다가 차츰 희미해지기를 반복하는 가운데 모든 나라의 국가國歌를 들었다. 어디서 송출되었는지, 헬싱키에서 송출되었는지 쿡제도에서 송출되었는지 모르지만 말이다. 천상의 음악을, 수년 전에 우리 곁을 떠났다가 이제 별들로부터 돌아오는, 형태가 바뀐 부드러운 음악을 들었다. 그건 발산되었던 모든 것이 결국 돌아오게 된다는 증거였다. 우리를 감싼, 달걀처럼 곡선 모양인 닫힌 우주.

나는 어둠 속에 누워 별들의 음악과, 유성의 먼지처럼 그것에 딸려오는 딱딱거리는 소리와 윙윙거리는 소리를 미소 지으며 듣고 있었다. 내 가슴은 멀리서 들려온 좋은 소식에 대한 고마움으로 가득찼다. 그들이 차단할 수 없는 유일한 국경이구나, 나는 생각했다. 남아프리카공화국과 하늘의 제국 사이에 있는, 위쪽의 국경. 내가 여행하기로 되어 있는 그곳, 여권이 전혀 필요 없는 그곳 말이다.

나는 오늘 오후 여전히 음악의 마력에 빠진 상태로(내 생각에 슈토크하우젠의 곡이었던 것 같다), 피아노 앞에 앉아 옛날 곡들을 연주했다. 너덜너덜 해어지고 얼룩덜룩하고 먼지처럼 메마른 노벨로 악보집과 오게너 악보집에 있는 평균율 클라비어 서곡들, 쇼팽의 서곡들, 브람스의 왈츠들을 연주했다. 나는 반세기 전에 그랬듯이 똑같은 화음들을 잘못 읽고 운지법 실수를 되풀이하며 피아노를 쳤다. 이제는 뼛속까지 스며들어 결코 고칠 수 없는 운지법 실수. (내가 기억하기로 고고학자들이 특히 중요하게 생각하는 뼈들은 병이 들어 혹이 생기거나 화살촉에 맞아 쪼개진 것들이다. 선사시대 역사의 흔적이 배어 있는 뼈들.)

나는 브람스의 달콤한 음악에 싫증나 눈을 감고 화음들을 치면서, 이거야말로 내 것이라고 단박에 알아볼 수 있는 화음을, 옛날에 우리가 잃어버린 화음, 가슴의 화음이라고 부르던 걸, 손가락으로 찾고 있었다. (네 시대 이전의 시대에 대해서 말하는 거다. 어느 더운 토요일 오후, 길을 걸어가면 앞쪽 응접실에서 그 집의 젊은 딸이 열쇠꾸러미에서 자기가 원하는 것을 더듬더듬 찾는 소리가 희미하지만 끈덕지게 들리던, 표현하기 어려운 소리의 울림이 들리던 그 시절 말이다. 매력과 슬픔과 신비의 나날들이기도 했지! 순수의 나날들!)

"예루살렘!" 나는 할머니의 무릎에서 마지막으로 들었던 화음들을 연주하며 부드럽게 노래했다. "예루살렘이 이곳에 세워졌는가?"

그리고 마침내 바흐의 음악으로 되돌아가, 작품집 1권에 나오는 첫 번째 푸가를 여러 번 되풀이하여 서투르게 연주했다. 소리는 탁했고,

악보도 흐릿했다. 그러나 이따금, 몇 마디에서는 진짜가, 진짜 음악이, 죽지 않는 음악이, 자신만만하고 고요하게 나타났다.

나는 나 자신을 위하여 피아노를 치고 있었다. 그런데 어느 순간에, 판자가 삐걱거리는 소리가 나거나 그림자가 커튼을 가로지르는 게 보였다. 그 사람이 밖에서 듣고 있다는 걸 알 수 있었다.

그래서 나는 그를 위하여, 내가 할 수 있는 한 최선을 다해 바흐를 연주했다. 마지막 마디의 연주가 끝났을 때, 나는 악보를 덮고, 무릎에 손을 얹고 악보 표지에 있는 타원형 초상화의 두툼한 턱살, 매끈한 미소, 부은 눈을 바라보며 앉아 있었다. 순수한 영혼, 나는 생각했다. 그런데 영혼이 담겨 있지 않을 성싶은 초상화! 그 영혼은 이제, 어디에 있을까? 공기 중으로 사라져가는 내 서투른 연주의 울림 속에? 음악이 아직도 춤추는 내 가슴속에? 늘어진 바지를 입고 창문에서 엿듣고 있는 저 남자의 가슴속에도 있을까? 우리의 두 가슴이, 우리가 가진 사랑의 기관들이, 이 짧은 순간, 소리의 화음으로 서로 연결되었을까?

전화벨이 울렸다. 길 건너편 아파트에 사는 여자가 내 집에 거지가 얼씬거린다고 경고해주는 전화였다. 내가 말했다. "그 사람은 거지가 아니에요. 일을 해주는 사람이에요."

이제는 전화를 받지 않을 것이다. 너와 사진 속에 있는 뚱뚱한 남자, 천국에 있는 뚱뚱한 남자를 제외하면 얘기하고 싶은 사람도 없다. 그리고 두 사람 모두 전화를 할 성싶지가 않으니까.

천국. 나는 천국을 천장이 높고, 푸가 음악이 안내방송망을 통해 부드럽게 흘러나오는 호텔 로비 같은 곳으로 상상해본다. 깊숙한 가죽 팔걸이의자에 앉아 고통 없이 있을 수 있는 곳. 영혼들이, 모든 사람들의 영혼들이 환영처럼 그들 앞을 오가는 동안, 졸면서 음악을 듣는 노인들로 가득차 있는 호텔 로비. 영혼들로 가득한 곳. 옷은 입었을까? 그래, 옷은 입고 있겠지. 그러나 손은 빈손이겠지. 추상적인 종류의 옷과 마음속의 기억 외에는, 자기를 자기이게 하는 기억 외에는 아무것도 가지고 들어가지 않는 장소. 사건이 없는 장소. 기차들이 없어진 후의 철도역. 끊임없이 이어지는 천국의 음악을 듣고, 아무것도 기다리지 않으며, 기억의 창고를 한가롭게 훑어보는 곳.

굶주려서 짜증을 부리며, 밀폐된 컴컴한 집과 정원에서 어슬렁거리는 고양이들에 대해 안달하지 않고, 음악을 들으며 저 팔걸이의자에 앉아 있는 게 가능할까? 가능해야 한다. 그래야 천국이 아니겠니? 이런 말을 해서 미안하다만, 자손 없이 죽는다는 건 너무 자연스럽지 못하다. 마음의 평화를 위해, 영혼의 평화를 위해, 우리는 우리 다음에 누가 올지, 우리가 한때 편안하게 살았던 방들에 누가 살게 될지 알 필요가 있다.

자동차를 타고 카루*와 서부 해변도로를 지나다가 본 적 있는 버려진 농가들이 떠오른다. 그 집 주인들은 앞면을 널빤지로 막고, 문은 잠가놓은 채 여러 해 전 도시로 이주하고 없는 상태였다. 이제 그곳에는 빨랫줄에 널린 빨래가 바람에 펄럭이고, 굴뚝에서 연기가 피어오르고, 아이들이 지나가는 차들을 향해 손을 흔들며 뒷문 밖에서 놀고 있다. 자손들이 조용히 자신들의 존재를 드러내며 되찾아가는 땅. 강제로 빼앗기고 이용당하고 약탈당하고 훼손되고, 나중에는 황폐해져 버려진 땅. 어쩌면 처음에는 약탈자들에게서도 사랑받았던, 그러나 꽃다운 젊

* 남아프리카공화국의 반(半)사막 고원지대.

은 시절에만 사랑받았던, 그래서 역사의 판결에 따르면, 충분히 사랑받지 못했던 땅.

그들은 나중에 사람들이 뭔가를 가져가지 않는다는 걸 확인하기 위해, 손가락을 펴보게 한다. 조약돌 하나. 깃털 하나. 손톱 밑에 있는 겨자씨 하나까지.

그건 머리가 빙빙 돌 때까지, 빼고 또 빼고, 나누고 또 나누면서 미로처럼 복잡한 셈을 몇 페이지나 하는 일과 같다. 나는 매일매일 거듭하여 다시 시도해본다. 이 경우에는, 내 경우에는, 뭔가 착오가 있을지도 모른다는 희미한 희망의 불빛이 가슴속에서 깜빡거린다. 그리고 매일매일, 나는 텅 빈, 똑같은 벽 앞에, 죽음과 망각 앞에 멈춘다. 닥터 시프레트는 진료실에서 말했다. "우리는 현실을 직시해야 돼요." 우리가 벽을 직시해야 한다는 뜻이다. 그 말고, 내가 말이다.

몸이 굴러떨어지게 될 참호의 가장자리에 서 있는 죄수들을 생각해본다. 그들은 사격수들에게 애원해보기도 하고, 울기도 하고, 농담을 해보기도 하고, 뇌물을 써보기도 하고, 그들이 갖고 있는 모든 걸 다 줘보기도 한다. 손가락에서 반지를 빼서 주기도 하고, 등에 걸친 옷을 벗어주기도 한다. 군인들은 웃는다. 결국에는 그들이 모든 걸 다 갖게 될 터이기 때문이다. 죄수들의 입속에 있는 금니까지도 말이다.

내가 방심한 사이에, 유리창을 통해 텅 빈 침대 위로 햇살이 쏟아져 들어오는 텅 빈 집과, 푸른 하늘 아래 순박하고 인적 없는 폴스만의 모습이 느닷없이 덮치듯 떠오를 때. 내가 인생을 보냈던 세계가 또렷이 나타나고, 나는 더이상 그것의 일부가 아니라고 문득 느껴질 때. 그럴 때 나를 강타하는 고통의 충격 외에 진실이란 없다. 내게 있어 하루하루 산다는 건 내 눈을 피하고, 움츠리는 일이 되어버렸다. 남아 있는 유일한 진실은 죽음이다. 나는 죽음을 생각하는 걸 참을 수 없다. 내가 다른 것에 대해 생각할 때마다, 나는 죽음을 생각하지 않고, 진실을 생각하지 않는다.

잠을 청해본다. 마음을 비워본다. 고요가 엄습하기 시작한다. 나는 굴러떨어지고 있다, 나는 생각한다. 나는 굴러떨어지고 있다. 달콤한 잠이여, 어서 오라. 그러나 망각 속으로 들어가려고 하는 순간, 무언가가, 두려움이라는 말로밖에 표현할 수 없는 무언가가, 어렴풋이 나타나며 나를 끌어낸다. 나는 몸을 흔들어 그것으로부터 풀려난다. 잠에서 깨니, 나는 침대에 누워 있고, 모든 게 괜찮다. 파리가 내 뺨에 앉아 있다. 그것은 발을 들어 몸을 씻는다. 그리고 탐색하기 시작한다. 그것은 내 눈 위를, 뜨고 있는 내 눈 위를 걸어다닌다. 나는 눈을 깜빡이고 싶다. 손을 흔들어 쫓아버리고 싶다. 그러나 그럴 수가 없다. 나는 내 것이기도 하고 내 것이 아니기도 한 눈으로 그걸 응시한다. 표현이 맞는지는 모르겠지만, 그것은 자기 몸을 핥고 있다. 그것의 튀어나온 기관器官에는 내가 얼굴이라고 생각할 수 있는 건 아무것도 없다. 그러나 그것은 내 위에 있다. 그것은 여기에 있다. 그것이, 다른 세계에서 온 존재가, 내 몸 위에서 거들먹거리며 활보하고 있다.

혹은, 오후 두시다. 나는 고통이 가장 심한 엉덩이를 편하게 하려고 소파나 침대에 눕는다. 에스더 윌리엄스*의 모습이, 꽃무늬 수영복을 입고 배영 자세로 수월하게 대형을 이루어 잔물결이 이는 하늘색 수면

---

* 미국 수영선수이자 영화배우(1921~2013).

을 가르면서 웃고 노래하는 포동포동한 소녀들의 모습이 눈앞에 떠오른다. 보이지 않는 곳에서 치는 기타 소리가 들린다. 소녀들의 입이, 강렬한 진홍색 립스틱을 바른 윗입술이 움직여 말을 만들어낸다. 그들은 무슨 노래를 하고 있는 걸까? 석양…… 작별…… 타히티. 옛 사보이극장이 애타게 그리워진다. 지금은 내 책상 서랍에 남은 마지막 파딩 몇 개를 제외하면 다 녹여버려서 영원히 사라진 통화로, 가격이 1파운드 4펜스였던 영화표도 그립다. 파딩 동전의 한쪽 면에는 좋은 왕이자 말더듬이였던 조지 6세의 모습이, 다른 면에는 나이팅게일 한 쌍이 그려져 있었다. 나이팅게일. 나는 나이팅게일이 지저귀는 소리를 들어본 적 없고, 그럴 기회도 결코 없을 것이다. 나는 그 갈망을 받아들이고, 회한을 받아들이고, 왕과 수영하는 소녀들을 받아들이고, 머릿속에 떠오르는 건 무엇이든지 받아들인다.

혹은, 나는 일어나서 텔레비전을 켠다. 한 채널은 축구. 다른 채널은 성경 위에 손을 올려놓고 내가 이름조차 알지 못하는 언어로 내게 설교하는 흑인 남자. 이게 세상이 쏟아져들어오도록 내가 열어놓은 문이다. 이것이 나에게 다가오는 세상이다. 마치 기다란 파이프를 들여다보는 듯하다.

삼 년 전 강도를 당한 일이 있다(내가 그 얘기를 편지에 썼으니, 너도 기억할 게다). 강도들은 가져갈 수 있는 이상은 가져가지 않았다. 그러나 그들은 서랍을 모두 엎어놓고, 매트리스에는 칼집을 내놓고, 도자기는 산산조각내고, 병들은 깨버리고, 식료품실에 있는 음식은 바닥에 모조리 쏟아놓고 가버렸다.

"그 사람들은 어째서 이런 행동을 하는 거죠?" 나는 어리둥절하여 형사에게 물었다. "이렇게 해서 자기들에게 좋을 게 뭐가 있죠?"

"그들은 늘 그런 식입니다." 형사는 대답했다. "짐승들이죠."

그후 나는 모든 창문에 방범용 창살을 설치했다. 살찐 인도인이 와서 그 일을 해줬다. 그는 창살을 창틀에 대고 나사로 조인 다음, 나사의 머리마다 접착제를 발랐다. "이렇게 해두면 그자들이 나사를 뺄 수 없죠." 그는 설명해줬다. 그는 떠나면서 "이제 당신은 안전합니다"라고 말한 후 내 손을 토닥였다.

"이제 당신은 안전합니다." 밤에 동물원 사육사가 날개 없는 무기력한 새를 안에 넣고 문을 잠그면서 함직한 말. 도도새 한 마리. 알을 낳을 수 있는 시기가 지난 늙은 도도새들 중 마지막 한 마리. "이제 당신은 안전합니다." 굶주린 육식동물들이 밖에서 어슬렁거리는 가운데, 안에 갇혀, 한쪽 눈을 뜬 채 자고, 초췌한 모습으로 새벽을 반기며, 둥지에서 떨고 있는 도도새. 그러나 안전한, 기둥도 끄떡없고 철망도 끄떡없는 새장 안에 있기에 안전한 도도새. 극단적인 상황이 되면 도움을 요청할 수 있는 전화선도 있고, 세상의 빛이 타고 들어오는 텔레비전선도 있고, 별들로부터 음악을 수신하는 안테나도 있고.

텔레비전. 나는 그걸 왜 보는 걸까? 매일 저녁 정치인들이 줄줄이 나오는 텔레비전을 말이다. 어렸을 때부터 봐와서 너무도 친숙한 그들의 무겁고 표정 없는 얼굴을 보기만 해도, 나는 우울해지고 메스꺼워진다. 학교 다닐 때 맨 뒷줄에 앉아 약한 애들을 괴롭히던 불량아들, 뼈만 앙상하고 땅딸막하던 남자아이들, 이제는 어른이 되어 높은 자리에서 나라를 다스리는 사람들. 그들과 그들의 아버지와 어머니, 숙부와 숙모, 형제자매들은 메뚜기떼다. 이 나라에 우글거리는, 끊임없이 생명을 으드득으드득 씹어대면서 삼키는 검은 메뚜기떼. 오싹함과 혐오감 속에서도, 내가 그들을 바라보는 건 왜일까? 나는 왜, 그들이 이 집안으로 들어오도록 하는 걸까? 메뚜기 가족의 지배를 받는 게 남아프리카의 진실이라서일까, 그리고 그 사실에 내가 혐오감을 느껴서일까? 그들은 더이상 정통성을 주장하는 수고를 들이지 않는다. 그들은 이성을 하찮게 취급해왔다. 그들의 관심을 끄는 건 권력과 권력이 주는 무감각이다. 먹고 얘기하고, 생명을 으드득으드득 씹어먹고, 트림을 하고. 배불뚝이들의 입에서 나오는 느릿느릿한 말. 빙 둘러앉아 엄숙하게 토론을 하고, 망치를 죽음, 죽음, 죽음, 하고 내리치듯 법령을 공표하고. 악취에 아랑곳하지 않고. 수세대에 걸친 농부들의 수완을 갖춰 민첩해진 무거운 눈꺼풀, 탐욕스러운 눈들. 서로에 대해 음모를 꾸미기도 하고. 무르익는 데 수십 년이 걸리는 농부들의 음모. 새로운 아프리카인들, 사무실 의자에 앉아 있는, 배가 불룩 나오고 턱살이 두툼한 남자들. 흰 피부의 케츠와요Cetshwayo와 딘가네Dingane*. 아래로 내리누르는, 몸무게로 누르는 그들의 힘. 자기 부인들과 아이들을 내리눌러 그들에게서 불꽃을 쥐어짜내는 거대한 황소 불알들. 그들 자신의 심장에는 전혀 남아 있지 않은 불꽃. 선지 소시지처럼 무거운, 굼뜬 심장들.

그리고 멍청하게도 변함이 없는, 멍청하게도 늘 똑같은 메시지. 몇 년에 걸쳐 어원語源을 가지고 갖은 궁리를 다하다가, 결국 우둔함을 미덕으로 끌어올린 그들의 재주. 감정을 박탈하다, 무감각하게 만들다, 둔하게 하다, 놀라 자빠지게 하다라는 뜻의 스튜피파이stupefy. 무감각,

* 줄루왕국 왕들의 이름.

둔감, 정신의 무감각 상태를 의미하는 스튜퍼stupor. 감각이 무디고, 무관심하고, 생각이나 감정이 결핍된 상태를 의미하는 스튜피드stupid. 스투페레stupere에서 나온 스턴드stunned와 어스타운디드astounded. 스튜피드에서 스턴드를 거쳐 어스토니시트astonished를 거쳐 돌이 되어버리는 변화. 그 메시지는, 메시지가 결코 변하지 않는다는 것. 사람들을 돌로 만드는 메시지.

새들이 뱀들을 쳐다보듯, 우리는 우리를 집어삼키려고 하는 것에 매혹된 채 쳐다본다. 매혹. 우리가 우리의 죽음을 향해 보내는 찬사. 우리가 여덟시와 아홉시 사이에 모이면, 그들은 우리에게 자기들의 모습을 보여준다. 스페인내란중에 두건을 쓴 주교들의 행렬처럼, 의식儀式적인 표현. 우리에게 우리의 죽음을 보여주는 타나토파니*. 비바 라 무에르테!** 그들의 고함소리, 그들의 위협. 젊은이들에게 죽음을. 삶에 죽음을. 자기 새끼들을 잡아먹는 수퇘지들. 수퇘지 전쟁.***

나는 스스로에게 얘기한다. 내가 거짓말이 아니라, 거짓말 뒤의 진실이 있어야 하는 공간을 바라보고 있다고. 그러나 정말 그럴까?

나는 졸다가(나는 아직도 어제 있었던 일에 대해서 쓰고 있다) 읽다가 또 졸았다. 차를 끓이고, 레코드판을 올렸다. 골드베르크 변주곡의 마디마디가 공중에 울려퍼졌다. 창문으로 갔다. 날이 거의 어두워졌다. 그 남자가 차고 벽에 기댄 채로 쪼그리고 앉아 담배를 피우고 있었다.

---

* thanatophany. 커런 부인의 조어로 '죽음의 현현'이라는 뜻.

** 스페인어로 '죽음이여, 만세!'라는 뜻.

*** 여기에서 수퇘지 전쟁(Boar War)이란 영국과 남아공의 네덜란드계 백인인 보어인들 사이에 벌어진 보어전쟁(Boer War)을 조롱하는 말이다.

담뱃불 끝이 반짝였다. 어쩌면 그가 나를 보았을 수도, 못 봤을 수도 있었다. 우리는 같이 음악을 들었다.

나는 이 순간, 마치 그와 내가 사랑을 나누는 듯 확실하게, 그가 어떤 기분일지 알 것 같다고 생각했다.

그런 생각이 불쑥 들었음에도 불구하고, 그런 생각이 혐오스러웠음에도 불구하고, 나는 움츠리지 않고 그 생각을 짚어보았다. 가슴과 가슴을 맞대고, 눈을 감고, 오래된 길을 같이 내려가는 그와 나. 어울리지 않는 동반자들! 시칠리아의 버스에서 낯모르는 사람과 얼굴과 얼굴을 맞대고, 몸과 몸을 맞대고 여행을 하는 듯하다. 어쩌면 죽음 이후의 삶은 그런 것일지 모른다. 팔걸이의자와 음악이 있는 로비가 아니라, 어디에서 어디로 가는지 알 수 없는 크고 혼잡한 버스. 서 있을 공간밖에 없어 낯선 사람들한테 밀쳐지며 영원히 서 있어야 하는 버스. 한숨을 쉬는 소리, 미안해요, 미안해요, 하고 중얼거리는 소리로 가득한 후덥지근하고 퀴퀴한 공기. 무차별적인 접촉. 영원히 다른 사람들의 눈길을 받는. 사생활의 끝.

그는 안마당 건너에 쪼그리고 앉아 담배를 피우며 듣고 있었다. 함께 얽혀 황홀해진 두 영혼, 그와 나의 영혼. 서로에게서 얼굴을 돌린 채 꼬리와 꼬리를 맞대고 교미하는 벌레들처럼, 단지 숨을 쉬는 것으로 보일 수도 있는 가슴의 고동을 제외하면 아무런 움직임 없이. 고요 그리고 황홀경.

그는 담배를 휙 던져버렸다. 그것이 땅에 닿는 순간 튀는 불꽃, 그리고 어둠.

이 집, 나는 생각했다. 이 세계. 이 집, 이 음악. 이것.

"이게 내 딸이에요." 내가 말했다. "저번에 당신에게 얘기했던, 미국에 사는 내 딸이요." 그리고 그의 눈에 비친, 사진 속의 너를 생각해봤다. 푸른 초원을 배경으로 바람에 날리는 머리에 손을 올린 채, 상냥하게 생긴 얼굴에 미소를 짓고 있는 삼십대 여자. 자신만만한 모습. 그게 지금 너의 모습이다. 자기 자리를 찾은 여자의 표정.

"얘들은 그들의 아이들이고요."

모자를 쓰고 코트를 입고 장화를 신고 장갑을 낀 채, 눈사람 옆에 차려 자세로 서서 카메라 셔터가 찰칵 눌리기를 기다리는 두 남자아이.

이야기의 중단. 우리는 부엌 식탁에 앉아 있었다. 나는 그의 앞에 찻잔을 놓고 마리 비스킷을 갖다줬다. 늙은이들을 위한, 이 없는 사람들을 위한 마리 비스킷.

"내가 죽으면 당신이 해줬으면 싶은 일이 있어요. 나는 내 딸에게 서류를 좀 보내고 싶어요. 내가 죽은 다음에 말이에요. 그게 중요한 부분이에요. 그래서 내가 직접 보낼 수 없는 거예요. 다른 건 내가 다 해놓을게요. 포장해서 거기에 맞는 우표도 붙여놓을게요. 당신은 그저 꾸러미를 우체국에 갖다주기만 하면 돼요. 나를 위해 그 일을 해줄래요?"

그는 불안하게 몸을 움직였다.

"내가 직접 할 수만 있다면 이런 부탁은 하지 않을 거예요. 하지만 다른 방법이 없군요. 나는 여기에 없을 테니까요."

"다른 사람한테 부탁할 수는 없나요?" 그가 말했다.

"네, 할 수 있죠. 그러나 나는 당신에게 부탁하는 거예요. 내가 부치려고 하는 건 개인적인 서류들과 개인적인 편지들이에요. 그건 내 딸에게 남기는 유산이에요. 그건 이 나라에서, 내가 딸에게 줄 수 있는 전부이고, 딸이 받을 전부예요. 나는 다른 사람이 그걸 뜯어 읽는 걸 원치 않아요."

개인적인 서류들. 이 서류들, 네가 지금 읽고 있든지, 아니면 결코 읽지 않을 이 서류들, 이 말들. 이것들이 네게 닿을까? 이것들이 네게 닿은 거니? 내가 답을 결코, 결코 알 수 없을, 결국 똑같은 의미의 두 질문. 나에게 이 편지는 영원히, 파도에 맡겨진 말들일 것이다. 남아프리카공화국 우표를 붙이고 네 이름을 쓴 병에 담은 메시지.

"모르겠어요." 그 남자가, 심부름꾼이, 스푼을 만지작거리며 말했다.

그는 아무 약속도 하지 않을 것이다. 그리고 약속을 한다 해도, 결국에는 자기 하고 싶은 대로 할 것이다. 결코 강요할 수 없는, 마지막 지침들. 죽은 자들은 인간이 아니기 때문이다. 그게 법칙이다. 모든 계약은 소멸된다. 가슴속에 죽은 자들을 데리고 다니며 거기에서 범죄를 저지르지 않는 한, 그들은 속일 수도 없고 배반할 수도 없다.

"신경쓰지 마요." 내가 말했다. "나는 당신에게, 집안으로 들어와 고양이들에게 밥도 좀 주라고 부탁하려던 참이었어요. 하지만 다른 방도를 찾아볼게요."

다른 방도는 무슨 방도? 이집트에서는 고양이들을 죽은 주인과 함께 무덤 안에 넣고 벽돌로 막았다. 어두운 동굴에서 나갈 길을 찾으며 앞뒤로 왔다갔다 조용히 어슬렁거리는 노란 눈들. 그게 내가 원하는 걸까?

"고양이들을 안락사시켜야 할 것 같네요." 내가 말했다. "너무 늙어서 다른 집에 보낼 수도 없으니까요."

바위에 물이 부딪히듯 나의 말이 그의 침묵에 부딪혔다.

"고양이들을 어떻게든 처리해야겠어요." 내가 말했다. "아무것도 안 할 수는 없으니까요. 당신도 내 입장이 되면 똑같이 느낄걸요."

그는 고개를 저었다. 사실이 아니다. 정말로, 사실이 아니다. 조만간, 어느 겨울밤에, 그의 혈관 속에 있는 인위적인 불꽃이 더이상 그를 지탱해줄 수 있을 정도로 뜨겁지 않게 되면, 그는 죽을 것이다. 그는 양팔로 가슴을 감싼 채 문간이나 골목에서 죽을 것이다. 사람들은 이 개나 다른 개가 곁에서 구슬픈 소리를 내며 그의 얼굴을 핥는 모습을 보게 될 것이다. 그들은 그의 시체를 수레에 싣고 가버릴 것이고, 개는 거리에 혼자 남겨질 것이고, 그게 마지막일 것이다. 방도도 없고, 유산도 없고, 거창한 무덤도 없이.

"당신을 위해 소포를 부쳐드릴게요." 그가 말했다.

2

플로렌스가 돌아왔다. 작은 두 여자아이뿐만 아니라 열다섯 살 먹은 아들 베키까지 데리고.

“플로렌스, 저애도 여기에 오래 있을 거야?” 내가 물었다. “저애가 지낼 공간이 있을까?”

“저와 함께 있지 않으면, 문제가 생길 것 같아요.” 플로렌스가 대답했다. “제 동생도 더이상 저애를 돌볼 수 없다네요. 구굴레투는 지금 상황이 아주 나빠요, 아주.”

그래서 이제 뒤뜰에 다섯 사람이 있다. 사람 다섯에 개 한 마리와 고양이 두 마리. 신발 속에 살았던, 그리고 어쩔 줄 몰라했던 늙은 여자.

플로렌스가 이달 초에 떠날 때, 나는 집안일은 걱정 말라고 그녀에게 장담했다. 그러나 당연히 나는 모든 걸 내버려뒀고, 곧 시큼하고 끈적끈적한 냄새, 콜드크림, 더러운 시트, 탤컴파우더 냄새가 위층에 진동하기 시작했다. 이제 구석구석 살펴보는 그녀의 뒤를 나는 창피한 표정으로 따라다녀야 했다. 그녀는 엉덩이에 손을 댄 채 코를 벌름거리고 안경을 번쩍거리며 내 무능력의 증거를 조사했다. 그런 다음 일을 하기 시작했다. 오후가 끝나갈 무렵 부엌과 욕실은 반들반들 윤이 났고, 침실은 상쾌하고 말끔해졌으며, 공기에서는 가구 광택제 냄새가 났다. "플로렌스, 정말 훌륭해." 나는 으레 하는 말을 했다. "자네가 없으면 내가 어떻게 살지 모르겠어." 그러나 당연히 나는 알고 있다. 내가 여느 노인들처럼 불결함에 무심해질 게 뻔하다는 것을.

플로렌스는 집안일을 다 마친 다음, 자기 일로 돌아갔다. 그녀는 스토브에 저녁을 올려놓고 두 여자아이를 위층 욕실로 데리고 갔다. 그녀가 아이들의 몸을 씻기고, 애들이 우는 소리를 내도 아랑곳하지 않고 민첩하고 다부지게 귓불 뒤와 다리 사이를 박박 문지르는 모습을 바라보면서, 나는 생각했다. 참으로 대단한 여자야! 하지만 저 사람이 내 어머니가 아니어서 얼마나 다행인가!

안마당으로 나가니, 소년이 하릴없이 서성이고 있었다. 한때 나는 그의 이름이 딕비라고 알고 있었는데, 이제는 베키라고 했다. 나이에 비해 키가 크고, 플로렌스의 소박하지만 잘생긴 얼굴을 닮은 아이. "네가 이렇게 컸다니 믿을 수 없구나." 그는 아무 대꾸도 하지 않았다. 이곳에 오면 맨 먼저 토끼집으로 달려가, 토실토실한 흰색 암컷 새끼토끼를 끄집어내 껴안던 순박한 아이가 더이상 아니었다. 틀림없이 불만에 차 있었다. 친구들과 떨어져 다른 사람의 뒤뜰에서 나이 어린 여동생들과 숨어지내야 한다는 게 마음에 안 드는 모양이었다.

"언제부터 학교가 폐쇄된 거야?" 나는 플로렌스에게 물었다.

"지난주부터요. 구굴레투, 랑가, 냥가에 있는 학교들이 다 그래요. 아이들은 할 게 아무것도 없어요. 거리를 뛰어다니다 말썽만 일으키는 게 전부죠. 저애를 여기에 두고, 제가 지켜보는 게 더 나아요."

"친구들이 없으면 안절부절못할걸."

그녀는 미소도 없이 어깨를 으쓱했다. 나는 그녀가 미소 짓는 모습을 본 적이 없는 것 같다. 하지만 그녀는 아이들하고만 있을 때는, 그들에게 미소를 지을지 모른다.

"저 남자는 누구죠?" 플로렌스가 물었다.

"저 사람은 퍼케일Vercueil 씨야." 내가 말했다. "퍼케일, 퍼킬, 퍼스킬. 저 사람 말로는 자기 이름이 그렇대. 그런 이름은 전에 들어본 적이 없어. 당분간 저 사람을 여기에 있게 해주려고. 저 사람한테 개가 있는데, 애들한테 주의하라고 일러둬야 할 것 같아. 개하고 같이 놀다가, 개를 너무 흥분시키지 말라고 해. 아직 어린 개라서 물 수도 있으니까."

플로렌스는 고개를 저었다.

"만약 저 사람이 문제를 일으키면 나가라고 할게." 내가 말했다. "하지만 저지르지도 않은 일 때문에 저 사람을 내보낼 수는 없잖아."

서늘하고 바람 많은 하루. 나는 실내용 가운을 입고 발코니에 앉아 있었다. 발코니 아래에 있는 잔디에서 퍼케일은 여자아이들이 지켜보는 가운데, 낡은 잔디 깎는 기계를 분해하고 있었다. 여자아이 중 손위 아이가, 플로렌스의 말로는 이름이 호프라고 하는 아이(플로렌스는 내게 진짜 이름은 가르쳐주지 않는다)가 그의 눈이 미치지 않는 몇 야드 떨어진 곳에서 무릎 사이로 두 손을 맞잡은 자세로 쪼그리고 앉아 있었다. 그 아이는 새로 산 빨간색 샌들을 신고 있었다. 똑같이 빨간색 샌들을 신은 어린아이 뷰티는 비틀거리며 잔디 위를 걸어다녔다. 발길질을 하고, 때로는 갑자기 주저앉기도 했다.

내가 지켜보고 있는데, 어린아이가 주먹을 움켜쥐고 팔을 활짝 벌린 채 퍼케일을 향해 나아갔다. 아이가 잔디 깎는 기계에 걸려 넘어지려고 하는 순간, 퍼케일이 아이를 붙잡아 토실토실한 작은 팔을 끌어 안전한 거리로 떼어놓았다. 아이는 다시 한번, 불안정한 발걸음으로 그를 향해 다가갔다. 그가 다시 아이를 붙잡아 조금 떨어진 곳으로 데려다놓았다. 이제 그것은 놀이가 되려 하고 있었다. 하지만 음침한 퍼케일이 놀아줄까?

다시 한번 뷰티가 그를 향해 돌진했다. 다시 한번 그는 아이를 잡아줬다. 그때, 아주 놀라운 일이 벌어졌다. 그는 반쯤 분해된 기계를 한쪽으로 밀어놓고, 한 손으로는 어린아이를, 그리고 다른 손으로는 호프를 잡고, 처음에는 천천히, 나중에는 점점 더 빨리, 빙글빙글 돌리기 시작했다. 빨간색 샌들을 신은 호프는 몸을 가누기 위해 달려야 했고, 아이는 허공에 떠서 돌면서 좋다고 소리를 질렀다. 문에 막혀 들어오지 못하는 개가 펄쩍펄쩍 뛰며 짖었다. 그런 소란이라니! 그런 흥분이라니!

그 순간 플로렌스가 그곳에 나타난 모양이었다. 돌아가는 속도가 느려지다가 멈추고 말았으니까. 부드러운 말 몇 마디. 그러자 호프는 퍼케일의 손을 놓고 동생을 달래 내 시야에서 사라졌다. 나는 문이 닫히는 소리를 들었다. 개는 아쉬움에 낑낑거리는 소리를 냈다. 퍼케일은 잔디 깎는 기계를 만지작거리는 일로 다시 돌아갔다. 반 시간쯤 후에 비가 내리기 시작했다.

그 아이, 즉 베키는 플로렌스의 침대에서 옛날 잡지들을 뒤적이며 시간을 보낸다. 호프는 방의 한쪽 구석에서 그 모습을 감탄하며 바라본다. 그는 때때로 읽기에 싫증이 나면, 차로에 서서 차고 문에 테니스공 튀기는 놀이를 한다. 그 소리가 나를 미치게 한다. 나는 베개를 움켜잡고 머리를 덮어보지만 무자비하게 쿵쿵거리는 소리는 여전하다. "학교가 언제 다시 문을 열까?" 나는 짜증난 목소리로 묻는다. "그만두라고 할게요." 플로렌스가 대답한다. 일 분 후, 쿵쿵거리는 소리가 멈춘다.

지난해, 학교에서 문제가 생기기 시작했을 때, 내 속마음을 플로렌스에게 털어놓은 적이 있었다. "어렸을 때, 우리는 교육을 특권이라고 생각했었지." 내가 말했다. "부모들은 아이들을 학교에 보내기 위해 절약하고 저축했지. 우리가 학교에 불을 지르는 걸 봤다면 미쳤다고 생각했을 거야."

"지금은 달라요." 플로렌스가 대답했다.

"자네는 아이들이 학교에 불 지르는 걸 찬성한다는 거야?"

"이 아이들에게 뭘 어떻게 하라고 얘기할 수는 없죠." 플로렌스가 말했다. "지금은 모든 게 바뀌었으니까요. 더이상 어머니도 없고 아버지도 없어요."

"그건 말도 안 되는 소리야." 내가 말했다. "어머니와 아버지는 언제나 있는 법이야." 그 말을 끝으로 우리의 대화는 끝났다.

라디오에서는 학교에서 일어나는 문제에 대해 아무 언급도 없다. 텔레비전도 마찬가지다. 신문도 마찬가지다. 그들이 보도하는 걸 보면,

이 나라에 사는 모든 아이들은 행복하게 책상에 앉아 직각삼각형의 빗변의 제곱과 아마존 정글에 사는 앵무새들에 관해 배우고 있다. 내가 구굴레투에서 일어나는 일들에 관해 아는 바는 오직 플로렌스가 내게 해준 이야기와 내가 발코니에 서서 북동쪽을 바라보다가 알게 된 점에 한정돼 있다. 즉, 구굴레투에 오늘은 불이 나지 않았다는 것과, 만약 불이 났으면 불길이 낮다는 걸 알 수 있는 정도다.

온 나라가 연기로 가득차 있다. 그러나 나는 아무리 전력을 다해도 거기에 반밖에 관심을 쏟을 수 없다. 내 진짜 관심은 모두 내부를 향해 있다. 그 사물에 대한, 그 단어에 대한, 내 몸속에서 조금씩 움직이는 그 사물을 가리키는 단어에 대한 것이다. 수치스러운 일이다. 그리고 이러한 시대에는 우습기까지 하다. 은행원의 옷에 불이 붙으면 농담이지만, 거지에게 불이 붙으면 농담이 아니듯이 말이다. 그러나 나는 어쩔 수 없다. "날 봐!" 나는 플로렌스에게 소리를 지르고 싶다. "나도 불에 타고 있단 말이야!"

나는 대부분의 경우, 그 단어를 이루는 글자들을 덫의 아가리처럼 벌려서 잡고 있는 데 신경을 쓴다. 읽을 때 신중하게 읽는다. 매복하여 기다리고 있는 그 단어의 그림자가 곁눈에 들어올 때는, 몇 줄 혹은 몇 단락을 통째로 건너뛰기도 한다.

그러나 어둠 속에서 침대에 홀로 있을 때는, 그걸 바라보고 싶은 유혹이 너무 강렬해진다. 그걸 향해 떠밀려가는 듯한 느낌을 받는다. 내가 기다란 하얀 드레스를 입고 밀짚모자를 쓴 채 넓고 텅 빈 해변에 있는 아이라고 상상해본다. 모래가 내 주변에 사방으로 날아든다. 나는 모자를 꼭 잡고, 단단히 발을 버티고 서서, 바람에 떠밀리지 않으려고 애쓴다. 그러나 잠시 후, 쳐다보는 사람 하나 없는 이 외로운 곳에서 버티는 게 너무 힘들어진다. 나는 긴장을 푼다. 누군가의 손이 나의 등 아랫부분을 떠밀듯, 바람이 나를 떠민다. 저항을 멈추자 안도감이 생긴다. 처음에는 걷다가 나중에는 달리며, 나는 바람에 몸을 맡긴다.

그건 밤이면 밤마다 나를 『베니스의 상인』에게로 데려간다. 유대인 샤일록이 피가 뚝뚝 떨어지는 살점 일 파운드가 칼끝에 걸린 단도를 휘두르며 소리친다. "나는 당신처럼 먹고 자고 숨쉬는 사람이 아닙니까? 나는 당신처럼 피가 나는 사람이 아닙니까?" 챙이 없는 사발 모양의 모자를 쓰고 수염을 길게 기른 유대인이 무대 위에서 분노와 고뇌에 찬 몸짓을 하며 말한다. "나는 당신처럼 피가 나는 사람이 아닙니까?"

만약 네가 여기에 있다면, 나도 너에게 절규할 것이다. 하지만 너는 없다. 따라서 플로렌스를 향해 해야 한다. 두려움의 돌풍이 내게서 나와 가지에 달린 나뭇잎을 태우는 이 순간을 감당해줄 사람은 플로렌스뿐이다. "모든 게 괜찮아질 거예요." 이것이 내가 듣고 싶은 말이다. 누군가의 품에 안겨, 플로렌스의 품이든 너의 품이든 다른 사람의 품이든 안겨, 모든 게 괜찮아질 거라는 말을 듣고 싶다.

지난밤 나는 엉덩이 밑에 베개를 깔고 누워, 통증이 옮겨다니는 걸 막기 위해 팔로 가슴을 꾹 누르고 있었다. 시계는 세시 사십오분을 가리키고 있었다. 아이들에게 둘러싸인 채 자기 방에서 자고 있을 플로렌스가 너무나도 부러웠다. 서로 다른 박자로 고르게 숨을 쉬는, 숨결 하나하나가 힘이 있고 깨끗한 네 사람.

나도 한때는 모든 걸 가졌던 적이 있었지, 나는 생각했다. 이제는 자네가 모든 걸 가졌고, 나한테는 아무것도 없네그려.

네 사람이 숨을 쉬는 소리가 머뭇거림 없이 계속되었다. 시계가 부드럽게 재깍거렸다.

나는 종이 한 장을 반으로 접어 플로렌스에게 메모를 남겼다. "밤에 잠을 잘 못 자고 있어. 늦게까지 잘 거야. 아이들이 떠들지 않도록 해줘. 고마워. E. C." 나는 아래층으로 내려가 쪽지를 부엌 식탁 가운데에 놓았다. 그러고 나서 몸을 덜덜 떨며 침대로 돌아와 네시에 먹어야 하는 약을 먹고 눈을 감고 팔을 포갠 채, 오지 않는 잠을 기다렸다.

내가 플로렌스에게서 원하는 걸 나는 얻을 수 없다. 내가 원하는 건 아무것도 얻을 수 없다.

지난해, 작은 아이가 아직 팔에 안고 다녀야 하는 갓난애였을 때, 나는 플로렌스를 그녀의 남편이 일하는 브라켄펠까지 태워다준 적이 있었다.

그녀는 틀림없이, 내가 거기에 자신을 내려주고 가버릴 거라고 생각했을 것이다. 그러나 나는 남자를 보고 싶은, 그들이 함께 있는 모습을 보고 싶은 호기심 때문에 그녀를 따라 안으로 들어갔다.

토요일 오후, 늦은 시간이었다. 우리는 주차장에서부터 먼지투성이 길을 따라 길고 천장이 낮은 작업장 두 곳을 지나 세번째 작업장으로 갔다. 그는 파란 멜빵바지를 입고 철조망 안쪽에 서 있었다. 닭들, 정확히는 어린 암탉들이 그의 다리 주변을 돌아다니고 있었다. 호프가 엄마에게서 몸을 떼더니 곧장 달려가 철망을 움켜잡았다. 그 남자와 플로렌스 사이에 무언가가 오갔다. 눈길. 질문. 인식.

그러나 인사를 나눌 시간은 없었다. 그에게는, 윌리엄에게는, 플로렌스의 남편에게는 할일이 있었고, 그 일은 방해받아서는 안 되었다. 그가 하는 일은 닭을 붙잡아 거꾸로 들어 무릎 사이에 낀 채 닭의 다리를 철사로 감고, 그보다 젊은 두번째 남자에게 넘겨주는 일이었다. 두번째 남자가 꼬꼬댁거리며 퍼덕이는 닭을 건네받아 머리 위에서 덜거덕덜거덕 돌아가는 컨베이어에 걸자, 닭이 다시 창고처럼 생긴 작업장 안으로 들어갔다. 피로 얼룩덜룩한 방수복을 입은 세번째 남자가 닭의 머리를 잡고 목을 팽팽히 당겨, 하도 작아서 그의 손의 일부처럼 보이는 칼로 싹둑 자른 다음, 그 머리를 다른 죽은 닭들의 머리로 가득차 있는 통에 던졌다.

이게 윌리엄이 하는 일이었다. 나는 이런 장면을 보고 싶은지 아닌지 생각해볼 시간이나 마음의 여유를 갖기도 전에 보고 만 것이었다. 그는 일주일 중 엿새를 이 일을 하면서 보냈다. 그는 닭의 다리를 묶는 일을 했다. 혹은 다른 사람들과 임무를 교대해, 닭을 거꾸로 매달거나 목을 자르는 일을 하는지도 몰랐다. 월급 삼백 랜드와 식량. 그가 지난 십오 년 동안 해오던 일. 그러니 내가 빵가루와 달걀노른자와 세이지로 속을 채우고 마늘과 기름을 발라 요리하던 닭들이 마지막 순간에 이 남자의 다리 사이에, 플로렌스의 아이들 아빠인 이 사람의 다리 사이에 끼어 있었을 거라고 상상하지 못할 바는 아니다. 내가 아직 잠에 빠져 있는 동안, 새벽 다섯시에 일어나서 호스로 물을 뿌려 닭장 아래의 닭똥 받침판을 씻고 모이통에 모이를 채우고 작업장을 청소한 다음, 아침식사를 한 후, 닭들을 도살하고 털을 뽑고 씻고, 닭 수천 마리의 시체를 냉동시키고, 수천 개의 머리와 발, 몇 마일이나 되는 내장들과 산처럼 수북한 깃털을 자루에 담는 이 사람.

무슨 일이 벌어지는지 보았을 때, 그곳을 즉시 떠났어야 했다. 차를 몰고 그곳을 떠나 내가 보았던 걸 머릿속에서 몰아내기 위해 최선을 다했어야 했다. 그러나 나는 떠나는 대신, 세 남자가 날 줄 모르는 새들에게 죽음을 내리는 장면을 바라보며, 얼이 빠져 닭장 앞에 서 있었다. 내 곁에서 손가락으로 철망을 움켜쥐고 있던 아이도 그 모습을 정신없이 바라보았다.

너무나 어렵지만 너무나 쉬운, 죽이는 일, 죽는 일.

다섯시가 되자 일과가 끝났고, 나는 작별인사를 했다. 내가 차를 몰고 이 텅 빈 집으로 돌아오는 동안, 윌리엄은 플로렌스와 아이들을 데리고 그들의 거처로 갔다. 그는 몸을 씻었다. 그리고 그녀는 석유곤로에 닭고기와 쌀을 올려 저녁식사를 준비하고 나서, 갓난애에게 젖을 먹였다. 토요일이었다. 몇몇 농장 일꾼들은 사람들을 만나고 휴식을 취하기 위해 외출하고 없었다. 그래서 플로렌스와 윌리엄은 아이들을 비어 있는 이층 침대에 눕히고, 단둘이서 따뜻한 황혼 속으로 산책을 나갈 수 있었다.

그들은 길가를 따라 걸었다. 그들은 지난주에 대해서, 지난주가 어땠는지에 대해서 얘기했다. 그들은 그들의 삶에 대해서 얘기했다.

그들이 돌아왔을 때, 아이들은 곤히 잠들어 있었다. 그들은 이층 침대 앞에 담요를 걸어 은밀한 공간을 만들었다. 그러고 나자 밤은 온전히 그들의 것이었다. 플로렌스가 잠시 침대에서 빠져나가 어둠 속에서 갓난애에게 젖을 먹이고 돌아온 삼십 분을 제외하고.

일요일 아침, 윌리엄—이 이름은 진짜 이름이 아니라 그가 일하는 세계에서 쓰는 이름이다—은 양복을 입고 모자를 쓰고 좋은 구두를 신었다. 그와 플로렌스는 버스 정류장을 향해 걸어갔다. 그는 호프의 손을 잡고, 그녀는 갓난애를 등에 업었다. 그리고 그들은 버스를 타고 퀸스리피르로 가서, 다시 승합차를 타고 그들의 아들을 데리고 있는 플로렌스의 여동생이 사는 구굴레투로 갔다.

열시가 넘은 시각이었고 날씨가 더워지기 시작했다. 교회 예배가 끝났다. 거실에는 손님들이 많았고 얘기하는 소리로 북적였다. 잠시 후 남자들이 나갔다. 플로렌스가 동생을 도와 요리를 할 시간이었다. 호프는 마루 위에서 잠들어 있었다. 개가 들어와 아이의 얼굴을 핥다가 쫓겨났다. 여전히 잠들어 있는 아이를 누군가가 소파에 눕혔다. 플로렌스는 동생과 단둘이 있게 되자, 베키의 집세, 식비, 그의 신발과 교과서 살 돈을 건네주었다. 그녀의 동생은 그 돈을 보디스 속에 집어넣었다. 그때, 베키가 나타나 엄마에게 인사를 했다. 남자들이 어딘가로부터 돌아왔다. 그들은 농장이나 공장, 혹은 어딘가에서 가져온 닭고기, 쌀밥, 양배추, 그레이비소스로 같이 점심을 먹었다. 베키의 친구들이 밖에서 베키를 부르기 시작했다. 그는 서둘러 식사를 마치고 식탁을 떠났다.

이러한 모든 일이 있었다. 이러한 모든 일이 지금까지 있었을 게 틀림없다. 이것은 아프리카의 일상적인 오후였다. 늘쩍지근한 날씨, 늘쩍지근한 하루. 인생은 이래야 되는 거야. 이렇게 말해도 거의 무방할 것이다.

떠날 시간이 되었다. 그들은 버스 정류장으로 걸어갔다. 호프는 이제 아빠의 어깨에 올라타 있었다. 버스가 도착했다. 그들은 작별인사를 했다. 버스는 플로렌스와 두 딸을 태우고 가버렸다. 버스는 그들을 모브레이까지 태워다주었다. 그들은 버스를 갈아타고 세인트 조지 스트리트로 가서, 거기에서 다시 세번째 버스를 타고 클루프 스트리트로 갔다. 클루프 스트리트에서부터는 걸었다. 그들이 스쿤더 스트리트에 도착하자 날이 저물고 있었다. 피곤해서 짜증을 내는 호프에게 저녁을 먹이고 갓난애를 목욕시키고 어제 하다 만 다림질을 끝내야 할 시간이었다.

그가 도살하는 건 적어도 소들은 아니다, 나는 혼잣말을 했다. 얼빠진 눈을 하고 자기들이 화려하다는 착각에 빠져 있는 닭들일 뿐이다. 그러나 내 마음은 그 농장을, 그 공장을, 그 기업을 떠나지 못했다. 내 옆에 사는 여자의 남편이 일하는 그곳, 그가 날이면 날마다 피와 깃털 냄새로 가득한 닭장을 지배하며, 왼쪽 오른쪽, 앞쪽 뒤쪽, 빙글빙글 돌아다니고, 성나서 꼬꼬댁거리며 난리법석을 떠는 닭들을 집어내리고 주워올리고 움켜잡고 묶고 매다는 그곳. 나는 창밖을 바라보며 앉아, 닭들을 죽이고, 손수레에 흙을 가득 담아 나르고 또 나르는 남아프리카 전역의 모든 남자들에 대해 생각해보았다. 그리고 오렌지를 선별하는 작업을 하고, 단춧구멍을 수선하는 모든 여자들에 대해 생각해보았다. 흙이 몇 삽인지, 오렌지와 단춧구멍이 몇 개인지, 닭들이 몇 마리인지, 행여 누가 세어볼 것인가? 하루종일 시계 앞에 앉아 일 초 일 초가 나타날 때마다 그 시간을 죽이며, 자신의 삶을 세며 보내는 듯한 노동의 세계, 계산의 세계.

퍼케일은 나한테서 돈을 받으면서부터 계속 술을 마시고 있다. 포도주뿐만 아니라 브랜디까지 마신다. 어느 날은 정오까지 술을 마시지 않는다. 그렇게 절제를 함으로써 유혹에 굴복하는 순간을 더 자극적으로 만들기 위해서다. 많은 경우는 아침나절에 집을 나설 때면 취해 있다.

그가 오늘 외출에서 돌아왔을 때, 해가 으스스하게 비치고 있었다. 내가 위층 발코니에 있었기에, 등을 벽에 대고 뜰에 앉던 그는 나를 보지 못했다. 개가 그 옆에 앉았다. 플로렌스의 아들이 내가 전에 본 적 없는 친구와 함께 이미 거기에 와 있었다. 호프는 그들의 움직임 하나하나를 뚫어지게 바라보고 있었다. 그들은 라디오를 켜놓았다. 할퀴고 쿵쿵거리는 음악소리는 테니스공 소리보다 더 나빴다.

"물," 퍼케일이 소년들을 향해 소리쳤다. "내게 물 좀 가져다주렴."

새로운 아이가, 친구라는 아이가, 뜰을 가로질러 그의 곁에 쭈그리고 앉았다. 그들 사이에 무슨 말이 오갔는지는 듣지 못했다. 아이가 손을 내밀었다. "이리 줘요."

퍼케일이 느린 동작으로 그의 손을 쳐냈다.

"그거 내놔요." 소년이 말했다. 그는 무릎을 꿇은 채 퍼케일의 호주머니에 든 술병을 잡아당기기 시작했다.

퍼케일이 저항했다. 그러나 그의 저항에는 활기가 없었다.

소년은 병마개를 열더니 브랜디를 땅에 쏟아버렸다. 그런 다음 그는 병을 저쪽으로 던져버렸다. 병은 산산조각났다. 어리석은 짓이야! 나는 이렇게 소리칠 뻔했다.

"그자들은 당신을 개로 만들고 있어요!" 소년이 말했다. "개가 되고 싶은 거예요?"

개가, 퍼케일의 개가, 격하게 낑낑거렸다.

"뒈져버려라!" 퍼케일이 혀 꼬인 소리로 말했다.

"개 같은 인간!" 소년이 응수했다. "주정뱅이!"

그는 퍼케일한테서 등을 돌리고 거들먹거리는 걸음걸이로 베키에게 돌아갔다. 저만 잘났다고 거들먹거리는 애로군! 나는 생각했다. 만약 이게 사람들의 새로운 수호자라고 하는 자들이 행동하는 방식이라면, 하느님, 우리를 저들로부터 구해주소서.

작은 여자아이가 브랜디 냄새를 맡고는 코를 찡그렸다.

"너도 뒈져버려!" 퍼케일이 손을 내저으며 말했다. 아이는 움직이지 않았다. 그러다가 갑자기 돌아서서 엄마가 있는 방으로 달려갔다.

괴로운 음악소리가 계속 들려왔다. 퍼케일은 몸을 비스듬히 벽에 기대고 잠에 빠졌다. 개는 그의 무릎에 머리를 얹고 있었다. 나는 읽던 책으로 돌아왔다. 잠시 후, 해가 구름 속으로 들어가더니 날씨가 쌀쌀해졌다. 옅은 보슬비가 내리기 시작했다. 개가 몸을 털더니 나뭇간으로 들어갔다. 퍼케일이 일어나 그 뒤를 따랐다. 나는 내 물건들을 거둬들였다.

나뭇간에서 소란이 일었다. 처음에는 개가 달려나와 빙글빙글 돌더니 멈춰 서서 짖었다. 그런 다음 퍼케일이 뒷걸음질치며 나왔다. 그리고 두 소년이 따라나왔다. 퍼케일은 베키의 친구라는 아이가 자신에게 다가오자, 손바닥으로 그의 목을 쳤다. 그애는 깜짝 놀라서 소리를 내며 숨을 들이켰다. 발코니에 있는 내 귀에까지 그 소리가 들렸다. 그가 퍼케일을 때리며 반격했다. 비틀거리던 퍼케일은 거의 넘어질 뻔했다. 개가 이리저리 뛰며 요란하게 짖었다. 그애가 퍼케일을 다시 때렸고, 이제는 베키까지 가세했다. "그만둬!" 나는 그들을 내려다보며 소리쳤다. 그들은 내 말에 개의치 않았다. 퍼케일은 바닥에 넘어져 있었고 그들은 그를 발로 찼다. 베키는 바지의 벨트를 풀더니 그걸로 그를 때리기 시작했다. "플로렌스!" 내가 소리쳤다. "얘들 좀 말려!" 퍼케일은 손으로 얼굴을 가리고 자신을 보호하려 했다. 개가 베키에게 달려들었다. 그러자 베키가 개를 차서 벌러덩 자빠뜨리고 벨트로 퍼케일을 계속 마구 때렸다. "둘 다 그만둬!" 나는 난간을 붙잡고 소리쳤다. "당장 그만둬! 멈추지 않으면 경찰을 부르겠다!"

그때 플로렌스가 나타났다. 그녀가 날카롭게 소리치자 소년들이 물러섰다. 퍼케일은 일어나려고 허우적거렸다. 나는 최대한으로 빨리 아래층으로 내려왔다.

"이애는 누구지?" 나는 플로렌스에게 물었다.

그애는 베키에게 얘기하던 걸 멈추고 나를 쳐다봤다. 오만하고, 호전적인 눈길이었다. 나는 그 눈길이 싫었다.

"학교 친구예요." 플로렌스가 대답했다.

"집으로 가라고 해." 내가 말했다. "이건 너무 지나쳐. 내 집 뒷마당에서 이런 소동이 일어나게 할 수는 없어. 내 집에 낯선 사람들이 멋대로 드나들게 할 수는 없어."

퍼케일의 입에서 피가 흐르고 있었다. 가죽 같은 얼굴에 피가 흐르는 걸 보니 이상했다. 마치 재 위에 꿀이 흐르는 것처럼.

"저애는 낯선 사람이 아니에요, 놀러온 거예요." 플로렌스가 말했다.

"여기에 오려면 통행증이라도 있어야 돼요?" 베키가 말했다. 그와 그의 친구는 서로 눈길을 교환했다. "통행증이 있어야 돼요?" 그들은 내게 도전하며 대답을 기다렸다. 라디오가 여전히 나오고 있었다. 넌더리 나는 비인간적인 소음. 나는 손으로 귀를 틀어막고 싶었다.

"나는 통행증에 관해 한마디도 하지 않았다. 하지만 이애는 무슨 권리로 여기에 와서 이 사람을 공격하는 거니? 이 사람은 여기에 사는 사람이다. 이곳은 그의 집이야."

플로렌스가 콧구멍을 벌름거렸다.

"그래," 나는 플로렌스를 향해 말했다. "이 사람도 여기에 사니, 이곳은 그의 집이야."

"여기에 살지요." 플로렌스가 말했다. "하지만 이 인간은 쓰레기예요. 아무짝에도 쓸모없는 쓰레기라고요."

"요우 무어르!"* 퍼케일은 이렇게 욕하고 모자를 벗어 찌그러진 윗부분을 안에서 주먹으로 쳐서 폈다. 그러고는 그녀를 때리려는 듯, 모자를 든 손을 치켜들었다. "요우 무어르!"

베키가 그에게서 모자를 낚아채 차고 지붕 위로 던져버렸다. 개가 사납게 짖었다. 모자가 서서히 지붕의 경사면 아래로 굴러내려왔다.

"이 사람은 쓰레기 같은 사람이 아냐." 나는 목소리를 낮춰 플로렌스에게만 들리는 목소리로 말했다. "쓰레기 같은 사람은 없어. 우리는 모두 같은 인간일 뿐이야."

그러나 플로렌스는 설교를 들을 마음 상태가 아니었다. "술 마시는 것 말고는 아무짝에도 쓸모없는 사람이에요. 하루종일 퍼마시고 또 퍼마시고 또 퍼마시고. 전 이 사람이 여기에 있는 게 싫어요."

아무짝에도 쓸모없는 인간! 그게 이 사람일까? 그래, 어쩌면 그럴지 모르지. 아무짝에도 쓸모없는 인간. 요즘에는 별로 들을 수 없는, 좋은 옛날식 표현.

---

* 아프리칸스 비속어로 '씨발!'이라는 뜻.

"이 사람은 내 심부름꾼이야." 내가 말했다.

플로렌스는 나를 의아하게 쳐다봤다.

"이 사람은 내 메시지를 전달해줄 사람이야." 내가 말했다.

그녀는 어깨를 으쓱했다. 퍼케일은 모자를 든 채 개를 데리고 비틀비틀 걸어갔다. 문의 빗장이 짤깍거리는 소리가 들렸다. "저애들한테 저 사람을 내버려두라고 해." 내가 말했다. "저 사람이 해를 끼치는 것도 아니잖아."

커가는 수컷들에게 쫓겨난 늙은 수고양이처럼, 퍼케일은 자신의 상처를 핥기 위해 어딘가로 숨어들었다. 나는 공원들을 돌아다니며 부드러운 목소리로 "퍼케일 씨! 퍼케일 씨!" 하고 부르는 내 모습을 상상해본다. 자신의 고양이를 찾아다니는 노파처럼.

플로렌스는 베키가 아무짝에도 쓸모없는 인간을 치워버렸다는 사실을 드러내놓고 자랑스러워하지만, 비가 내리기 시작하면 그가 곧바로 돌아올 거라고 예측한다. 내가 보기에는 애들이 여기에 있는 한 그가 돌아올 것 같지 않다. 나는 플로렌스에게 이렇게 얘기했다. "자네는 애들이 어른들에게 주먹질을 하고도 벌받지 않고 넘어갈 수 있다고 베키와 그애 친구들에게 보여주고 있는 거야. 그건 실수야. 그래, 자네가 그 사람에 대해서 어떻게 생각하든, 퍼케일은 그애들보다 나이가 많은 사람이야!

플로렌스, 자네가 양보하면 할수록, 아이들은 더욱더 버릇없이 행동할 거야. 자네는 아들 세대가 아무것도 두려워하지 않아서 감탄스럽다고 내게 말했었지. 조심해. 그들은 처음에 시작할 때는 자기들 목숨을 하찮게 여기겠지만, 결국 나중에는 다른 사람의 목숨마저 하찮게 여기게 될 거야. 자네가 그들에게서 감탄스러워하는 점이 꼭 최선은 아니라고.

자네가 지난번에 더이상 어머니도 없고 아버지도 없다고 했던 말에 대해 계속 생각해보고 있어. 진심으로 한 말이라고는 믿을 수 없어. 아이들은 어머니나 아버지 없이 클 수 없어. 지금 우리 귀에 들리는 방화와 살인, 충격적인 비정함, 심지어 퍼케일 씨에 대한 폭행, 이러한 일들은 결국 누구의 잘못이지? '가서, 하고 싶은 대로 해라. 너는 이제 마음대로 결정할 수 있다. 나는 너에 대한 권위를 포기하겠다.' 이렇게 말하는 부모에게 분명히 책임이 있는 거야. 어떤 아이가 진심으로 그런 얘기를 듣고 싶어하겠어? 그런 말을 들으면 아이는 혼란에 빠져 돌아서서 이렇게 생각할 거야. '이제 나에게는 어머니도 없고 아버지도 없다. 그러니 죽음을 어머니로 삼자. 죽음을 아버지로 삼자.' 자네가 그 아이들에게서 손을 씻으면 그애들은 죽음의 자식들이 될 거야."

플로렌스는 고개를 저었다. "아니에요." 그녀는 단호하게 말했다.

"플로렌스, 자네가 나한테, 말로 다 할 수 없는 일들이 플래츠*에서 일어나고 있다고 작년에 얘기했던 걸 기억하지? '불에 타 죽는 여자를 본 적이 있어요. 그 여자가 도와달라고 비명을 지르자, 아이들이 웃으며 여자의 몸에 기름을 더 부었어요. 살아생전 그런 일을 보게 되리라곤 생각도 못했어요.' 이렇게 얘기했었어."

"맞아요, 그렇게 말했었지요, 그리고 그건 사실이고요. 하지만 그 아

---

* 케이프타운 남동쪽 외곽에 있는 흑인 밀집지역으로, 삭막하고 편평한(flat) 지대. '케이프 플래츠(Cape Flats)'의 줄임말이다.

이들을 그렇게 잔인하게 만든 게 누구죠? 그애들을 그렇게 잔인하게 만든 건 백인이에요! 그래요!" 그녀는 깊고 격하게 숨을 내쉬었다. 우리는 부엌에 있었다. 그녀는 다리미질을 하고 있었다. 다리미를 쥔 손에 힘이 들어갔다. 그녀는 나를 노려보았다. 나는 가볍게, 그녀의 손에 내 손을 댔다. 그녀가 다리미를 들어올렸다. 시트에는 갈색으로 눌은 자국이 희미하게 나 있었다.

자비 없음, 나는 생각했다. 자비도 없고 한계도 없는 전쟁. 안 보는 게 상책인 전쟁.

"그들이 언젠가 성인이 되면," 나는 부드럽게 말했다. "자네 생각엔 그들에게서 잔인함이 없어질 것 같아? 부모의 시대는 끝나버렸다고 배운 아이들은 나중에 어떤 부모가 될까? 부모라는 개념이 우리 안에서 파괴되고 나면, 부모라는 것을 되살릴 수 있을까? 그들은 술을 마신다는 이유로 사람을 발로 차고 때려. 사람들의 몸에 불을 지르고 그들이 타 죽어가는 동안 웃고. 그들이 부모가 되면 자식들을 어떻게 다루겠어? 그들이 어떤 사랑을 할 수 있겠어? 그들의 심장이 우리의 눈앞에서 돌로 변해가고 있어. 그런데 자네는 뭐라고 말하지? '이건 내 자식이 아니다. 백인의 자식이다. 이건 백인이 만든 괴물이다.' 이렇게 말하지. 그게 자네가 말할 수 있는 전부야? 자네는 그들을 백인 탓으로만 돌리고 등을 돌릴 셈이야?"

"아니죠," 플로렌스가 말했다. "그건 사실이 아니에요. 저는 제 자식들에게서 등을 돌리지 않아요." 그녀는 시트의 모서리를 정확히 맞추며 가로세로 십자로 접고, 다시 가로세로 십자로 접었다. "이애들은 좋은 애들이에요, 이애들은 철 같아요, 우리는 이애들이 자랑스러워요." 그녀는 다리미판에 첫번째 베갯잇을 펼쳐놓았다. 나는 그녀가 말을 더 하기를 기다렸다. 그러나 그녀는 더이상 말하지 않았다. 그녀는 나와 말씨름을 하는 데 관심이 없었다.

철로 된 아이들, 나는 생각했다. 플로렌스 자신도 철과 다르지 않다. 철의 시대. 그다음에 오는 청동의 시대. 그러한 순환주기에서, 점토의 시대, 흙의 시대 같은 더 부드러운 시대가 돌아올 때까지 얼마나 오래, 얼마나 오래 걸릴까? 국가를 위해 싸울 아들들을 낳는, 심장이 철로 된 스파르타 부인. '우리는 이애들이 자랑스러워요.' 우리. 살아서 방패를 들고 집에 와라, 아니면 죽어서 방패에 실려 집에 와라.

그렇다면 나는? 내 심장은 이 모든 것 가운데 어디쯤에 있는 걸까? 내 유일한 자식은 수천 마일 떨어진 안전한 곳에 있다. 곧 나는 연기와 재가 되겠지. 그렇다면 어린 시절이 멸시당하고, 아이들이 서로에게 웃지도, 울지도 말아야 하고, 주먹을 망치처럼 공중에 들어올리라고 가르치는 시대가 도래했다는 게 내게 무슨 의미지? 이 시대는 정말로, 땅에서 부풀어오른, 잘못 태어나고 기괴한, 제때가 아닌 시대인 걸까? 결국, 철의 시대를 도래하게 만든 건 화강암 시대가 아니고 무엇이란 말이니? 우리에게는 푸어트레커*들이, 수세대에 걸친 푸어트레커들이 있지 않았니? 험상궂은 얼굴에 입술을 꼭 다문 채, 애국에 대한 노래를 부르면서 행진을 하고, 국기에 대한 경례를 하고, 조국을 위해 죽겠다고 맹세하는 아프리카너** 아이들이 있지 않았니? 온스 살 리어버, 온스 살 스

* 1830년대에 케이프 식민지에서 동쪽으로 이주해나갔던 네덜란드계 백인.

** 네덜란드계 백인.

테르버.* 규율, 일, 복종, 자기희생의 낡은 양식, 죽음의 양식을 아이들에게 가르치는, 때로는 운동화 끈도 묶지 못할 정도로 어린 아이들에게 가르치는 백인 광신도들이 아직도 있지 않니? 처음부터 끝까지 이 무슨 악몽이란 말이냐! 아프리카에서 승리를 거둔 제네바 정신.** 검은 옷을 입고, 피가 묽고, 몸이 영원히 차갑고, 사후 세계에서 손을 비비며, 냉담한 미소를 짓고 있을 칼뱅. 양편 군대의 교조주의자들과 마녀 사냥꾼들 속에서 다시 태어나 승리를 거둔 칼뱅. 이 모든 걸 두고 떠났으니 너는 얼마나 운이 좋으냐!

베키의 친구인 그애는 두툼한 하늘색 타이어가 달린 붉은 자전거를 타고 왔다. 지난밤에 자러 가면서 보니 자전거는 안마당에 세워져 있었고, 이슬에 젖어 달빛에 반짝였다. 오늘 아침 일곱시에 창밖을 내다보니 자전거는 아직도 거기에 있었다. 나는 아침에 복용하는 약을 먹고 한 시간을 더 잤다. 나는 군중 속에 갇히는 꿈을 꾸었다. 사람의 형체들이 나를 밀치고 때리고, 알아들을 수 없는 더럽고 위협으로 가득한 욕설을 퍼부었다. 나도 그들에 맞서 주먹질을 했지만 내 팔은 어린애의 팔 같았다. 내 주먹은 바람이 빠지듯 픽, 픽, 허공만 가를 뿐이었다.

플로렌스인지 아니면 다른 사람인지 분명치 않은 누군가의 높은 목소리에 나는 잠에서 깼다. 나는 벨을 한 번, 두 번, 세 번, 네 번 눌렀다.

---

* 1957년부터 1997년까지 남아프리카공화국의 국가였던 〈남아프리카의 목소리〉의 가사로, '우리는 살 것이다, 우리는 죽을 것이다'라는 뜻이다. 뒤이어 '너 남아프리카를 위해'라는 가사가 따라온다.

** 제네바는 16세기에 칼뱅이 종교개혁을 이끌었던 곳이다.

마침내 플로렌스가 왔다.

"플로렌스, 문 쪽에 누가 있어?"

플로렌스는 마루에 떨어진 누비이불을 집어 침대 발치에서 갰다. "아무도 아니에요." 그녀가 말했다.

"지난밤에 아들 친구가 여기에서 잤어?"

"예. 밤중에 자전거를 탈 수 없어서요. 너무 위험하니까요."

"어디서 잤는데?"

플로렌스가 몸을 곧추세웠다. "차고에서요. 베키와 그애는 차고에서 같이 잤어요."

"그애들은 어떻게 차고에 들어간 거야?"

"창문을 열고서요."

"그런 일을 하기 전에 나한테 물을 수는 없나?"

침묵. 플로렌스는 쟁반을 집어들었다.

"그애도 여기에서, 차고에서 살려고 하는 거야? 플로렌스, 그애들이 내 차에서 자고 있어?"

플로렌스가 고개를 저었다. "모르겠어요. 그애들에게 직접 물어보세요."

한낮이 되어도 자전거는 여전히 거기에 있었다. 그애들에게선 아무 기척도 없었다. 그런데 내가 우편함이 있는 곳에 갔을 때, 노란색 경찰 밴이 길 건너에 세워져 있었다. 제복을 입은 두 경찰관이 타고 있었는데, 가까운 쪽에 앉은 사람은 볼을 유리창에 대고 잠들어 있었다.

나는 운전석에 앉아 있는 사람을 손짓으로 불렀다. 차에 시동이 걸리고 잠자던 사람이 깨어나 허리를 폈다. 밴은 인도로 올라가 기운차게 유턴을 하더니 내 옆으로 와서 멈췄다.

나는 그들이 차 밖으로 나올 줄 알았다. 그러나 아니었다. 그들은 아무 말 없이, 내가 말을 하기를 기다리며 그냥 앉아 있었다. 차가운 북서풍이 불고 있었다. 나는 손으로 실내용 가운의 목깃을 여미며 잡았다. 차 안의 라디오에서 지직거리는 소리가 났다. "피르-드리-아흐트."* 여자 목소리였다. 그들은 그걸 무시했다. 푸른 제복을 입은 두 젊은 남자.

"도움이 필요한가요?" 내가 말했다. "기다리는 사람이라도 있나요?"

"당신이 우리를 도와줄 수 있을까요? 모르겠네요, 부인. 우리를 도와줄 수 있는지 당신이 말씀해보시죠."

우리 때는, 나는 생각했다. 경찰들이 여자들에게 공손하게 얘기했었다. 우리 때는 아이들이 학교에 불을 지르지도 않았다. 우리 때. 그건 요즘은 신문의 독자란에서만 가끔씩 볼 수 있는 표현일 뿐이다. 의로운 분노에 몸을 떨며 마지막 수단인 펜을 집어들고 편지를 쓰는 나이 든 남자들과 여자들. 우리 때는 이제 끝났다. 내 인생도 이제 과거의 것이다.

"당신들이 그애들을 찾고 있다면, 그애들은 내 허락을 받고 여기에 있다는 걸 알아두시구려."

"부인, 어떤 애들 말씀이시죠?"

"여기에 와 있는 애들 말이오. 구굴레투에서 온 학생들."

라디오에서 시끄러운 소리가 터져나왔다.

"아닙니다, 부인, 우리는 구굴레투에서 온 애들에 대해서는 아무것도

---

* 아프리칸스어로 '4-3-8'이라는 뜻.

모릅니다. 우리가 찾아볼까요?"

두 사람 사이에 눈길이 오갔다. 재미있어하는 눈길이었다. 나는 대문의 창살을 움켜잡았다. 실내복의 목깃이 벌어지고 목과 가슴에 찬바람이 느껴졌다. "우리 때는," 나는 낡고, 더럽혀지고, 우스워진 말을 또박또박 발음하며 말했다. "경찰관이 여자에게 그런 식으로 얘기하지 않았소." 그리고 그들에게서 등을 돌렸다.

라디오가 내 뒤에서 앵무새처럼 깩깩거렸다. 그들이 거기에서 그 소리가 나도록 했는지도 모른다. 그들은 그러고도 남았다. 한 시간 후에도, 노란색 밴은 여전히 대문 밖에 있었다.

"난 정말로 자네가 그애를 집으로 돌려보내야 한다고 생각해." 나는 플로렌스에게 말했다. "그애는 자네 아들을 곤경에 빠뜨릴 거야."

"전 그애를 집으로 보낼 수 없어요." 플로렌스가 말했다. "그애가 가면, 베키도 같이 갈 거예요. 그애들은 이래요." 그녀는 손을 들어 손가락 두 개를 꼬았다. "그애들이 여기에 있는 게 더 안전해요. 구굴레투에선 늘 문제가 생겨요. 그러면 경찰이 와서 총을 쏘고요."

구굴레투에서의 총격. 플로렌스가 그것에 관해 아는 게 무엇이든, 일만 마일 떨어진 곳에 있는 네가 아는 게 무엇이든, 나는 모른다. 내게 들리는 뉴스에 의하면, 그곳에는 소란도 없고 총격도 없으니. 내게 그 땅은 미소 짓는 이웃들의 땅이다.

"만약 그애들이 싸움에서 벗어나기 위해 이곳에 온 것이라면, 왜 경찰들이 쫓아다니는 거지?"

플로렌스는 숨을 깊게 한 번 들이쉬었다. 어린아이가 태어난 이래, 그녀에게서는 잘 삭여지지 않은 분노가 느껴진다. "마님, 경찰이 왜 아이들을 쫓고 그들에게 총을 쏘고 그들을 감옥에 집어넣는지 저한테 물으시면 안 되죠. 저한테 물으시면 안 되는 거라고요."

"좋아, 그런 실수는 다시 하지 않을게. 하지만 나는 내 집을 플래츠에서 도망쳐나오는 모든 애들을 위한 도피처로 만들 수는 없어."

"왜 안 된다는 거죠?" 플로렌스가 앞으로 몸을 기울이며 물었다. "왜 안 된다는 거죠?"

나는 욕조에 뜨거운 물을 받으며 옷을 벗고, 고통스럽게 물속에 몸을 담갔다. 왜 안 된다는 거죠? 나는 고개를 숙였다. 얼굴로 흘러내린 머리카락 끝이 물에 닿았다. 반점이 이곳저곳에 나 있고 푸른 혈관이 보이는 다리가 내 앞에 막대기처럼 튀어나와 있었다. 남은 것에 악착같이 매달리는, 병들고 추한 늙은 여자. 살아 있는 자는 더디게 죽어감에 조바심을 치고, 죽어가는 자는 살아 있는 자를 시기하고. 유쾌하지 않은 광경, 그것이 곧 끝나기를.

욕실에는 벨이 없다. 나는 목청을 가다듬고 불렀다. "플로렌스!" 그러나 노출된 파이프와 하얀 벽에 부딪혀 공허한 소리만 되돌아왔다. 플로렌스가 내가 부르는 소리를 들을 수 있으리라고 상상하는 건 말도 안 된다. 그리고 설령 그녀가 듣는다 해도, 내게 왜 와야 하지?

나는 생각했다. 어머니, 저를 내려다보세요, 손을 내밀어주세요!

오싹한 전율이 머리끝에서 발끝까지 흘렀다. 눈을 감으니 어머니가 보였다. 노인이 입는 칙칙한 옷을 걸치고 얼굴을 가린 채 내 앞에 나타난 어머니.

"저에게 와주세요!" 나는 속삭였다.

그러나 어머니는 오지 않으려 했다. 활공하는 매가 그러듯 팔을 벌린 어머니는 하늘로 올라가기 시작했다. 더욱더 높이 어머니는 내 위로 올라갔다. 구름층에 도달해 그곳을 뚫고 계속 올라갔다. 일 마일을 올라갈 때마다 어머니는 더 젊어졌다. 머리는 다시 검어졌고, 피부는 팽팽해졌다. 낡은 옷이 마른잎처럼 어머니에게서 떨어지자 단춧구멍에 깃털이 꽂힌 푸른 드레스가 드러났다. 어머니에 관한 나의 최초의 기억에서 그녀가 입고 있던, 세상이 젊고 모든 게 가능했을 때의 드레스였다.

어머니는 계속 올라갔다. 젊음의 완벽함 속에서, 변치 않고, 미소 짓고, 황홀해하고, 망각하며, 천국의 가장자리까지 계속 올라갔다. "어머니, 저를 내려다보세요!" 나는 텅 빈 욕실에 대고 속삭였다.

올해는 비가 일찍 내리기 시작했다. 이달로 우기가 시작된 지 넉 달째다. 벽에 손을 대면, 습기가 줄무늬가 되어 드러난다. 회반죽이 부풀고 터지는 곳도 있다. 옷에서는 지독한 곰팡내가 난다. 햇빛 냄새가 나는 고슬고슬한 속옷을 한 번만 더 입을 수 있으면 얼마나 좋을까! 하굣길에 맑고 어린 땀냄새를 풍기며 웃고 깔깔거리는 아이들의 밤색 몸과 해가 지날수록 더 아름다워지는, 플뤼 벨* 소녀들 사이에 섞여 여름 오후에 길거리를 거닐 수 있는 기회가 한 번만 더 주어진다면 좋겠다! 만약 그게 가능하지 않다면, 적어도 마지막까지, 이 경이로운 세계에 잠시나마 사는 게 허용되었다는 사실에 대해 고마움을, 무한하고 진심어린 고마움을 느끼고 싶다.

---

* 프랑스어로 '더 아름다운'이라는 뜻.

나는 이 글을 8월의 추위 때문에 침대에 앉아 무릎을 바싹 붙인 채 쓰고 있다. 고마움. 나는 이 단어를 쓰고 다시 읽어본다. 이건 무슨 의미일까? 단어가 내 눈앞에서 짙어지고 검어지고 신비로워진다. 그러더니 무슨 일인가가 생긴다. 서서히, 석류처럼, 나의 가슴이 고마움으로 터진다. 갈라지면서 사랑의 씨앗을 드러내는 과일처럼. 고마움, 석류. 자매간인 말들.

오늘 아침 다섯시에 나는 폭우 소리에 잠에서 깼다. 비는 억수같이 쏟아지며 막힌 낙수 홈통의 가장자리 너머로 흘러내리고 금이 간 지붕의 타일 속으로 흘러들었다. 나는 아래층으로 내려가 차를 끓였다. 그리고 담요로 몸을 감싼 채 이달의 가계부를 가지고 자리에 앉았다.

문이 딸가닥거리는 소리가 나더니 차도를 밟는 발걸음 소리가 났다. 검정색 비닐 자루를 메고 몸을 웅크린 사람이 창문을 지나 급히 달려갔다.

나는 베란다로 나갔다. "퍼케일 씨!" 나는 쏟아지는 빗속에 대고 소리쳤다. 아무 대답이 없었다. 나는 어깨를 구부리고 실내용 가운을 여며 잡은 채 밖으로 나갔다. 우스꽝스러운 양털이 달린 내 슬리퍼 속으로 금세 물이 들어왔다. 물속을 철벅거리며 뜰을 가로질렀다. 나뭇간의 컴컴한 입구에서 나는 누군가와 부딪쳤다. 나를 등지고 서 있던 퍼케일이었다. 그가 욕을 했다.

"안으로 들어와요!" 나는 빗소리 너머로 소리를 쳤다. "집안으로 들어와요! 여기서는 못 자요!"

머리에 후드를 쓴 듯 아직 자루를 둘러메고 있던 그는 나를 따라 부억으로, 빛이 있는 곳으로 들어왔다. 내가 말했다. "젖은 물건은 밖에 놔둬요." 그런데 놀랍게도 누군가가 그를 따라 들어오고 있었다. 여자였다. 내 어깨도 채 닿지 않는 작은 키에, 곁눈질을 하는 얼굴은 부어 있고 피부는 검푸른, 나이든, 아니 적어도 젊지는 않은 여자.

"이 사람은 누구죠?" 내가 말했다.

퍼케일이 누런 눈으로, 도전하듯 나를 바라보았다. 개 같은 남자! 나는 생각했다.

"비가 그칠 때까지 안에 있다가 나가세요." 나는 차갑게 말하고 두 사람에게서 등을 돌렸다.

나는 옷을 갈아입고 침실에 틀어박혀 책을 읽으려고 해봤다. 그러나 단어들은 나뭇잎처럼 바스락거리며 나를 스쳐갔다. 조금 놀랍게도, 내 눈이 감기는 게 느껴졌고 책이 손에서 미끄러지는 소리가 들렸다.

잠에서 깼을 때 내 마음속에는 그들을 집에서 내보내야 한다는 생각밖에 없었다.

여자는 어디 있는지 아무런 기척도 없었다. 퍼케일은 거실에서 잠들어 있었다. 소파 위에서 웅크린 자세로 두 손을 무릎 사이에 낀 채 아직도 모자를 쓰고 있었다. 나는 그의 몸을 흔들었다. 그는 몸을 움직거리더니 입술을 축이고 졸려하며 마지못해 뭔가 웅얼거리는 소리를 냈다. 바로 그 소리였다. 내가 학교에 가라고 너를 깨우면, 네가 내곤 하던 소리와 똑같았다. 나는 즉시 그걸 알아챘다. "일어날 시간이야!" 나는 커튼을 열어젖히며 말하곤 했었지. 그러면 너는 햇빛으로부터 몸을 돌리며 그렇게 웅얼거렸어. "얘야, 이제 일어날 시간이야!" 나는 네 귀에 대고 이렇게 속삭였지. 그러나 너무 심하게 재촉하지는 않으며 네가 마지막까지 잠에 매달리는 동안, 나는 네 곁에 앉아서 네 머리를 거듭 쓰다듬고, 내 손가락 끝에 사랑의 감정을 실곤 했었다. 영원히 지금만 같아라! 나는 네 머리에 손을 대고 사랑의 물결을 흘려보내며 그렇게 생각하곤 했었다.

그런데 지금, 잠에 취한 너의 편안한 중얼거림이 이 남자의 목구멍에서 다시 나오다니! 내가 이 사람 옆에 앉아서도 모자를 벗기고 기름에 전 머리칼을 쓰다듬어야 할까? 혐오감으로 몸이 떨린다. 어린아이를 사랑하는 건 얼마나 쉬운 일인가, 아이가 변질된 것을 사랑하는 것은 얼마나 어려운 일인가! 옛날에 한때는 이 사람도 주먹을 귀에 대고, 황홀감 속에 눈을 꼭 감고, 어머니의 뱃속에서 떠다니며 어머니의 배에 자신의 배를 맞댄 채 어머니의 피에서 마실 걸 취한 적이 있겠지. 뼈의 문을 지나 밝은 바깥세상으로 나왔을 것이고 어머니의 사랑, 아모르 마트리스를 알게 되었을 것이다. 시간이 지나면서 젖을 떼고, 혼자 서게 되고, 메마르고 발육이 정지되고 구부정해지기 시작했을 것이다. 다른 모든 삶들처럼 갈라지고 분리되고 박탈당한 삶. 그러나 이 사람의 경우는 분명히, 대부분의 경우보다 더 영양이 부족한 상태였을 게다. 아직도 병들을 빨며 원초적인 희열을 갈망하고 혼미한 상태에서 그것을 향해 손을 뻗는 중년 남자.

내가 그를 쳐다보며 서 있는 동안, 그의 여자가 거실로 들어왔다. 그녀는 나를 무시하고, 바닥에 있는 쿠션들 속으로 비틀비틀 들어갔다. 그녀에게는 오드콜로뉴 냄새가 났다. 내 것이었다. 그녀 뒤로 화가 난 플로렌스가 들어왔다.

"플로렌스, 나한테 이유를 대라고 하지 마." 내가 말했다. "그냥 이 사람들 내버려둬. 술 깨려고 자는 거니까."

플로렌스의 안경이 번쩍였다. 그녀는 뭔가 할 얘기가 있는 것 같았지만, 내가 그녀의 말을 가로막았다. "부탁해! 이 사람들, 여기에 계속 있진 않을 거야."

변기의 물을 여러 차례 내렸지만, 역겹게 달짝지근하면서도 더러운 냄새는 여전히 남아 있었다. 나는 바닥에 깐 매트를 빗속으로 던져버렸다.

나중에 아이들이 부엌에서 플로렌스와 같이 아침을 먹고 있을 때, 나는 아래층으로 다시 내려왔다. 나는 다짜고짜 베키에게 말했다.

"네가 친구와 같이 내 차에서 잤다고 들었다. 어째서 내 허락을 받지 않았니?"

침묵이 내려앉았다. 베키는 고개를 들지 않았다. 플로렌스는 계속 빵을 자르고 있었다.

"어째서 허락을 받지 않은 거야? 대답해!"

작은 여자아이가 씹던 걸 멈추고 나를 바라보았다.

왜 이처럼 우스꽝스럽게 행동했느냐고? 화가 났으니까. 이용당하는데 지쳤으니까. 그들이 잠을 잔 게 내 차였으니까. 내 차, 내 집. 내 것, 나는 아직 떠나지 않았단 말이다.

그때, 다행스럽게도 퍼케일이 나타나면서 긴장이 풀렸다. 그는 부엌을 지나 왼쪽도 오른쪽도 쳐다보지 않고 곧장 베란다로 갔다. 나는 따라갔다. 개가 좋아서 그를 향해 달려들어 껑충껑충 뛰고 난리였다. 개는 나한테도 달려들어 젖은 발로 내 치마에 줄무늬를 그렸다. 개가 가까이 오지 못하도록 막아내는 꼴이라니, 얼마나 우스우냐!

"부탁해요, 당신 친구 좀 밖으로 데리고 나가요." 나는 그에게 말했다.

그는 흐린 하늘을 쳐다보며 아무 대답도 하지 않았다.

"당장 저 여자를 데리고 나가요. 그러지 않으면 내가 끌어내겠어요!" 나는 격분하여 소리쳤다.

그는 내 말을 무시했다.

"도와줘." 나는 플로렌스에게 명령했다.

그 여자는 입 가장자리에 침을 묻힌 채, 쿠션에 얼굴을 대고 있었다. 플로렌스는 그녀의 팔을 끌어당겼다. 그녀는 비틀거리며 일어섰다. 플로렌스는 그녀를 반은 안내하고, 반은 밀치며 집밖으로 내보냈다. 작은 길에서, 퍼케일이 우리를 따라잡았다. "너무 지나치잖아요!" 내가 그를 향해 소리를 질렀다.

두 소년은 자전거를 타고 벌써 길에 나가 있었다. 그들은 우리의 싸움을 보지 못한 척하며 스쿤더 스트리트 위쪽을 향해 출발했다. 베키가 가로대에 등을 구부린 채 앉았고, 그의 친구가 페달을 밟았다.

그 여자는 쉰 목소리로 연거푸 추잡한 말을 사용해가며 플로렌스에게 욕을 하기 시작했다. 플로렌스는 나를 못마땅한 눈길로 쳐다봤다. "쓰레기 같은 인간." 플로렌스는 이렇게 말하더니 발을 쿵쿵거리며 가버렸다.

"저 여자를 다시는 보고 싶지 않아요." 나는 퍼케일에게 말했다.

두 소년이 탄 자전거가 스쿤더 스트리트의 꼭대기에 다시 나타났다. 베키의 친구가 페달을 힘껏 밟자, 자전거가 우리를 향해 질주해 왔다. 어제 보았던 노란색 경찰 밴이 그들의 뒤를 따라왔다.

소형 트럭이 차도의 가장자리에 서 있었다. 뒤에는 배관공사에 쓰이는 파이프들과 장대들이 실려 있었다. 거기에는 자전거가 지나가기에 충분한 공간이 있었다. 그러나 노란색 경찰 밴이 그들 옆으로 왔을 때, 가까운 쪽 문이 홱 열리면서 그들을 옆에서 쳤다. 자전거는 흔들리며 중심을 잃었다. 나는 순간적으로, 베키가 머리 위로 손을 치켜든 채 떨어지고 페달을 돌리던 아이가 얼굴을 돌리고 방어적인 자세로 손을 뻗는 모습을 보았다. 밀 스트리트에서 나는 자동차 소리 너머로, 몸이 날아가던 중에 퍽 하고 부딪히는 소리, 놀라서 "아!" 하고 숨을 내뱉는 소리, 배관공의 트럭과 자전거가 충돌하는 소리를 나는 매우 분명하게 들었다. "맙소사!" 내 입에서 나왔다고는 생각되지 않는 허공에 뜬 날카로운 목소리로 나는 비명을 질렀다. 시간이 정지했다가 간격을 두고 다시 시작된 것 같았다. 한순간, 그 아이는 자신을 보호하기 위해 손을 내미나 싶더니 다음 순간, 너저분한 도랑으로 떨어졌다. 그러고는 내가 질렀던 비명의 여운이 가라앉고 시야에 보이는 게 평상시의 모습을 되찾았다. 조용한 평일 아침의 스쿤더 스트리트, 그리고 모퉁이를 막 돌아가는 카나리아색 경찰 밴.

개 한 마리가, 레트리버가, 무슨 일인지 보려고 뛰어왔다. 퍼케일의 개가 코를 킁킁거리며 레트리버의 냄새를 맡았다. 그러나 레트리버는 퍼케일의 개를 무시하며 도로에 코를 대고 냄새를 맡다가 그곳을 핥기 시작했다. 나는 움직이고 싶었지만 그럴 수 없었다. 내 속에 차가움이 느껴지고, 수족이 멀리 있는 듯 느껴지고, 기절이라는 말이, 평생 기절한 적이 없었는데도 머릿속에 떠올랐다. 나는 생각했다. 이놈의 나라! 그런 다음 생각했다. 내 딸은 떠나 있으니 얼마나 다행인가!

대문이 열리고 청색 작업복을 입은 남자가 나타났다. 그는 레트리버를 발로 찼다. 그러자 개는 놀라고 상처받은 듯 달아났다. "세상에!" 그 남자가 말했다. 그는 몸을 굽히고, 자전거에서 아이의 팔다리를 떼어내기 시작했다.

나는 몸을 떨며 다가갔다. "플로렌스!" 내가 소리쳤지만, 플로렌스는 어디에 있는지 보이지 않았다.

그 남자는 아이들의 몸 위쪽에 서서 자전거를 들어 한쪽으로 치웠다. 베키는 다른 아이 밑에 깔려 있었다. 그애는 얼굴을 찌푸리고 있었고, 혀로 입술을 반복하여 축였다. 눈은 감겨 있었다. 퍼케일의 개가 그애를 핥으려고 했다. "저리 가!" 나는 속삭이며 개를 발로 밀어냈다. 개가 꼬리를 흔들었다.

어느 여자가 수건으로 손을 닦으며 내 옆쪽으로 다가왔다. "이애들은 신문배달부인가요?" 그녀가 말했다. "신문배달부인가요, 아시나요?" 나는 고개를 저었다.

청색 작업복을 입은 남자는 확신이 없는 표정으로 둘의 몸 위쪽에 다시 다리를 벌리고 섰다. 먼저 그는 베키의 몸 위에 가로질러 엎어져 있는 죽은 아이의 무거운 몸을 들어올렸어야 했다. 그러나 그는 그렇게 하려 들지 않았다. 나 또한 그가 그렇게 하는 걸 원하지 않았다. 그애가 누워 있는 자세는 어딘지 잘못되었고, 어딘지 자연스럽지 못했다.

"가서 전화로 앰뷸런스를 부를게요." 여자가 말했다.

나는 몸을 숙이고 그애의 늘어진 팔을 들어올렸다. "기다려요!" 그 남자가 말했다. "조심합시다!"

허리를 펴자, 눈을 감아야 할 정도로 어지러움이 몰려왔다.

그는 그애의 어깨 아래편을 움켜쥐고 그애를 베키에게서 떼어내 인도 위에 눕혔다. 베키가 눈을 떴다.

"베키," 내가 부르자 베키가 고요하고 무심한 눈길로 나를 쳐다보았다. "다 괜찮다." 내가 말했다. 그는 완전히 평화로운 눈길로 나를 계속 바라보며 거짓말을 받아들이고 그저 흘려보냈다. "앰뷸런스가 오는 중이야." 내가 말했다.

그때 플로렌스가 왔다. 그녀는 아들 옆에 무릎을 꿇고 그의 머리를 쓰다듬으며 무어라 다급하게 얘기했다. 그가 천천히, 우물거리는 목소리로 대답하기 시작했다. 그 말을 듣는 동안 그녀의 손이 잠시 동작을 멈췄다. "이애들은 이 트럭의 뒷부분과 충돌한 거야." 내가 설명했다. "이건 내 트럭이고요." 청색 작업복을 입은 남자가 말했다. "경찰이 이 애들을 밀쳤어." 내가 말했다. "끔찍해, 너무 끔찍해. 어제 여기 있던 경찰관 둘이 그렇게 했어, 확실해."

플로렌스는 베키의 머리 밑으로 손을 밀어넣었다. 그는 서서히 일어나 앉았다. 신발 한 짝은 벗겨져 있었다. 바짓가랑이 한쪽은 찢어져 뚫렸고 피로 젖어 있었다. 그는 조심스럽게 찢어진 옷을 옆으로 제치고 상처를 바라보았다. 그의 손바닥은 껍질이 벗겨져 너덜너덜했다. "앰뷸런스가 오는 중이야." 내가 말했다. "우리는 앰뷸런스 같은 건 필요 없어요." 플로렌스가 말했다.

그녀의 말은 틀렸다. 다른 아이는 이제 등을 대고 큰대자로 누워 있었다. 배관공은 다른 아이의 얼굴에 흘러내리는 피를 자신의 재킷으로 막아 지혈하려 노력하고 있었다. 그러나 피는 멈추지 않았다. 그가 뭉친 재킷을 들어올렸다. 그 순간, 재킷이 다시 피로 검어지기 전에, 이마의 찢어진 살이 벌어져 정육업자의 칼로 썰린 듯 너덜거리는 모습을 나는 보았다. 피가 아이의 눈 속으로 쏟아져들어가며 그의 머리를 반짝이게 만들었다. 피가 도로 위로 떨어졌다. 사방팔방이 다 피였다. 나는 피가 그렇게 검고, 그렇게 진하고, 그렇게 진득진득할 수 있다는 걸 몰랐다. 도대체 심장은 얼마나 크기에, 저 많은 피를 쏟아내고도 계속 쏟아내는 건지 의아스러웠다!

"앰뷸런스가 오고 있나요?" 배관공이 물었다. "도저히 지혈을 못하겠어요." 그는 땀을 흘리고 있었다. 그는 자세를 바꿨다. 그의 신발이 피로 젖어 철벅거렸다.

기억하기로, 네가 빵 자르는 기계에 엄지손가락을 베었을 때가 열한 살이었을 게다. 나는 흐루어터스키르병원의 응급실로 너를 황급히 데리고 갔었다. 우리는 벤치에 앉아 차례를 기다렸다. 너는 엄지손가락에 붕대를 감고 피가 멈추도록 누르고 있었다. "나는 어떻게 되는 거예요?" 네가 속삭였다. "주사를 맞고 꿰맬 거다." 나도 속삭였다. "몇 바늘만 꿰매고, 조금만 아프면 될 거야."

토요일 저녁, 이른 시각이었지만 벌써부터 부상자들이 조금씩 들어오고 있었다. 하얀 신발을 신고 구겨진 검은 양복을 입은 남자는 계속 접시에 피를 뱉었다. 들것에 실린 젊은이는 웃통을 벗고 벨트를 푼 채, 젖은 천 뭉치를 배에 대고 있었다. 마루에도 피, 의자에도 피. 이 검은 피의 홍수와 비교하면, 우리가 흘린 소량의 피는 얼마만큼의 가치가 있는 것일까? 피의 동굴에서 길을 잃고 엄마도 잃은 아이 스노드롭*. 피가

* 그림 형제의 동화 「스노드롭」에 나오는 주인공. 「스노드롭」은 그림 형제의 또다른 동화 「백설공주」의 이본(異本)으로 줄거리가 흡사하다.

넘쳐나는 나라. 노란색 방수복을 입고 장화를 신고 핏속을 헤치며 걸어다니는 플로렌스의 남편. 쓰러져 목이 따지고 마지막 피를 고래처럼 공중에 방출하는 소들. 피조물들의 피를 빨아들이는 메마른 대지. 피의 강물을 마시고도 결코 만족하지 않는 땅.

"내가 해볼게요." 내가 배관공에게 말하자 그가 자리를 내줬다. 나는 무릎을 꿇고 피에 젖은 청색 재킷을 들어서 옆으로 치웠다. 피가 아이의 얼굴에 지속적으로, 질펀하게 흘러내렸다. 나는 엄지와 검지로 찢어진 살을 최대한도로 밀착시켰다. 퍼케일의 개가 다시 밀치고 들어왔다. "저 개 좀 쫓아버려요." 내가 고함을 치자, 배관공이 개한테 발길질을 했다. 개는 깽깽거리더니 옆걸음으로 멀어졌다. 퍼케일은 어디에 있지? 사실일까, 그가 아무짝에도 쓸모없는 인간이라는 건 정말로 사실일까? "가서 전화 좀 다시 해봐요." 나는 배관공에게 명령하듯 말했다.

내가 상처 부위를 두 손가락으로 꼭 누르고 있는 동안은 피가 거의 멈췄다. 그러나 내가 힘을 풀면 피가 다시 끊임없이 나왔다. 그건 피였다. 그 이상은 아니었다. 네 피나 내 피와 똑같은 피였다. 그러나 나는 그처럼 진홍색이고 그처럼 검은 것을 전에는 결코 본 적이 없었다. 어쩌면 젊고 탄력 있고 우단처럼 검은 피부에 피가 흐르니 그런 느낌을 받은 건지도 몰랐다. 하지만 그건 내 손에 묻었을 때도 보통의 피보다 더 짙고 더 두드러져 보였다. 나는 그걸 응시하며 매혹되면서도 두려워하고, 완전히 망연자실해 있을 따름이었다. 그렇다고 내가 그 망연자실함에 완전히 빠져서, 긴장을 풀고, 지혈을 위한 조취를 취하지 않는다는 건 불가능했다. 존재의 가장 깊숙한 곳에서부터 불가능한 일이었다. 어째서 그럴까? 지금 자문해본다. 그리고 답해본다. 피는 소중하기 때문이다. 금이나 다이아몬드보다 더 소중하기 때문이다. 피는 하나이기 때문이다. 개별적인 삶을 사는 우리 사이에 분산되어 있지만 본질적으로는 소속이 같은 생명의 웅덩이. 주어진 게 아니라 빌린 것. 서로 간의 신뢰 속에서 공동으로 보존해야 하는 것. 우리 안에 살고 있는 듯 보이지만 겉으로만 그렇게 보일 뿐인 것. 실제로는, 우리가 그 안에 살기 때문에.

함께 돌아온, 피의 바다. 이게 세상이 마지막에 다다를 때 처하게 될 상황일까? 모두의 피. 차갑고 푸른 시베리아 하늘 아래에 펼쳐진 검붉은 바이칼호, 주변의 얼음 절벽, 끈적끈적하고 느릿느릿한 피가 찰싹대는 새하얀 해안들. 원래 상태로 복원된 인간의 피. 피의 몸. 모든 인간의 피? 그건 아니고. 외따로 떨어진 곳에 있는, 철조망이 둘러싸고 햇볕이 불처럼 내려쬐는 카루의, 토담이 둘러쳐진 댐에 아직도 괴어 있는, 아프리카너들과 그들에게 공물을 바치러 온 사람들의 피.

신성하고도, 혐오의 대상인 피. 그리고 매월 외국 땅에 피를 흘리는 너, 내 살에서 나온 살, 내 피에서 나온 피.

이십 년 동안 나는 피를 흘리지 않았다. 지금 나를 좀먹는 병은 토성土星이 보낸, 메마르고 피도 없고 느리고 차가운 병이다. 그 병에는 생각만 해도 견딜 수 없는 점이 있다. 이러한 종양을, 이 냉혹하고 추잡한 종기를 잉태했다는 것. 이 새끼들을 자연스러운 기간 이상으로 품고 다니되 그들을 낳을 수도 없고, 그들의 배고픔을 만족시킬 수도 없다는 것. 날마다 먹는 게 더 많아지고, 자라지는 않지만 부풀고 치아와 발톱이 나고, 영원히 차갑고 탐욕스러운, 내 속에 있는 아이들. 메마르고 또 메마른 것. 그들이 밤에 내 메마른 몸 안에서 위치를 바꾸고, 인간의 아이가 그러하듯이 몸을 뻗고 발로 차는 게 아니라 각도를 바꿔 갉아먹을 새로운 곳을 찾는 걸 느끼는 것. 숙주의 몸에 까놓은 벌레의 알처럼, 이제 유충으로 자라 무자비하게 숙주를 먹어치우는 것. 내 안에서 자란 내 알들. 나, 내 것. 쓰면서도 몸서리가 쳐지지만 사실인 말들. 나의 딸들인 죽음, 내 진짜 딸인 너와는 자매가 되는 셈이지. 모성이 스스로를 놀리는 지점에 다다르다니 이 얼마나 끔찍한 일이냐! 손에 피를 끈적끈적 묻히고 남자아이 위에 쭈그리고 앉아 있는 쭈그렁 할멈. 지금 내 마음속에 떠오르는 혐오스러운 이미지. 나는 너무 오래 살았다. 불로 죽는 것이 내게 남겨진 유일하게 품위 있는 죽음이다. 불속으로 걸어들어가, 섬유 부스러기가 타듯 활활 타고, 이 은밀한 동반자들이 마지막 순간에 아직 써보지 못한 거칠고 작은 목소리로 소리를 지르고 움츠리는 걸 느끼는 것. 불에 타 없어지고, 제거되어, 세상을 깨끗하게 남겨두는 것. 기괴한 성장과 유산流産은, 주어진 기간을 넘겼다는 표시다. 이 나라도 그렇다. 불을 위한 시간, 종말을 위한 시간, 잿더미에서 무엇인가가 자라야 할 시간.

앰뷸런스가 왔을 때, 나는 몸이 너무 뻣뻣하게 굳어서 누군가가 나를 일으켜줘야 했다. 내가 끈적끈적한 손가락을 상처에서 떼자 다시 상처 부위가 벌어졌다. "피를 많이 흘렸어요." 내가 말했다. "심각한 상태는 아닙니다." 앰뷸런스에서 나온 사람이 짤막하게 말했다. 그는 소년의 눈꺼풀을 뒤집어보았다. "뇌진탕이군요," 그가 말했다. "어쩌다가 이렇게 됐죠?"

베키는 바지를 벗고 세숫대야에 손을 담근 채 침대 위에 앉아 있었다. 플로렌스가 그 앞에 무릎을 꿇고 그의 다리에 붕대를 감았다.

"자네는 왜 나 혼자 그애를 돌보도록 놔두고 그 자리를 떠났지? 왜 거기에 남아 도와주지 않았던 거야?"

내 목소리는 불평을 하는 듯 들렸다. 그건 확실했다. 그러나 이번만은 내가 옳지 않나?

"전 경찰과 얽히고 싶지 않아요." 플로렌스가 말했다.

"그게 문제가 아냐. 자네는 내가 혼자서 자네 아들의 친구를 돌보게 했어. 뭣 때문에 내가 그애를 돌봐야 하지? 그애는 나하고는 아무 상관도 없어."

"그애는 지금 어디 있죠?" 베키가 물었다.

"우드스톡병원으로 후송됐다. 뇌진탕이래."

"뇌진탕이라니, 무슨 뜻이죠?"

"의식불명이야. 머리를 다쳤거든. 넌 너희가 왜 부딪혔는지 알고 있니?"

"그 사람들이 우리를 밀쳤어요." 그가 말했다.

"그래, 그들이 너희들을 밀쳤다. 내가 봤어. 너희 둘 다 살아난 것만 해도 다행이다. 나는 고소할 생각이야."

베키와 그의 어머니 사이에 눈길이 오갔다. "우리는 경찰과 얽히고 싶지 않아요." 플로렌스가 앞서 한 말을 되풀이했다. "당신이 경찰에 맞서서 할 수 있는 일은 아무것도 없어요." 다시, 눈길이 오갔다. 그녀는 마치 아들이 승낙했는지 확인이라도 하는 듯했다.

"만약 네가 고소하지 않으면, 그들은 계속 자기들 멋대로 행동할 거야. 설령 아무런 소득이 없다 해도 그들과 맞서야 해. 나는 경찰에 대해서만 얘기하는 게 아냐. 권력을 쥔 사람들에 관해서 얘기하는 거야. 네가 두려워하지 않는다는 걸 그들이 봐야 해. 이건 심각한 문제야. 베키, 그들은 너를 죽일 수도 있었어. 여하간, 그들이 너희한테 그렇게 한 이유가 뭐니? 너와 네 친구는 무슨 일을 벌이고 있었던 거니?"

플로렌스는 아들의 다리 둘레에 감은 붕대의 매듭을 묶고 그에게 뭔가를 중얼거렸다. 그는 대야에서 손을 뺐다. 소독약냄새가 났다.

"아프니?" 내가 물었다.

그는 손바닥을 위쪽으로 하여 손을 내밀었다. 벗겨진 살에서 계속 피가 나고 있었다. 영광의 상처? 이것은 영광의 상처, 전쟁의 상처로 역사에 기록될까? 우리는 함께 피가 흐르는 손을 바라보았다. 나는 그가 눈물을 참고 있다는 인상을 받았다. 자전거를 타고 노는 아이, 아이에 지나지 않는 아이.

"네 친구 말이다." 내가 말했다. "그애의 부모가 이 일에 대해 알아야 하지 않겠니?"

"제가 전화할게요." 플로렌스가 말했다.

플로렌스가 전화를 했다. 길고 시끄러운 통화. "우드스톡병원"이라는 말이 내 귀에 들렸다.

몇 시간 후, 어떤 여자가 공중전화로 전화를 걸어 플로렌스를 바꿔 달라고 했다.

"그애가 병원에 없답니다." 플로렌스가 말했다.

"그애의 어머니였어?" 내가 물었다.

"할머니였어요."

나는 우드스톡병원에 전화를 걸었다. "당신은 그애의 이름을 모를 거요. 그들이 데려갔을 때, 그애는 의식이 없는 상태였으니까요." 내가 말했다.

"그런 환자에 대한 기록은 없습니다." 남자가 대답했다.

"그애는 이마에 끔찍한 상처가 있어요."

"기록이 없습니다." 남자는 앞서 한 말을 반복했다. 나는 단념했다.

"그들은 경찰과 한통속이에요." 베키가 말했다. "앰뷸런스나 의사나 경찰이나 모두 똑같아요."

"그건 말도 안 되는 소리야." 내가 말했다.

"이제 아무도 앰뷸런스를 믿지 않아요. 그들은 언제나 무전으로 경찰과 연락하고 있다고요."

"말도 안 되는 소리."

그애는 실제 삶이 어떠한지 내게 훈계할 이 기회를 즐기며 미소를 지었다. 매력이 없지는 않은 미소였다. 신발 속에 살고, 아이들도 없고, 어쩔 줄 몰라하는 늙은 여자인 나. "그건 사실이에요." 그가 말했다. "들어보면 알게 될걸요."

"경찰이 왜 너를 쫓는 거니?"

"그들은 저만 쫓는 게 아니에요. 경찰은 모든 사람들을 쫓고 있어요. 전 아무 짓도 안 했어요. 하지만 그들은 학교에 있어야 한다고 생각되는 애들이면 누구든 잡으려고 해요. 우리는 아무 짓도 안 해요. 다만 학교에 가지 않겠다고 하는 것뿐이에요. 이제 그들은 우리한테 테러 행위를 하고 있어요. 그들은 테러리스트예요."

"왜 학교에 안 가려는 건데?"

"학교가 뭐하는 곳인데요? 그곳은 우리를 아파르트헤이트 체제에 맞추는 곳이에요."

나는 고개를 저으며 플로렌스를 보았다. 입술에는 엷은 미소가 굳게 어려 있었고 그녀는 굳이 그걸 숨기려 하지도 않았다. 명백히 그녀의 아들이 이기고 있었다. 그래, 이길 테면 이기라지. "나는 이런 일을 감당하기에는 너무 나이가 들었어." 나는 그녀에게 말했다. "그런데 나는 자네가 아파르트헤이트가 끝날 때까지, 아들이 거리에서 시간을 때우기를 바란다니 도저히 믿을 수 없어. 아파르트헤이트는 내일이나 모레 없어질 게 아냐. 저애는 미래를 망치고 있어."

"뭐가 더 중요하죠? 아파르트헤이트가 붕괴되는 건가요? 제가 학교에 가는 건가요?" 베키는 승리의 냄새를 맡으며 내게 도전했다.

"그건 선택의 문제가 아냐." 나는 지친 목소리로 대답했다. 그러나 내가 옳았을까? 만약 그게 선택의 문제가 아니라면, 무엇이 선택의 문제지? "널 우드스톡병원에 데려다주마." 나는 제안했다. "그렇지만 갔다가 바로 나와야 돼."

플로렌스는 퍼케일이 기다리고 있는 걸 보자 고개를 치켜들었다. 그러나 내가 우겼다. "차에 문제가 있을 경우를 대비해 이 사람도 같이 가야 돼."

그렇게 해서 나는 그들을 우드스톡병원에 데리고 갔다. 내 옆에 앉은 퍼케일에게서 전보다 더 지독한 냄새가 났다. 이상하게도 그 냄새가 비참하게 느껴졌다. 플로렌스와 베키는 뒷좌석에 말없이 앉아 있었다. 차는 병원으로 가는 완만한 경사로를 힘겹게 올라갔다. 나는 이번에는 마음의 평정을 유지하고 차머리가 언덕 아래쪽을 향하도록 주차했다.

"정말로 그런 사람은 여기에 없다니까요." 책상에 앉은 남자가 말했다. "제 말을 못 믿겠으면 병실에 들어가서 직접 확인해보세요."

나는 몸이 피곤했지만, 플로렌스와 베키를 따라 남자 병실을 돌아다녔다. 낮잠 시간이었다. 비둘기들이 밖에 있는 나무에서 부드럽게 구구거리고 있었다. 머리에 붕대를 감은 흑인 아이들은 없었다. 라디오에서 차분한 음악이 흘러나오는 가운데, 천장을 멍하게 쳐다보는 파자마 차림의 늙은 백인 남자들만이 있을 뿐이었다. 내 비밀스러운 형제들, 나는 생각했다. 여기가 내가 속한 곳이구나.

"만약 그들이 그애를 이곳으로 데려오지 않았다면, 어디로 데려갔을까요?" 나는 책상에 앉은 남자에게 물었다.

"흐루어터스키르병원에 가보세요."

흐루어터스키르병원 주차장은 만원이었다. 우리는 삼십 분 동안이나 시동을 걸어둔 채 입구에서 기다렸다. 플로렌스와 그녀의 아들은 낮은 소리로 얘기를 나누고, 퍼케일은 멍한 눈을 하고, 나는 하품을 하며 차 속에 앉아 있었다. 남아프리카의 나른한 주말 같네, 나는 생각했다. 가족을 데리고 드라이브를 나온 듯했다. 우리는 낱말 게임을 하며 시간을 보낼 수도 있었을 것이다. 하지만 그 세 사람이 게임을 하려고 할까? 나만이 향수를 느끼며 돌아볼 수 있을 과거 속의 낱말 게임. 그때 중산층, 넉넉한 계층에 속했던 우리는 시골로 가 아름다운 곳들을 돌아다니다가, 가급적이면 서쪽 바다가 보이는 전망 좋은 다실에서 스콘, 딸기잼, 크림을 곁들여 차를 마시며 오후를 마무리하곤 했었다.

차 한 대가 나오고 우리가 들어갔다. "나는 여기 있을게요." 퍼케일이 말했다.

"뇌진탕을 입은 사람은 어디서 치료하죠?" 나는 직원에게 물었다.

우리는 C-5 병동을 찾으려 길고 번잡한 복도를 내려갔다. 음식 접시를 들고 있는, 베일 쓴 이슬람 여자 네 명과 비좁은 엘리베이터를 같이 탔다. 베키는 붕대를 감은 자신의 손이 마음에 걸리는지 손을 뒤로 감췄다. 우리는 C-5와 C-6을 찾아봤지만 그애를 찾을 수 없었다. 플로렌스가 간호사를 잡고 물었다. "새 병동에 가보시죠." 간호사가 말했다. 나는 기진맥진해져 고개를 저었다. "나는 더이상 못 걷겠어. 자네와 베키는 계속 찾아봐. 차에서 만나."

그건 사실이었다. 나는 피곤했다. 엉덩이가 아프고 심장이 두근두근 뛰었다. 입에서는 불쾌한 맛이 감돌았다. 하지만 그것 말고 이유가 더 있었다. 나는 병에 걸린 늙은이들을 너무 많이 보고 있었다. 그것도 너무나 갑작스럽게. 그들은 나를 압박했다, 압박하고 위협했다. 흑인들과 백인들, 남자들과 여자들은 복도에서 발을 질질 끌고 다니며 서로를 탐욕스럽게 바라보고, 내가 가까이 다가가자 나를 훑어보며, 내게서 나는 죽음의 냄새를 정확하게 맡았다. "사기꾼!" 그들이 내 팔을 움켜잡고 뒤로 끌어당기며 이렇게 말할 것만 같았다. "당신 마음대로 여기에 왔다가 갈 수 있다고 생각해? 규칙도 몰라? 이곳은 죽음으로 가는 길에 거쳐야 하는 어둠과 고통의 집이야. 그게 모든 사람들에게 내려진 형벌이야. 사형이 집행되기 전에 형기를 살아야 하는 감옥이야." 선고를 받은 사람들이 한 명이라도 바깥 공기 속으로, 빛 속으로, 위에 있는 풍요로운 세상 속으로 달아나지 못하도록 감시하며 복도를 순찰하는 늙은 사냥개들. 이곳은 저승, 나는 도망치는 영혼. 출입구를 통과할 때 으스스 몸이 떨렸다.

우리는, 퍼케일과 나는, 너무 오랜 결혼생활로 서로에게 말도 하기

싫고 짜증나 있는 부부처럼, 아무 말 없이 차 안에서 기다렸다. 이제는 냄새에도 익숙해져가는구나, 나는 생각했다. 이게 내가 남아프리카를 향해, 사랑하지는 않지만 그것의 나쁜 냄새에 익숙해진 남아프리카를 향해 느끼는 감정일까? 결혼은 운명이다. 우리는 우리가 결혼한 대상이 된다. 남아프리카와 결혼한 우리는 남아프리카 사람이 된다. 추하고, 음침하고, 무기력하고, 우리가 살아 있다는 유일한 표시는 화가 났을 때 번쩍이며 밖으로 드러나는 송곳니뿐인 남아프리카 사람이 되는 것이다. 남아프리카. 죽을 날을 기다리며 출입구에서 꾸벅꾸벅 졸고 있는, 성질 더러운 늙은 사냥개. 나라 이름으로서도 얼마나 무미건조한가! 그들이 새 출발을 할 때, 나라 이름을 바꿨으면 싶다.

교대가 끝난 간호사 한 무리가 웃고 떠들며 지나갔다. 내가 피해온 건 그들에게 돌봄을 받는 일이다, 나는 생각했다. 내가 지금, 그들에게 나 자신을 맡기고 들어가면 얼마나 안심이 될까! 깨끗한 시트, 내 몸에 닿는 활기찬 손길, 고통으로부터의 해방, 무력감 속으로의 해방. 그렇다면 내가 그렇게 하지 못하도록 막는 건 무엇일까? 나는 목이 메고 눈물이 솟는 걸 느끼며 고개를 돌렸다. 영국 날씨처럼 지나가는 소나기겠지, 나는 속으로 생각했다. 그러나 진실을 말하자면, 나는 점점 더 창피한 줄도 모르고 더 쉽게 운다. 나는 한때, (엄마가 이런 얘기를 하면 너는 싫어할까?) 쾌락과 오르가슴을 느끼는 게 너무 쉽다는 여자를 알았다. 그녀는 오르가슴이 미세한 전율처럼 차례로, 물처럼 찰랑거리며 몸을 훑고 지나간다고 말했다. 그런 몸을 갖고 사는 기분은 어떤 걸까? 나는 궁금해하곤 했었다. 물로 바뀌는 것, 그게 희열이라는 걸까? 지금 나는 걷잡을 수 없는 눈물 속에서, 나의 태만 속에서, 그렇고 그런 답을 찾았다. 비애가 아니라 슬픔의 눈물. 가볍고 변하기 쉬운 슬픔, 푸른색이지만 어두운 푸른색은 아니고, 오히려 맑게 갠 겨울날의 높은 하늘에서 볼 수 있는 창백한 푸른색. 사적인 문제, 내가 점점 더 숨기려는 노력을 하지 않게 되는, 영혼의 웅덩이에서 일어나는 흔들림.

나는 눈물을 닦고 코를 풀었다. "당황할 필요 없어요." 나는 퍼케일에게 말했다. "나는 이유 없이 울거든요. 같이 와줘서 고마워요."

"당신이 왜 날 필요로 하는 건지 모르겠네요." 그가 말했다.

"늘 혼자 있다는 건 힘든 일이에요. 그게 전부예요. 내가 당신을 선택한 건 아니지만, 당신은 여기에 있는 사람이에요. 그리고 그거면 충분해요. 당신이 온 거예요. 마치 아이를 갖는 일과 같죠. 아이를 선택할 수는 없는 법이잖아요. 아이는 그저 태어날 뿐이죠."

그는 눈길을 옆으로 돌리며 천천히, 묘한 미소를 지었다.

"게다가," 내가 말했다. "당신은 차를 밀어주잖아요. 차를 쓸 수 없다면 난 집에 꼼짝 못하고 갇혀 있어야 할 거예요."

"당신에게 필요한 건 새로운 배터리일 뿐입니다."

"나한테는 새로운 배터리가 필요 없어요. 이해 못하겠어요? 굳이 설명을 해야 하나요? 이 차는 낡았고, 이제는 거의 존재하지도 않는 세계에 속하지만 굴러가긴 하죠. 나는 그 세계에서 남겨진 것 중 아직까지 작동하는 것을 고수하려고 할 뿐이에요. 내가 그걸 사랑하든 싫어하든, 그 점은 중요한 게 아니에요. 나는 그 세계에 속하는 사람이에요. 다행히도, 나는 변해버린 이 세계에 속한 사람이 아니에요. 그 세계에서는 차에 시동을 걸 때마다 시동이 걸리리라고 확신할 수 없어요. 내 세계에서는 자동시동장치를 이용하죠. 그 방법도 안 되면 크랭크를 돌리고요. 그 방법도 안 되면, 다른 사람에게 밀어달라고 하면 되죠. 그래도 차에 시동이 안 걸리면, 자전거를 타거나 걷거나 집에 있으면 되고요. 내가 속한 세계는 이렇게 돌아가요. 나는 거기에서 편안해요. 그게 내가 이해하는 세계이고요. 내가 왜 변해야 하는지 모르겠어요."

퍼케일은 아무 말도 하지 않았다.

"만약 당신이 나를 과거의 화석이라고 생각한다면," 나는 덧붙였다. "당신 자신을 한번 돌아볼 때가 된 거예요. 당신은 요즘 아이들이 술을 마시고 누워서 리어흐루어퍼레이* 하는 걸 어떻게 생각하는지 봤잖아요. 조심해요. 앞으로 남아프리카에서는 당신을 포함한 모든 사람들이 일을 해야 할 거예요. 당신은 그런 전망을 좋아하지 않을 수도 있지만, 마음의 준비를 해두는 게 좋을 거예요."

주차장에 어둠이 내려오고 있었다. 플로렌스는 어디에 있지? 등의 통증이 나를 짓누르고 있었다. 약 먹을 시간이 지났다.

나는 텅 빈 집과 내 앞에서 아가리를 벌리고 있는 긴긴밤을 생각했다. 눈물이 다시 솟았다. 쉽게도 나오는 눈물.

내가 말했다. "당신에게 미국에 사는 내 딸에 관한 얘기를 한 적이 있었죠. 내 딸은 내 모든 것이에요. 나는 그애에게 진실을, 내 상황에 대한 모든 진실을 말해주지 않았어요. 그애는 내가 아파 수술을 했다는 건 알아요. 수술이 성공적이었고 내 상태가 호전되고 있다고 생각하죠. 밤중에 침대에 누워 내 몸이 굴러떨어지는 시커먼 구멍을 응시할 때, 나를 미치지 않게 해주는 건 그애에 대한 생각이에요. 나는 혼잣말을

* 아프리칸스어로 '빈둥거림'이라는 뜻.

하죠. 그래, 난 한 아이를 세상에 데려왔다. 나는 그애가 자라서 여자가 되는 모습을 봤다. 나는 그애가 새로운 삶에 안착하는 모습을 봤다. 내가 그 일을 해냈다. 그 사실은 나에게서 절대로 빼앗아갈 수 없다. 폭풍이 내게 몰아칠 때, 내가 붙잡는 기둥은 바로 그 생각이에요.

나는 가끔 평정을 유지할 수 있도록 작은 의식을 거행해요. 이렇게 혼잣말을 해요. 이쪽이 새벽 두시니까, 그애가 사는 저쪽은 저녁 여섯시겠구나. 저녁 여섯시를 상상해보세요. 그리고 나머지 모든 것을 상상해보세요. 그애가 일터에서 막 돌아왔어요. 코트를 걸고, 냉장고에서 얼린 콩을 꺼내 그릇에 부어요. 그리고 양파 두 개를 꺼내 껍질을 벗기기 시작해요. 콩을 상상해봐요. 양파를 상상해봐요. 그애가 그런 일들을 하는 세계를, 그 나름의 냄새와 소리가 있는 세계를 상상해봐요. 각다귀가 방충망에 들러붙어 있고, 아이들이 거리 아래쪽에서 소리쳐 부르는, 북아메리카의 여름날 저녁을 상상해봐요. 그애가 평화롭게 살다가 죽을 땅 위에 있는 집, 그 집 안에서, 그애의 삶 속에서 양파 한 개를 들고 있는 내 딸을 상상해봐요. 시간은 그 땅에서도, 여기나 다른 모든 곳에서와 마찬가지로 똑같은 속도로 흐르죠. 시간이 흐르는 걸 상상해봐요. 시간이 흘러가요. 여기에서 날이 밝으면, 거기에선 날이 어두워져요. 그애는 침대로 가요. 그애는 졸음에 겨워, 평화로운 나라에 있는 그들 부부의 침대에 누운 남편 옆에 몸을 눕히죠. 나는 고요하고 탄탄하고 생기 있고 평온한, 이곳에서 탈출한 그애의 몸을 생각해요. 나는 그애를 안고 싶어 가슴이 미어져요. '정말 고맙다.' 진심으로 이 말을 하고 싶어요. '나 좀 살려주렴!' 이 말도 하고 싶지만 결코 입 밖에 내지는 않아요.

이해하겠어요? 이해하겠어요?"

차문이 열렸다. 퍼케일은 내 반대 방향으로 몸을 기울인 채 머리를 차체에 기대고 한쪽 발을 땅에 내려놓았다. 그가 무거운 한숨을 내쉬는 소리가 내 귀에 들렸다. 플로렌스가 돌아와 자신을 구해주기를 기다리는 게 틀림없었다. 이러한 고백과 애원과 요구가 얼마나 따분했을까!

"왜냐하면 그건 아이에게 요구해서는 안 되는 일이기 때문이에요." 나는 말을 이었다. "아이한테 안아달라고, 위로해달라고, 살려달라고 할 수는 없는 거잖아요. 위로와 사랑은 앞으로 흐르는 거지 뒤로 흐르는 게 아니니까요. 그게 규칙이에요. 요지부동한 철칙 중 하나죠. 나이 든 사람이 사랑을 애걸하면 모든 게 추해지는 법이에요. 어린아이의 침대 속으로 살며시 들어가려는 부모처럼, 부자연스럽죠.

그러나 살아 있는 그 접촉으로부터, 우리를 살아 있는 것과 결합해주는 모든 접촉들로부터 자신을 단절시키는 건 얼마나 어려운 일인지 몰라요! 묶었던 밧줄이 팽팽해지다가 급기야 툭 끊어져 아래로 늘어진 채 부두에서 멀어지는 증기선처럼 말이죠. 마지막 출항. 떠나가버린 소중한 사람. 모든 게 너무너무 슬퍼요! 나는 조금 전에 간호사들이 우리를 지나칠 때, 다시 병원에 들어가, 내 옷을 벗기고 침대에 눕히는 그들의 손길에 내 몸을 맡기고 싶어서 다 포기하고 차 밖으로 나갈 뻔했어요. 내가 특히 갈구하는 건 그들의 손이에요. 손길 말이에요. 만약 그들이 활기찬 손길로 늙고 사랑스럽지 않게 되어버린 몸을 만지고 쓰다듬어주지 않을 거라면, 그들을, 이 여자들을, 이 아이들을 왜 고용하겠어요? 왜 그들에게 등불을 주고 그들을 천사라고 부르겠어요? 그들이 한밤중에 나타나 우리에게 이제 떠날 시간이라고 얘기해주기 때문일까요? 그럴지도 모르죠. 하지만 그들이 끊어져버린 접촉을 다시 이어주는 손을 내밀기 때문이기도 해요."

"당신 딸에게 이 얘기를 하세요." 퍼케일이 조용한 목소리로 말했다. "그러면 올 거예요."

"싫어요."

"지금 당장 얘기하세요. 미국으로 전화해요. 당신에게 딸이 필요하다고 얘기하라고요."

"싫어요."

"그러면 나중에도 딸에게 얘기하지 마세요. 그건 너무 늦어요. 딸은 당신을 용서하지 않을 거예요."

그의 힐난을 받으니, 얼굴을 얻어맞은 듯했다.

"당신이 이해 못하는 게 있어요." 내가 말했다. "나는 내 딸을 이곳으로 다시 부르고 싶은 생각이 없어요. 그애가 그리울 순 있어도 그애가 여기 있는 건 원치 않아요. 그래서 그리움이라는 말을 쓰는 거예요. 그리움이란 먼길을 가야 하는 거예요.* 지구의 끝까지 말이에요."

그는 다행히, 나의 말도 안 되는 소리에 마음이 흔들리지 않았다. "선택을 해야 해요." 그가 말했다. "딸에게 얘기하든지 아니면 하지 말든지."

"얘기하지 않을 거예요. 그건 확실해요." 내가 말했다(나는 얼마나 거짓말쟁이인가!). 무언가가 내 목소리에 솟아오르고 있었다. 내가 통제할 수 없는 어조였다. "다시 한번 확실히 해두지만, 이 나라는 정상적인

---

* '그리움(longing)'과 '먼(long)'의 언어유희.

나라가 아니에요. 사람들이 자기 마음대로 오고갈 수 있는 나라가 아니라고요."

그는 내 말을 거들어주지 않았다.

"내 딸은 상황이 변하기 전에는 이곳에 돌아오지 않을 거예요. 그애는 맹세를 했어요. 당신도 알고, 나도 알고, 그애도 아는 남아프리카에는 돌아오지 않을 거예요. 그애는 분명히 그 사람들—이 사람들을 뭐라고 불러야 하죠?—에게 입국허가를 받으려고 하지 않을 거예요. 그애는 그들이 가로등 기둥에 거꾸로 매달려 있을 때나 돌아오겠다고 말해요. 그애는 그들의 몸에 돌을 던지며 거리에서 춤추기 위해 돌아올 거예요."

퍼케일은 이를 드러내며 씩 웃었다. 누런 말 이빨. 늙은 말.

"당신은 내 말을 못 믿는군요," 내가 말했다. "그렇지만 언젠가 그애를 만나게 되면 믿을 거예요. 그애는 철 같아요. 나는 그애에게 맹세를 깨뜨리라고 하지 않을 거예요."

"당신도 철 같아요." 그가 말했다, 나에게.

침묵이 우리 사이에 드리워졌다. 내 안에 있는 무언가가 부서졌다.

"당신이 그 말을 했을 때, 무언가가 내 안에서 부서졌어요." 내가 말했다. 말이 마구 흘러나왔다. 다음 말을 어떻게 이어가야 할지는 알지 못했다. "내가 철로 만들어졌다면, 틀림없이 그렇게 쉽게 부서지지는 않겠죠." 내가 말했다.

우리가 엘리베이터에서 만났던 여자 네 명이 파란색 양복을 입고 챙 없는 흰색 사발 모자를 쓴 작달막한 남자의 안내를 받으며 주차장을 가로질렀다. 그는 그들을 차에 태우고 가버렸다.

"당신 딸이 이 나라를 떠나야 할 무슨 일이라도 저질렀나요?" 퍼케일이 물었다.

"아뇨, 그애는 아무 일도 저지르지 않았어요. 그저 질렀던 거죠. 떠나서 돌아오지 않았어요. 그애는 자신을 위해 다른 삶을 시작했어요. 결혼을 했고 가정을 가졌죠. 최고로 잘한 일이고 현명한 일이었죠."

"그러나 당신 딸이 잊지는 않았겠죠."

"물론 잊지는 않았죠. 하지만 내가 뭔데 그걸 장담할 수 있겠어요? 어쩌면 사람은 서서히 잊어가는지도 모르죠. 나로서는 잊는 걸 상상할 수 없지만, 어쩌면 그럴지도 몰라요. 그애는 이렇게 말하죠. '저는 아프리카에서, 남아프리카에서 태어났어요.' 나는 그애가 언젠가 얘기를 하다가 그렇게 말하는 걸 들은 적이 있어요. 그 말을 들으니, 한 문장을 반절만 얘기한 것 같다는 생각이 들더군요. 마지막 반도 나와야 하는데, 나오지 않더라고요. 그래서 그 말이 잃어버린 쌍둥이처럼 공중에 떠 있어요. '저는 남아프리카에서 태어났고 다시는 돌아가지 않을 겁니다.' '저는 남아프리카에서 태어났고 언젠가 돌아갈 겁니다.' 둘 중 어느 쪽이 잃어버린 쌍둥이일까요?"

"그래서 당신 딸은 망명자인가요?"

"아뇨, 그애는 망명자가 아니죠. 망명자는 나예요."

그는 나와 얘기하는 법을 익혀가고 있었다. 그는 내가 말을 계속하도록 유도하는 법을 익혀가고 있었다. 나는 말을 가로막고 싶은 충동을 느꼈다. "얼마나 좋은지 몰라요!" 이렇게 말하고 싶었다. 오랫동안 침묵을 지킨 후라 얼마나 좋은지 모른다. 눈에 눈물이 고인다.

"나는 당신한테 아이들이 있는지 없는지 몰라요. 이게 남자한테도 똑같은 걸 의미하는지 모르고요. 자기 몸으로 아이를 낳으면, 그 아이에게 자신의 생명을 주는 거예요. 특히 첫아이는, 첫번째로 태어난 아이는 더욱 그래요. 자기 삶이 더이상 자기 것이 아니고, 자기도 더이상 자기가 아니고, 아이와 같이 살아가는 삶이 되는 거예요. 이게 우리가 실제로는 죽지 않는 이유예요. 우리는 단지 우리의 삶을, 우리 안에 잠시 머물렀던 삶을 물려주고, 뒤에 남겨지는 거예요. 당신도 보다시피, 나는 껍데기에 불과해요. 내 아이가 뒤에 남기고 간 껍데기에 불과하죠. 그래서 나에게 무슨 일이 일어나든 그건 중요하지 않아요. 나이든 사람들에게 무슨 일이 일어나든 그건 중요하지 않은 거예요. 그래도—이런 이야기를 하긴 하지만, 당신이 이해하기를 기대할 수도 없네요. 그러나 괘념치 마세요—떠날 때가 되니까 두렵군요. 그게 설령 손끝과 손끝이 닿는 것일 뿐이더라도, 놓아버리고 싶지는 않아요."

플로렌스와 그녀의 아들이 이제 주차장을 가로질러, 우리를 향해 빠르게 걸어오고 있었다.

"당신은 딸에게 가서 살았어야 했어요." 퍼케일이 말했다.

나는 미소를 지었다. "나는 미국에서 죽을 수는 없어요." 내가 말했다. "미국인들을 제외하고는 아무도 그럴 수 없어요."

플로렌스가 맹렬한 기세로 뒷좌석에 올라탔다. 그녀가 앉자 차가 들썩거렸다.

"그애를 찾았어?" 내가 물었다.

"예." 그녀가 대답했다. 그녀의 얼굴이 천둥 같았다. 베키가 그녀의 옆으로 들어왔다.

"그래서?" 내가 말했다.

"예, 찾았다고요. 그애는 이 병원에 있어요." 플로렌스가 말했다.

"상태는 괜찮아?"

"예, 괜찮아요."

"잘됐군." 나는 소리쳤다. "말해줘서 고마워."

우리는 아무 말 없이 차를 타고 갔다. 우리가 집에 도착했을 때에야 플로렌스가 입을 열었다. "그자들은 그애를 노인 병실에 입원시켰더군요. 너무 끔찍해요. 미친 사람이 하나 있었는데, 내내 소리지르고 욕을 하고 난리였어요. 간호사들도 그 사람 근처에 가기를 두려워했어요. 어린애를 그런 방에 둬서는 안 되죠. 그애가 있는 곳은 병원이 아니라 장례식 대기실이에요."

장례식 대기실이라. 나는 그 말을 마음속에서 몰아낼 수가 없었다. 뭘 먹으려고 해봤지만 식욕이 없었다.

퍼케일은 나뭇간에서 촛불을 켜놓은 채 신발 한 짝을 들고 뭔가를 하고 있었다. "나, 병원에 다시 가려고 해요." 내가 말했다. "같이 갈래요?"

플로렌스가 말한 병실은 낡은 건물의 끝자락에 있었다. 지하실로 내려가 부엌을 지나 다시 올라가야 들어갈 수 있는 병실이었다.

사실이었다. 머리를 박박 깎고 갈퀴처럼 몸이 앙상한 남자가 침대에 일어나 앉은 채 손바닥으로 허벅지를 치며 큰 소리로 노래를 부르고 있었다. 그의 허리에는 널찍한 검은 가죽끈이 감겨 침대 밑으로 고정되어 있었다. 그는 무슨 노래를 하는 걸까? 내가 알지 못하는 언어로 된 노래였다. 나는 그 사람이 어느 순간 노래를 멈추고 나를 노려보며 해골 같은 검은 팔을 들어 나를 가리킬까 두려워, 들어가지도 못하고 입구에 서 있었다.

"섬망증이네요." 퍼케일이 말했다. "저 사람, 섬망증에 걸렸어요."

"아니, 그보다 더 심한 것 같아요." 내가 속삭였다.

퍼케일이 내 팔꿈치를 잡았다. 나는 그가 이끄는 대로 따라갔다.

병실 중앙에는 쟁반들이 어지럽게 널린 긴 탁자가 있었다. 누군가가 허파에 우유가 가득차기라도 한 듯 축축한 기침을 하고 있었다. "저 구석에 있네요." 퍼케일이 말했다.

그는 우리가 누군지 못 알아봤다. 그애의 피로 손가락이 끈적끈적하게 젖었던 나도 그애를 쉽게 알아보지 못했다. 머리는 붕대로 감겨 있었고, 얼굴은 부었고, 왼팔은 끈으로 묶여 가슴에 고정된 채였다. 그애는 옅은 푸른색 환자복을 입고 있었다.

"말하지 마라." 내가 말했다. "우리는 네가 괜찮은지 보려고 왔을 뿐이다."

그는 부은 입술을 열었다가 다시 닫았다.

"날 알아보겠니? 나는 베키의 엄마가 일하는 집의 주인이다. 나는 오늘 아침, 지켜보고 있었다. 모든 걸 낱낱이 봤어. 빨리 나아야 한다. 네가 먹을 과일을 좀 가져왔다." 나는 캐비닛 위에 사과 한 개와 배 한 개를 올려놓았다.

그의 표정은 변하지 않았다.

나는 그가 마음에 들지 않았다. 지금도 그렇다. 내 마음속 어디를 들여다봐도 그를 향한 감정의 흔적을 조금도 찾을 수 없다. 자연스럽게 끌리는 사람이 있고, 처음부터 싫은 사람이 있다. 그게 전부다. 이애는 베키 같지 않다. 이애한테는 매력이 없다. 이애한테는 뭔가 어리석은 구석이 있다. 의도적으로 어리석게 굴고, 폐쇄적이고, 고집 센 구석이 있다. 이 아이는 너무 일찍 목소리가 굵어지고, 열두 살쯤 되면 소년기를 벗어나 일부러 잔인해지는 아이들 중 하나다. 단순해진 인간. 보통 사람들보다 더 빠르고, 더 민첩하고, 더 지칠 줄 모르고, 의심이나 양심의 거리낌도 없고, 유머도 없고, 무자비하고, 순진하여, 모든 면에서 단순해진 인간. 그애가 거리에 누워 있을 때, 그애가 죽어간다고 생각했을 때, 나는 그를 위해 할 수 있는 일을 했다. 그러나 솔직히 말하자면, 그애 말고 다른 사람에게 그렇게 했었더라면 싶다.

언젠가 고양이를 돌봐준 적이 있었다. 종기 때문에 턱이 벌어지지 않는 늙은 황갈색 수고양이였다. 나는 그 고양이가 너무 약해져서 저항을 못하는 상황이 되었을 때, 안으로 데리고 들어가 튜브로 우유를 먹이고 항생제를 투여했다. 나는 고양이가 원기를 회복하자 놓아줬다. 그러나 계속 먹이를 밖에 나뒀다. 일 년 동안, 가끔씩 그 고양이를 근처에서 보았다. 일 년 동안, 고양이는 내가 주는 먹이를 먹었다. 그런 다음 영원히 사라져버렸다. 그 고양이는 그 기간 내내 전혀 타협하지 않고 나를 적으로 대했다. 가장 약해졌을 때조차 내가 손을 대면 몸이 긴장으로 굳어지고 저항했다. 나는 이 아이한테서도 똑같은 저항의 벽을 느꼈다. 그는 눈을 뜨고 있었지만, 보고 있지 않았다. 내가 말하는 것을 그는 듣지 않았다.

나는 퍼케일을 향했다. "우리, 갈까요?" 내가 말했다. 나는 충동적으로, 아니 충동이 이는 것을 막지 않으려고 의식적으로 노력하며 그 아이의 성한 손을 가볍게 만졌다.

손을 움켜잡은 것도 아니었고, 오랫동안 닿은 것도 아니었다. 그애의 손등에 내 손가락 끝이 가볍게 스친 정도, 그저 잠깐 머문 정도에 불과했다. 그러나 나는 그애의 몸이 굳어지는 것을, 순간적으로 화가 나 전류가 흐르듯 몸이 움찔하는 것을 느꼈다.

여기에 없는 네 어머니 대신 그러는 거다. 나는 속으로 말했다. 그리고 큰 소리로 말했다. "판단은 천천히 하렴."

판단은 천천히 하라고? 무슨 의미로 그런 말을 했던 걸까? 내가 모르면, 달리 누가 알지? 분명히 그애는 아니다. 그애의 경우는 분명히, 몰이해의 정도가 더 깊었다. 내 말들은 밖으로 나온 순간 낙엽처럼 그애로부터 떨어져내렸다. 여자의 말, 그래서 무시해도 좋은 말. 그것도 늙은 여자의 말, 그래서 두 배로 무시해도 좋은 말. 무엇보다도 백인의 말.

나. 백인. 나는 백인들에 대해서 생각할 때, 무엇을 보는가? 나는 작열하는 태양빛 아래 먼지 많은 평원을 이리저리 돌아다니는 양떼(무리가 아니라 떼다)를 본다. 나는 쿵쿵거리는 발굽소리를 듣는다. 혼란스러운 소리, 그런데 그 소리에 귀가 익숙해지면, 수천 가지 억양으로 "나!" "나!" "나!" 하며 똑같은 소리를 음매음매 내는 거라는 게 드러난다. 이빨이 톱니 같고 눈이 충혈된, 야만적이고 바뀌지 않는 늙은 수퇘지들이 그들 사이를 돌아다니며, 털이 곤두선 옆구리로 서로를 이리저리 떠받고 밀치고 우르르 움직이며 "죽음!" "죽음!" 하고 꿀꿀댄다. 나는 저애가 그러하듯이, 백인들의 손이 닿으면 몸이 움츠러든다. 그렇게 해봐야 나한테 좋을 게 하나도 없는데도. 만약 저애의 손을 두드리는 늙은 백인 여자가 내가 아니라면, 나도 그 여자에게서 몸을 움츠릴 것이다.

나는 다시 얘기를 시도해봤다.

"나는 퇴직하기 전에," 내가 말했다. "선생이었다. 대학에서 가르치는 일을 했지."

퍼케일은 침대의 다른 쪽에서 나를 심각하게 바라보고 있었다. 그러나 나는 그에게 말하고 있는 게 아니었다.

"만약 네가 투키디데스에 관한 내 강의를 들었더라면," 나는 말을 이었다. "전쟁중에 우리의 인간성에 어떤 일이 생길 수 있는지에 대해 뭔가를 배웠을지 모른다. 우리가 갖고 태어나고, 또 그 속으로 태어나는 인간성에 관해서 말이다."

그애의 눈에는 뭔가 흐릿한 게 있었다. 광채가 없는 흰자위, 프린터의 잉크처럼 판판하고 검은 눈동자. 진정제를 맞았을지 모르지만, 그애는 내가 거기에 있다는 걸 알고, 내가 누구인지 알고, 내가 자기에게 얘기를 하고 있다는 걸 알았다. 그애는 학교에서 선생의 말을 결코 듣지 않고 자신의 귀에 들려오는 말에 무감각하게 돌처럼 앉아서, 끝나는 종이 울리기를 기다리며 시간을 때웠듯이, 알면서도 일부러 듣지 않았다.

"투키디데스는 규칙을 만들어 그것을 따르는 사람들에 관해서 썼단다. 그들은 규칙에 따라, 모든 계층의 적들을 예외 없이 죽였지. 죽은 사람들 대부분은 틀림없이, 무슨 끔찍한 오해가 있었으며, 그 규칙이 무엇이든, 자신들을 향한 것일 리가 없다고 생각했을 거야. '나!' 이것이 목이 잘릴 때, 그들이 마지막으로 한 말이었다. 항의의 말. 나, 나는 예외인데.

그들이 예외였을까? 사실대로 얘기하면, 우리는 말할 시간이 주어진다면 모두 예외라고 주장할 것이다. 저마다 할 얘기가 있을 테니까 말이야. 우리는 모두 무죄추정의 원칙을 적용받을 자격이 있지.

그러나 그런 걸 일일이 들어주고 예외를 따지고 자비심을 거론할 시간이 없을 때도 있다. 시간이 없으면, 우리는 다시 규칙을 따른다. 그건 아주 애석한 일이지, 너무너무 애석한 일이지. 어쩌면 그것이 네가 투키디데스에게서 배울 점일 게다. 우리가 그런 시대에 접어들고 있다는 게 너무나 애석하다. 우리는 무거운 마음으로 그런 시대로 들어가야 해. 그런 시대는 결코 환영할 만한 것이 아니란다."

그애는 다분히 의도적으로, 성한 손을 시트 속으로 집어넣었다. 내가 다시 만질 경우를 대비해서다.

"잘 자거라." 내가 말했다. "잘 자고 아침에는 나아지면 좋겠구나."

노인이 노래 부르는 걸 멈췄다. 그의 손이 죽어가는 물고기처럼 허벅지 위에서 느슨하게 흔들렸다. 눈이 까뒤집히고, 턱에는 침자국이 나 있었다.

차에 시동이 걸리지 않아서, 퍼케일이 밀어줘야 했다.

"그애는 베키와는 달라요, 아주 달라요." 내가 말했다. 이제 나는 말을 너무 많이 하고 있었다. 조절이 좀 안 됐다. "내색을 안 하려고 하지만, 그애는 나를 불안하게 만들어요. 베키가 그런 애의 영향을 받는 게 안됐어요. 하지만 그런 애들은 수도 없이 많겠죠. 베키 같은 애들보다 훨씬 많을 거예요. 새로운 세대죠."

우리는 집에 도착했다. 청하지도 않았는데, 그가 나를 따라 들어왔다.

"난 자야 돼요. 몸이 기진맥진해요." 내가 말했다. 그는 전혀 나갈 기미가 보이지 않았다. "먹을 걸 좀 줄까요?"

나는 그 앞에 음식을 가져다준 다음, 약을 먹고, 기다렸다.

그는 성하지 않은 손으로 빵을 잡고 한 조각을 잘라내더니 버터를 잔뜩 바르고 치즈를 잘랐다. 그의 불결한 손톱. 그 손으로 뭘 만졌는지 누가 알랴. 이 사람이 내가 속마음을 털어놓고, 내가 마지막 일들을 맡기는 사람이다. 너한테 가는 길은 왜 이다지도 구부러진 걸까?

그의 손가락이 들어와 휘젓는, 웅덩이 같은 나의 마음. 그 손가락이 없으면, 고요, 정체.

에두름의 방식. 나는 에두름을 통해 방향을 찾는다.* 게의 걸음.

나에게 들어오는 그의 더러운 손톱.

"표정이 어두워 보이는군요." 그가 말했다.

"피곤해서 그래요."

그는 긴 이를 내보이며 빵을 씹었다.

그는 지켜보지만 평가를 내리지 않는다. 언제나 그에게서 묻어나는 알코올의 희미한 몽롱함. 부드럽게 해주고 보존해주는 알코올. 몰리피칸스.** 그것은 우리가 용서하도록 돕는다. 그는 술을 마시고 너그러워진다. 너그러움으로 가득한 그의 삶. 내가 얘기를 나누는 그, V씨. 얘기를 나누고 그러고 나서 쓰고. 쓰기 위해 얘기를 나누고. 그런데 나는 술을 마시지 않는 새로운 세대와는 얘기를 나눌 수 없다. 훈계만 할 수 있다. 그들의 깨끗한 손, 그들의 깨끗한 손톱. 규칙을 지키고 규칙을 떠받치는 새로운 청교도들. 규칙을 부드럽게 하고 철을 녹이는 알코올에 대한 혐오. 나태하고 순종적이고 완곡한 모든 것에 대한 의심. 이처럼 우

---

* '에두름(indirection)'과 '방향(direction)'의 언어유희.

** 라틴어로 '부드럽게 하는'이라는 뜻.

회적인 말에 대한 의심.

"게다가 나는 아파요." 내가 말했다. "아프고 피곤하고, 피곤하고 아파요. 나는 낳을 수도 없는 아이를 배고 있어요. 태어나지 않을 것이기에 못 낳는 거죠. 그 아이는 나를 떠나서는 살 수 없어요. 그래서 그 아이가 내 포로이거나 내가 그 아이의 포로죠. 아이는 문을 두드리지만 나올 수가 없어요. 그런 일이 늘 벌어져요. 안에 있는 그 아이는 문을 두드리고 있어요. 내 딸이 나의 첫아이죠. 그 아이는 내 인생이에요. 이 아이는 두번째 아이죠. 후산後産이고, 원치 않는 아이죠. 당신, 텔레비전 보고 싶어요?"

"자고 싶다고 하지 않았던가요?"

"아뇨, 지금은 혼자 있고 싶지 않아요. 여하튼, 안에 있는 아이가 그렇게 심하게 차지는 않으니까요. 아이는 약을 먹었으니, 졸릴 거예요. 당신도 봐서 알겠지만, 약은 늘 두 알인데, 하나는 나를 위한 거고 다른 하나는 아이를 위한 거죠."

우리는 소파에 나란히 앉았다. 혈색 좋은 남자를 인터뷰하는 방송이 나오고 있었다. 동물 농장을 소유한 그는 영화제작사들에게 사자와 코끼리를 빌려주는 모양이었다.

"당신이 만났던 외국 사람들에 대해서 말씀해주세요." 진행자가 말했다.

"나는 차를 끓일게요." 나는 일어서며 말했다.

"다른 건 없어요?" 퍼케일이 말했다.

"셰리주가 있어요."

내가 셰리 병을 들고 돌아왔을 때, 그는 책장 앞에 서 있었다. 나는 텔레비전을 껐다. "뭘 보고 있어요?" 내가 물었다.

그는 무거운 사절판 책을 집어들었다.

"그 책, 재미있을 거예요." 내가 말했다. "그걸 집필한 여자는 남자로 변장하고 팔레스타인과 시리아를 여행했어요. 지난 세기에 말이에요. 용맹스러운 영국 여자들 중 하나죠. 하지만 그림들은 그 여자가 그린 게 아니에요. 전문 삽화가가 그린 거예요."

우리는 함께, 책장을 넘겼다. 삽화가는 눈속임 기술을 동원하여, 달빛이 비치는 캠프와 사막의 울퉁불퉁한 바위와 폐허가 된 사원에 어렴풋이 신비로운 분위기가 돌도록 처리해놓았다. 남아프리카를 위해서는 아무도 그렇게 해주지 않았다. 아무도 이 땅을 신비의 땅으로 만들어주지 않았다. 이제는 너무 늦었다. 사람들의 마음속에는 이 땅이, 그늘도 없고, 깊이도 없는, 단조롭고 매서운 빛의 장소로 각인되어 있으니까.

"당신 마음대로 골라 읽으세요." 내가 말했다. "위층에는 더 많아요. 책 읽는 거 좋아해요?"

퍼케일이 책을 내려놓았다. "이제 자러 갈게요." 그가 말했다.

다시 한번, 당황스러운 느낌이 내 몸을 훑고 지나갔다. 왜냐고? 솔직히 얘기하면, 그에게서 나는 냄새가 싫어서다. 속옷을 입고 있는 퍼케일을 생각하고 싶지 않아서다. 그중에서 최악은 발이다. 각질이 지고 때가 낀 거친 발톱들.

"질문 하나 해도 돼요?" 내가 말했다. "전에는 어디서 살았죠? 왜 떠돌아다니기 시작한 거예요?"

"난 바다에서 살았어요." 퍼케일이 말했다. "그건 이미 얘기했잖아요."

"그러나 사람은 바다에서 사는 게 아니죠. 바다에서 태어나는 것도 아니고요. 당신이 평생 바다에 있었던 것도 아니고."

"저인망어선을 탔어요."

"그리고요?"

그는 고개를 저었다.

"그냥 묻는 거예요." 내가 말했다. "우리는 가까이 있는 사람들에 대해서 뭔가를 좀 알고 싶어하잖아요. 그건 무척 자연스러운 거예요."

그는 특유의 삐딱한 미소를 지었다. 그러자 길고 누런 송곳니 하나가 갑자기 드러났다. 나는 생각했다. 당신은 뭔가 숨기고 있군. 하지만 그게 뭘까? 비극적인 사랑? 감옥형? 나도 불쑥 미소를 지었다.

그렇게 우리는, 우리 둘은, 미소를 지으며 서 있었다. 각자 사적인 이유로 짓는 미소.

"당신이 좋다면," 내가 말했다. "다시 소파에서 자도 돼요."

그는 미심쩍어하는 듯했다. "개는 나랑 자는 게 습관이 돼 있어요."

"지난밤에는 개하고 자지 않았잖아요."

"내가 가지 않으면 개가 난리법석을 떨 거예요."

나는 지난밤에 개가 난리법석을 떠는 소리를 듣지 못했다. 먹여주기만 한다면, 그가 어디에서 자는지 개가 정말로 상관할까? 다른 남자들이 조바심치는 부인에 관한 지어낸 이야기를 이용하듯이, 이 사람도 조바심치는 개에 관한 지어낸 이야기를 이용하는 게 아닐까 싶다. 한편으로는, 내가 이 사람을 믿는 건 어쩌면 개 때문인 듯하다. 어느 게 선하고 어느 게 악한지 냄새로 아는 개들. 경계의 순찰병들. 보초병들.

개는 나에게 호의적이지 않다. 너무 강한 고양이 냄새. 고양이 여자.

키르케Circe.* 그리고 저인망어선을 타고 바다를 떠돌다가 이곳에 상륙한 그.

"마음대로 하세요." 나는 이렇게 말하고, 그가 아직도 셰리 병을 들고 있는 걸 못 본 체하며 그가 나가도록 놔뒀다.

애석하군, 나는 생각했다. (내가 몸에 약기운이 퍼지기 전에 마지막으로 했던 생각이었다.) 우리가, 우리 두 사람이, 집을 꾸미고, 그것도 유행에 맞춰 집을 꾸미고, 나는 위층에서, 그는 아래층에서, 이 얼마 남지 않은 마지막을 보낼 수 없다는 게 애석하다. 그렇게 되면 밤에 누군가가 옆에 있게 될 텐데. 결국 그게 사람이 마지막에 원하는 것이다. 밤중에 부르면 달려올 누군가가 거기 있는 것. 어머니, 혹은 누구든 어머니를 대신할 준비가 된 사람.

나는 플로렌스에게 그렇게 하겠노라고 공언했기 때문에, 켈리던 스퀘어 경찰서에 가서 두 경찰관에 대한 고소장을 접수시키려고 했다. 그러나 고소를 하려면 "직접적인 관련이 있는 당사자"여야만 하는 것 같다.

"세부 사항을 알려주시면 우리가 조사를 하겠습니다." 사무를 보는 경찰관이 말했다. "두 아이의 이름이 뭐죠?"

"그들의 허락 없이 이름을 알려줄 수는 없습니다."

그는 펜을 내려놓았다. 아주 말쑥하고 예의바른 젊은이로, 새로운 유형의 경찰관 중 하나. 진보적인 휴머니스트의 가식과 맞닥뜨릴 경우를

* 호메로스의 『오디세이아』에 등장하는 마녀.

대비해, 케이프타운에서 일정 기간 동안 자제력을 강화하는 훈련을 받은 경찰관.

"당신은 입고 있는 제복에 자부심을 느끼는지 어쩐지 모르겠지만," 내가 말했다. "거리에서 일하는 당신의 동료들이 그걸 수치스럽게 만들고 있어요. 그들은 나도 수치스럽게 만들고 있고요. 나는 부끄러워요. 그들 때문이 아니라 나 때문에요. 당신은 내가 직접적인 관련이 없기 때문에 고소를 할 수 없다고 하지만, 나는 관련이 있어요, 아주 직접적으로 관련이 있다고요. 무슨 말인지 알아들어요?"

그는 대답하지 않았지만, 다음에 무슨 말이 나올지 대비하며 경계심을 늦추지 않고 똑바로 서 있었다. 그 뒤에 있는 남자가 서류 위에 몸을 굽힌 채 못 들은 척하고 있었다. 그러나 두려워할 건 아무것도 없었다. 나는 더이상 할말이 없었다. 아니, 적어도 그 이상 생각할 마음의 여유가 없었다.

퍼케일은 베이튼칸트 스트리트에 세워둔 차 안에 앉아 있었다. "바보짓을 했어요." 내가 말했다. 갑자기 눈물이 다시 쏟아지려고 했다. "그들에게 '당신들이 나를 수치스럽게 만들고 있다'고 얘기했어요. 어쩌면 그들은 이렇게 말하며 아직도 웃고 있을 거예요. 디 오우 크러플 다메 메트 디 카페르키스.* 하지만 사람이 어떻게 수치심을 느끼지 않을 수 있죠? 어쩌면 지금부터 나는 그렇게 살아야 한다는 사실을 받아들여야 할지 몰라요. 수치스러운 상태로 말이에요. 어쩌면 수치란 내가 늘 느끼던 감정의 이름에 불과한지도 모르겠네요. 차라리 죽는 게 낫다고 생

* 아프리칸스어로 '늙은 여자 병신이 검둥이들하고 놀고 있네'라는 뜻.

각하는 사람들이 살아가는 방식의 이름인지도."

수치. 치욕. 삶 속의 죽음.

오랜 침묵이 흘렀다.

"십 랜드만 빌려줄 수 있어요?" 퍼케일이 말했다. "장애연금이 목요일에 나와요. 그때 갚을게요."

3

지난밤 자정이 넘은 한밤중에 전화가 왔다. 살이 찐 사람들이 숨을 헐떡이듯, 헐떡이는 여자의 목소리. "플로렌스 좀 바꿔주세요."

"자고 있어요. 다들 잡니다."

"알아요, 좀 불러주세요."

거세지는 않지만, 비가 내리고 있었다. 나는 플로렌스의 방문을 두드렸다. 마치 그녀가 호출을 기다리며 서 있기라도 했던 것처럼 바로 문이 열렸다. 그녀의 뒤에서 아이가 잠을 자면서 끙끙거리는 소리가 들렸다. "전화 왔어." 내가 말했다.

오 분 후 그녀가 내 방으로 올라왔다. 안경 없이 아무것도 두르지 않은 머리에 희고 긴 잠옷을 입은 플로렌스는 훨씬 젊어 보였다.

"문제가 생겼어요." 그녀가 말했다.

"베키 때문이야?"

"예, 가봐야겠어요."

"지금 어디에 있지?"

"일단 구굴레투에 가본 다음, 사이트 C로 가봐야겠어요."

"사이트 C가 어딘지 전혀 모르겠는데."

그녀는 어리둥절한 표정을 지었다.

"나한테 길을 알려주면 차로 데려다주겠다는 말이야." 내가 말했다.

"그래요." 그녀는 이렇게 말하고도 아직 머뭇거렸다. "하지만 아이들을 혼자 둘 수는 없어요."

"그렇다면 애들도 같이 가야지."

"그래요." 그녀가 말했다. 그처럼 우유부단한 플로렌스의 모습은 본 적이 없었다.

"퍼케일 씨도 같이 가야 해." 내가 말했다. "차 때문에 나를 도와줘야 하니까."

그녀는 고개를 저었다.

"아냐," 나는 굽히지 않았다. "그 사람도 같이 가야 해."

개가 퍼케일 옆에 누워 있었다. 개는 내가 들어가자 마루에 대고 꼬리를 찰싹거렸지만 일어서지는 않았다.

"퍼케일 씨!" 내가 큰 소리로 말했다. 그가 눈을 떴다. 나는 불을 비켜 들었다. 그가 방귀를 뀌었다. "플로렌스를 구굴레투로 데려다줘야겠어요. 급해요, 당장 가야 해요. 같이 갈래요?"

그는 아무런 대답도 하지 않고 옆으로 몸을 웅크렸다. 개가 자리를 고쳐 잡았다.

"퍼케일 씨!" 나는 불빛을 그에게 비추며 말했다.

"꺼져." 그가 중얼거렸다.

"그 사람을 깨울 수가 없네." 나는 플로렌스에게 말했다. "차를 밀어줄 사람이 필요한데."

"제가 밀게요." 그녀가 말했다.

두 아이의 몸을 따뜻하게 감싸 뒷좌석에 앉히고, 플로렌스는 차를 밀었다. 우리는 출발했다. 우리의 입김 때문에 뿌예진 유리창으로 앞을 내다보며, 나는 서서히 드발 드라이브에 올라, 클레어몬트 스트리트에서 잠시 길을 잃었다가, 랜스다운 로드를 찾았다. 밝게 불을 밝히고 아무도 태우지 않은 그날의 첫 버스들이 곳곳에 있었다. 아직 다섯시가 되지 않은 시각이었다.

우리는 마지막 집들과 마지막 가로등들을 지나쳤다. 우리는 헤드라이트의 희미한 노란색 불빛을 따라, 북서쪽에서 계속 몰아치는 빗속으로 차를 몰았다.

"사람들이 손을 흔들어 차를 세우려고 하거나 길에 뭔가가 있더라도, 멈추지 마세요. 계속 가야 해요." 플로렌스가 말했다.

"그럴게." 내가 말했다. "더 일찍 나한테 경고해주지 그랬어. 플로렌스, 내 입장을 분명히 밝혀두는데, 문제가 생길 기미가 보이면 바로 차를 돌릴 거야."

"문제가 생길 거라는 말이 아니에요, 그냥 하는 소리예요."

나는 불안한 마음으로 어둠을 향해 차를 몰았다. 그러나 아무도 길을 막지 않았고, 아무도 손을 흔들지 않았고, 도로에는 아무것도 없었다. 골칫거리는 아직 침대 속에 있는 것 같았다. 다음번을 위해 회복의 시간을 가지고 있는 중인지도 몰랐다. 보통 때 이 시간 같으면 남자 수천 명이 터벅터벅 일터로 걸어가고 있을 인도는 텅 비어 있었다. 소용돌이 물안개가 우리를 향해 떠내려왔다가 차를 감싸고 떠내려갔다. 유령들, 영혼들. 새 한 마리도 없는 이곳은 아오르노스*. 몸이 부르르 떨렸다. 플로렌스가 나를 쳐다봤다. "얼마나 더 가야 돼?" 내가 물었다.

"멀지 않아요."

"전화로 들은 얘기는 뭐야?"

"어제부터 다시 총을 쏘고 있대요. 그들이 비트두커**들에게 총을 지급하고 있고, 비트두커들이 총질을 하고 있대요."

"그들이 구굴레투에서 총을 쏜다는 거야?"

"아뇨, 숲에서 그런대요."

"플로렌스, 문제가 생길 기미만 보이면 나는 차를 돌릴 거야. 우리는 베키를 데리러 가는 거야, 그게 전부야. 그러고 나서 바로 집으로 돌아가는 거야. 자네는 그애가 떠나지 못하도록 말렸어야 돼."

"맞아요, 여기서 방향을 틀어요, 왼쪽으로 가요."

나는 방향을 틀었다. 백 미터를 가자, 도로에 섬광등이 켜져 있고 바리케이드가 쳐져 있었다. 가장자리에는 차들이 주차되어 있었고 경찰들이 총을 들고 서 있었다. 나는 차를 세웠다. 경찰관이 다가왔다.

"여기에 무슨 일이시죠?" 그가 물었다.

---

* 알렉산드로스대왕이 마지막으로 점령한 지역의 지명. 그리스어로 '새가 없는'이라는 뜻.

** 아프리칸스어로 '하얀 천'이라는 뜻으로, 머리에 하얀 천을 두르고 다니던 흑인 자경단을 가리키는 말.

"가정부를 집에 데려다주는 길입니다." 내가 말했다. 침착하게 거짓말을 하는 내가 놀라웠다.

그는 뒷자리에서 자고 있는 아이들을 유심히 바라보았다. "가정부는 어디에 살죠?"

"57번지요." 플로렌스가 대답했다.

"여기에서 내려주시죠, 걸을 수 있는 거리니까요, 멀지 않아요."

"비가 오잖아요, 아이들도 어리고요, 혼자서 걸어가게 할 수는 없어요." 나는 단호하게 말했다.

그는 망설이다가 손전등을 흔들어 나를 통과시켰다. 서 있는 차 위에는 전투복을 입은 젊은 남자가 선 채 총을 겨누며 어둠 속을 응시하고 있었다.

대기에서는 탄내가 났다. 젖은 재와 고무 타는 냄새. 우리는 성냥갑 같은 집들이 줄지어 있는 널찍한 비포장도로를 천천히 달렸다. 철망으로 감싼 경찰 밴이 우리를 지나쳐갔다. "여기에서 우회전하세요." 플로렌스가 말했다. "다시 우회전하세요. 여기에 세워요."

잠이 덜 깬 어린 딸이 비틀비틀 뒤를 따르는 가운데, 그녀는 작은 아이를 팔에 안고 219번지로 향하는 길을 물을 튀기며 건너더니 노크를 하고 안으로 들어갔다. 호프Hope와 뷰티Beauty. 꼭 알레고리 속에 사는 것 같았다. 나는 엔진을 켜놓은 채 기다렸다.

우리를 지나쳤던 경찰 밴이 옆으로 오더니 멈췄다. 불빛이 내 얼굴로 쏟아졌다. 나는 손으로 눈을 가렸다. 밴이 물러갔다.

플로렌스는 자신과 아이를 비닐 우비로 감싼 채 다시 나타나, 뒷좌석에 올라탔다. 그녀의 뒤에서 빗속으로 부리나케 달려온 사람은 베키가 아니라, 콧수염을 기르고 호리호리하고 말쑥한 삼사십대 남자였다. 그는 내 옆좌석에 올라탔다.

"제 사촌인 타바니 씨예요." 플로렌스가 말했다. "길을 안내해줄 거예요."

"호프는 어디 있어?" 내가 물었다.

"언니한테 맡겼어요."

"베키는?"

침묵이 흘렀다.

"잘 모르겠습니다." 그 남자가 말했다. 목소리가 놀라우리만큼 부드러웠다. "어제 아침에 왔다가 짐을 놓고 나갔습니다. 그후로는 보지 못했습니다. 집에 들어와 자지도 않았습니다. 그애의 친구들이 어디 사는지 제가 알고 있으니 일단 거기부터 찾아보죠."

"플로렌스, 그러고 싶어?" 내가 물었다.

"그애를 찾아야 해요." 플로렌스가 말했다. "우리가 달리 할 수 있는 게 없어요."

"원하시면 제가 운전할게요." 남자가 말했다. "그 편이 나을 거예요."

나는 차에서 내려 뒷좌석에 앉은 플로렌스 옆으로 갔다. 이제 비가 더 세차게 내리고 있었다. 차는 울퉁불퉁한 길에 고인 웅덩이 물을 튀기며 나아갔다. 핼쑥한 오렌지색 가로등 밑에서 차가 좌우로 방향을 틀다가 멈췄다. "조심해요, 엔진을 끄지 마세요." 나는 사촌이라는 타바니 씨한테 말했다.

그는 차에서 내려 어떤 집 창문을 두드렸다. 내게 보이지 않는 누군가와의 긴 대화가 이어졌다. 차에 돌아왔을 때 그는 흠뻑 젖어 있었다.

그는 어설픈 손놀림으로 담뱃갑을 꺼내 담배에 불을 붙이려고 했다. "차 안에서는 피우지 말아주세요." 내가 말했다. 그와 플로렌스 사이에 격노한 표정이 오갔다.

우리는 아무 말 없이 앉아 있었다. "뭘 기다리는 거죠?" 내가 물었다.

"우리에게 길을 안내할 사람을 보내주겠답니다."

자기한테 너무 큰 발라클라바 모자를 쓴 작은 남자아이가 집에서 달려나왔다. 아이는 우리 모두를 향해 미소를 지으며 매우 자신만만한 태도로 차에 올라탔다. 그리고 길을 안내하기 시작했다. 많아야 열 살이나 됐을까. 폭력의 풍경에 익숙한, 이 시대의 아이. 내 어린 시절을 돌아보면 햇빛이 비치던 긴 오후, 유칼립투스가 자라는 거리의 먼지 냄새, 길가의 도랑물이 조용하게 찰랑거리던 소리, 비둘기가 구구거리던 소리만이 생각난다. 잠 속의 유년 시절. 걱정거리 없는 삶과 열반에 이르는 평탄한 길에 대한 서곡. 우리에게는, 지나간 시대의 아이들인 우리에게는 적어도, 우리의 열반이 허용될까? 그럴 것 같지 않다. 만약 결국에 정의가 군림한다면, 우리는 지하세계의 첫 문턱에서 제지당할 것이다. 강보에 싸인 유충처럼 하얀 우리들은, 그 유아들의 영혼이 있는 곳으로, 아이네이아스가 지하세계에 갔을 때 유아들의 영혼이 끝없이 칭얼거리는 소리를 울음소리로 착각했던 곳으로 보내질 것이다.* 우리들의 색깔인 하얀색, 림보**의 색깔. 하얀 모래, 하얀 바위, 사방에서 쏟

---

* 베르길리우스의 장편 서사시 『아이네이스』에서 아이네이아스는 지하세계를 방문하는데, 그곳에서 어렸을 때 죽은 유아들의 영혼을 만난다.

** 가톨릭 신학에서, 원죄 상태로 죽었으나 구원의 여지가 있는 사람들이 간다고 이르는 사후 세계.

아지는 하얀 빛. 물결이 편안하게 찰싹대는 소리가 들리는 해변에 나른하고 반쯤 잠이 든 상태로 영원히 누워, 우리와 같은 사람들 수천 명 사이에 누워, 끝이 없는 일요일을 보내는 것처럼. 인 리미네 프리모.* 죽음의 문턱, 삶의 문턱에서. 바다가 뱉어내어 모래에 박힌, 우유부단하고 엉거주춤하고, 뜨겁지도 차갑지도 않고, 물고기도 새도 아닌 존재들.

우리는 마지막 집을 지나, 불에 그을린 땅과 새까매진 나무들이 있는 풍경을 통과해 새벽의 회색빛 속에서 달리고 있었다. 픽업트럭이 뒤칸 방수포 밑에 세 남자를 태우고 우리를 지나쳤다. 우리는 다음 검문소에서 다시 한번 그들과 마주쳤다. 우리가 검문을 받으려고 기다리고 있을 때, 그들은 표정 없는 눈으로 빤히 우리를 바라보았다. 경찰관이 손짓으로 그들을 통과시키고, 우리도 통과시켰다.

우리는 산 쪽에서 벗어나 북쪽으로 방향을 틀고 고속도로를 빠져나가 진창길로 들어섰고, 그 길은 곧 모랫길로 바뀌었다. 타바니 씨가 차를 세웠다. "더이상은 못 가겠어요, 너무 위험해요." 그가 말했다. "발전기에 문제가 생겼어요." 그가 계기판에 들어온 빨간 불을 가리키며 덧붙였다.

"난 모든 걸 고장나도록 놔두고 있답니다." 내가 말했다. 설명할 기분이 아니었다.

그는 시동을 껐다. 잠시, 우리는 빗줄기가 차의 지붕을 두들기는 소리를 들으며 앉아 있었다. 그러다가 플로렌스가 밖으로 나가고 남자아이가 그 뒤를 따랐다. 엄마 등에 업힌 어린아이는 평화롭게 잠들어 있

* 라틴어로 '첫 문턱에서'라는 뜻.

었다.

"차문을 잠그고 있는 게 좋겠어요." 타바니 씨가 내게 말했다.

"얼마나 걸릴까요?"

"모르겠지만 서두를게요."

나는 고개를 저었다. "나도 여기에 있지 않을래요." 내가 말했다.

나한테는 모자도 없었고 우산도 없었다. 비가 내 얼굴을 때리고, 머리칼을 두피에 달라붙게 만들고, 목 아래로 흘러내렸다. 이렇게 밖에 있다가는 지독한 감기에 걸리지 않을까 싶었다. 우리의 안내자인 남자아이는 벌써 앞으로 달려가고 있었다.

"이걸 머리에 쓰세요." 타바니 씨가 비닐 우비를 건네며 말했다.

"말도 안 되는 소리 말아요." 내가 말했다. "비는 좀 맞아도 괜찮아요."

"그래도 쓰세요." 그가 우겼다. 나는 이해했다. "갑시다." 그가 말했다. 나는 뒤를 따랐다.

주변은 회색 모래언덕과 포트잭슨 버드나무가 있는 황무지였고, 쓰레깃더미와 잿더미의 악취가 났다. 플라스틱, 고철, 유리, 동물의 뼛조각들이 길 양쪽에 널려 있었다. 나는 벌써 추위 때문에 와들와들 떨고 있었다. 더 빨리 걸으려고 하자, 심장이 불쾌하게 고동쳤다. 나는 뒤처지고 있었다. 플로렌스가 잠시 걸음을 멈춰줄까? 아니었다. 아모르 마트리스,* 아무것도 멈추게 할 수 없는 힘.

타바니 씨가 길이 갈라지는 곳에서 기다리고 있었다. "고마워요." 나는 숨을 헐떡거렸다. "친절하시네요. 지체하게 해서 미안해요. 엉덩이

---

* 라틴어로 '어머니의 사랑'이라는 뜻.

가 아파서 그래요."

"제 팔을 잡으시죠." 그가 말했다.

검고, 수염이 나고, 엄숙하고, 막대기를 든 남자들이 일렬로 신속하게 우리를 지나쳤다. 타바니 씨는 옆으로 비켜섰다. 나는 그를 더 꼭 붙잡았다.

길이 넓어지다가, 넓고 평평한 연못에 이르러 끝났다. 연못 저편에는 판잣집들이 늘어서 있었다. 가장 낮은 곳에 있는 집들은 홍수가 덮쳐 물에 잠긴 상태였다. 어떤 집들은 목재와 철로 단단하게 지어졌고, 어떤 집들은 나뭇가지 위에 비닐을 덮어놓은 것에 불과했다. 집들은 저멀리 모래언덕 너머 북쪽까지 퍼져 있었다.

나는 연못 가장자리에서 머뭇거렸다. "이리 와요." 타바니 씨가 말했다. 나는 그를 붙잡고 안으로 발을 들여놓았다. 우리는 발목까지 차는 물살을 가르며 건너갔다. 내 신발 한짝이 벗겨졌다. "유릿조각을 조심하세요." 그가 경고했다. 나는 벗겨진 신발을 되찾았다.

입이 처진 노파가 출입구에 서 있는 걸 제외하면, 아무도 보이지 않았다. 그러나 앞으로 나아갈수록 소음이 들렸다. 그것은 처음에는 바람소리나 빗소리 같았지만, 탄식이라고밖에 표현할 수 없는 낮은 소리 위에서, 온 세상이 탄식하는 듯한 거듭 반복되는 깊은 탄식 위에서, 고함소리와 울부짖는 소리와 부르는 소리로 분산되기 시작했다.

그때, 우리의 길잡이인 작은 남자아이가 다시 우리에게로 오더니, 타바니 씨의 소매를 끌며 흥분한 목소리로 무어라 얘기했다. 그들 두 사람이 멀어졌다. 나는 그들을 따라 안간힘을 쓰며 모래언덕을 올랐다.

우리는 참화의 현장을 내려다보는 수백 명의 군중 후미에 있었다.

어떤 판잣집들은 전소되어 연기를 뿜었고, 어떤 집들은 아직도 불에 타며 검은 연기를 쏟아냈다. 가구, 침구, 살림살이 등이 쏟아지는 빗속에 어지럽게 얽혀 있었다. 남자들은 이 집 저 집 옮겨가며 불타는 판잣집에서 살림살이를 구해내고 불을 끄려 애쓰고 있었다. 아니, 그건 내 생각일 뿐이었다. 구조하는 사람들은 없고 방화범들만 있으며, 그들이 불길이 아니라 비와 싸우고 있다는 충격적인 사실을 알게 될 때까지는 그렇게 생각했다.

탄식소리는 모래언덕에 있는 원형 분지의 가장자리에 모인 사람들에게서 나오는 것이었다. 장례식 조문객들처럼 그들은, 남자들과 여자들과 아이들은, 비에 흠뻑 젖은 채, 비를 피할 생각도 없이, 파괴의 현장을 지켜보며 빗속에 서 있었다.

검은 외투를 입은 어느 남자가 도끼를 휘둘렀다. 창문이 요란한 소리를 내며 부서졌다. 그는 문을 내리쳤다. 세번째로 내리치자, 문이 내려앉았다. 우리에서 풀려난 것처럼, 갓난아기를 안은 여자가 집밖으로 달려나왔고, 세 아이가 맨발로 뒤따라나왔다. 그는 그들이 지나가게 놔뒀다. 그런 다음, 문틀을 내리치기 시작했다. 그 집 구조물 전체가 삐걱거리는 소리를 냈다.

그의 동료 중 한 사람이 폴리에틸렌 통을 들고 안으로 들어갔다. 여자가 그를 따라 뛰어들어갔다가 침구를 들고 나왔다. 그녀가 두번째로 들어가려고 했을 때, 그녀의 몸이 내동댕이쳐졌다.

새로운 탄식소리가 사람들에게서 터져나왔다. 가느다란 연기가 판잣집 안에서 뿜어져나오기 시작했다. 그 여자가 다시 일어서서 안으로 뛰어들어가려다가 다시 밖으로 내던져졌다.

돌멩이 하나가 사람들로부터 날아와 불붙은 판잣집 지붕 위에 퍽 소리를 내며 떨어졌다. 또다른 돌멩이가 벽을 맞혔고, 또다른 돌멩이가 도끼를 들고 있는 남자의 발치에 떨어졌다. 그 남자가 험악하게 소리를 질렀다. 그와 다른 여섯 명은 하던 짓을 멈추고 막대기와 방망이를 휘두르며 사람들 쪽으로 다가갔다. 사람들은 소리를 지르며 도망가기 시작했다. 나도 그중 하나였다. 그러나 질퍽거리는 모래 때문에 발을 들어올리기조차 힘들었다. 심장이 방망이질치고, 통증이 가슴팍을 훑고 지나갔다. 나는 멈춰 서서 몸을 굽히고 숨을 헐떡거렸다. 이 일이 정말로 나한테 일어나고 있는 걸까? 나는 생각했다. 난 여기에서 뭘 하고 있는 거지? 길가에서 조용히 대기하고 있을 작은 녹색 차가 머릿속에 떠올랐다. 내 차에 타서 문을 쾅 닫고 분노와 폭력이 난무하는 이 세계를 빠져나가는 일보다 더 바라는 건 없었다.

굉장히 살이 찐 십대 소녀가 나를 어깨로 밀치고 지나갔다. "빌어먹을!" 나는 넘어지면서 숨을 헐떡였다. "빌어먹을!" 적의가 이글거리는 눈으로 소녀가 나를 쏘아보며 대꾸했다. "비켜! 비켜!" 소녀는 큼지막한 엉덩이를 흔들며, 모래언덕을 힘들게 올라갔다.

나는 생각했다. 한 차례 더 그렇게 밀쳐지면, 모래 위에 얼굴을 박고 넘어지면, 끝장이다. 이 사람들은 많이 밀쳐져도 괜찮을지 모르지만, 나, 나는 나비처럼 가냘프다.

사람들의 발이 내 옆을 저벅저벅 지나쳤다. 속창이 펄럭이고 떨어진 밑창을 끈으로 붙들어맨 갈색 장화가 언뜻 눈에 들어왔다. 나는 그 발에 밟힐까봐 몸을 움츠렸지만, 그런 일은 일어나지 않았다.

나는 일어섰다. 왼편에서 웬 싸움이 벌어지고 있었다. 일 분 전만 해도 숲으로 달아나던 사람들이 갑자기 우르르 되돌아오고 있었다. 어느 여자가 크고 높은 소리로 비명을 질렀다. 이 끔찍한 곳을 어떻게 벗어날 수 있을까? 내가 방금 건너온 연못은 어디 있지? 내 차가 있는 곳으로 가는 길은 어디지? 모든 곳이 다 늪이었고 연못이었으며 호수였다. 물 천지였다. 길은 어디로나 뻗어 있었다. 이 길들은 어디로 통하는 거지?

나는 분명히, 가깝지도 않고 그렇다고 멀지도 않은 곳에서, 한 발, 두 발, 세 발, 총알이 발사되는 소리를 들었다.

"이리 와요." 누군가의 목소리가 들렸다. 타바니 씨가 성큼성큼 걸어갔다. "알았어요!" 나는 숨을 헐떡이며 고마운 마음으로 그를 따라가려고 몸부림을 쳤다. 그러나 그를 따라잡을 수 없었다. "제발 좀 천천히 가요." 내가 소리치자 그가 기다렸다. 그와 나는 같이, 웅덩이를 다시 건너고 길에 도착했다.

눈에 핏발이 선 젊은 남자가 우리 곁으로 다가왔다. "어디로 가는 거요?" 그가 다그쳤다. 딱딱한 질문, 딱딱한 목소리.

"이곳에서 나가려고, 이곳을 벗어나려고 하는 중이오." 내가 대답했다.

"차를 가지러 가는 중이네." 타바니 씨가 말했다.

"우리가 저 차를 쓰고 싶어요." 젊은 남자가 말했다.

"아무에게도 차를 내주지 않겠어요." 내가 말했다.

"이 아이는 베키의 친구입니다." 타바니 씨가 말했다.

"상관없어요, 아무도 내 차는 못 가져갑니다."

젊은 남자, 아니 어른이라기보다는 어른처럼 옷을 입고 어른처럼 행동하는 소년은 이상한 몸짓을 했다. 그는 한 손을 머리 높이로 들어 그 손바닥으로 다른쪽 손바닥을 비스듬히 쳤다. 무슨 의미지? 무슨 의미라도 있는 걸까?

걸어온 탓에 등이 몹시 아팠다. 나는 속도를 늦추다가 걸음을 멈췄다. "집으로 곧 가야 해요." 내가 말했다. 그건 호소였다. 나는 내 목소리가 떨리는 걸 느낄 수 있었다.

"이제, 충분히 보셨나요?" 타바니 씨의 목소리가 전보다 더 멀게 느껴졌다.

"그래요, 충분히 봤어요. 난 구경하러 이곳에 온 게 아니에요. 베키를 데리러 온 거예요."

"그런데 이제는 집에 가고 싶다는 겁니까?"

"그래요, 집에 가고 싶어요. 나는 몸이 아파요. 완전히 지쳤어요."

그는 몸을 돌리고 걸어갔다. 나는 절뚝거리며 뒤를 따랐다. 그때, 그가 다시 걸음을 멈췄다. "당신은 집에 가고 싶어하죠." 그가 말했다. "그런데 여기에 사는 사람들은 어떻습니까? 집에 가고 싶을 때, 그들이 가야 하는 곳은 이곳이에요. 그건 어떻게 생각하시죠?"

우리는 비 내리는 길 한가운데에서, 얼굴을 마주보고 서 있었다. 지나가던 사람들도 걸음을 멈추고 나를 호기심에 차 바라봤다. 내 일이 그들의 일이라는 듯, 모든 사람의 일이라는 듯.

"할말이 없네요." 내가 말했다. "끔찍해요."

"그저 끔찍한 게 아닙니다." 그가 말했다. "이건 범죄행위입니다. 눈앞에서 범죄가 일어나면, 당신은 무슨 말을 하시나요? '충분히 봤다. 나는 구경하러 온 게 아니었다. 이젠 집에 가고 싶다.' 이렇게 말하십니까?"

나는 고통스러워 고개를 저었다.

"물론 아니겠죠." 그가 말했다. "맞아요. 그러면 뭐라고 말할 겁니까? 당신이 보는 건 어떤 종류의 범죄인가요? 어떤 이름의 범죄인가요?"

그는 선생이다, 나는 생각했다. 선생이라서 그렇게 말을 잘하는 거다. 그는 나한테 하는 말을 수업시간에 충분히 연습했을 거다. 그건 어린아이한테서 원하는 답을 끌어낼 때 쓰는 수법이다. 복화술, 아테네에서 그랬듯이 아프리카에서도 억압적인, 소크라테스의 유산.

나는 빙 둘러서 있는 구경꾼들을 바라보았다. 그들은 나에게 적의를 품고 있을까? 나는 아무런 적의도 감지할 수 없었다. 그들은 내가 무슨 말을 할지 그저 기다리고 있었다.

"타바니 씨, 물론 내가 얘기할 수 있는 건 많아요." 내가 말했다. "그러나 그 말들은 정말로 내 가슴속에서 우러나와야 하는 거예요. 당신도 분명히 알겠지만, 사람이 강압에 의해 얘기를 할 때는 진실을 말하는 법이 거의 없어요."

그가 대꾸하려고 했지만 나는 그 말을 막았다.

"기다려요. 잠시만 나한테 시간을 줘요. 당신의 질문을 피하려는 게 아니에요. 여기에선 끔찍한 일들이 벌어지고 있어요. 그러나 내가 그것들에 대해 어떻게 생각하는지는 내 나름의 방식으로 말해야 하는 거예요."

"그렇다면 당신이 무슨 말을 하는지 들어봅시다! 우리는 듣고 있어요! 우리는 기다리고 있어요!" 그는 손을 들어 사람들을 조용히 시켰다. 사람들은 알겠다고 웅얼거렸다.

"이건 끔찍한 광경이에요." 나는 머뭇거리며 말했다. "비난받아 마땅하죠. 그러나 다른 사람들의 말을 빌려 이 일들을 비난할 수는 없어요. 나는 나 자신에게서, 나 자신의 말을 찾아야 해요. 그러지 않으면 그건 진실이 아니에요. 내가 지금 말할 수 있는 건 그게 전부예요."

"이 여자는 염병할 소리를 하고 있군." 군중 속에 있던 어느 남자가 말했다. 그는 주위를 둘러보고 다시 말했다. "염병할 소리야!" 아무도 그의 말에 이의를 제기하지 않았다. 벌써 몇몇 사람들은 그 자리를 떠나고 있었다.

"그래요," 나는 그 사람을 향해 직접 말했다. "당신이 맞아요, 당신 말은 사실이에요."

그는 내가 미친 사람이라도 되는 듯 나를 쳐다봤다.

"당신은 뭘 기대하는 거죠?" 나는 말을 이었다. "이것에 대해," 나는 한 손으로 숲, 연기, 거리에 나뒹구는 오물을 가리켰다. "얘기하기 위해서는 신神의 언어가 필요할 거예요."

"염병하네!" 그는 다시 이 말을 하며 나에게 도전했다.

타바니 씨는 몸을 돌려 걸어갔다. 나는 그의 뒤를 따랐다. 군중이 흩어졌다. 금세 그 소년이 급히 나를 지나쳤다. 그때, 차가 눈에 보였다.

"당신의 힐맨 맞죠?" 타바니 씨가 말했다. "길에 남아 있는 차들이 많지 않으니까요."

나는 깜짝 놀랐다. 그런 말이 오간 후 우리 사이에 거리가 생겼다고 생각했다. 그러나 그는 아무런 악감정이 없는 듯했다.

"영국이 최고였던 때부터 그랬죠." 내가 대답했다. "내 말이 이해되지 않는다면 미안해요."

그는 내 사과를 무시했다. 내가 한 게 사과였다면 말이다. "영국이 최고였던 때가 있기는 했습니까?" 그가 물었다.

"아뇨, 물론 없었죠. 그건 전쟁이 끝난 후 잠시 동안 돌던 구호였을 뿐이에요. 당신은 너무 어렸을 때라 기억 못할 거예요."

"저는 1943년에 태어났어요." 그가 말했다. "마흔세 살입니다. 제 말이 안 믿기세요?" 그가 몸을 돌려, 깔끔하고 잘생긴 얼굴을 보여줬다. 허영심, 그러나 매력적인 허영심.

나는 시동을 걸려고 했다. 배터리가 방전되어 있었다. 타바니 씨와 소년이 밖으로 나가, 모래 위에서 차가 탄력을 받도록 하려고 안간힘을 쓰며 차를 밀었다. 마침내 시동이 걸렸다. 소년이 말했다. "직진하세요." 나는 그 말에 따랐다.

"당신은 교사인가요?" 나는 타바니 씨에게 물었다.

"전에는 교사였죠. 잠시 그만뒀습니다. 더 좋은 때가 올 때까지요. 지금은 신발을 팔고 있죠."

"너는?" 나는 소년에게 물었다.

그애는 내가 알아들을 수 없는 말을 중얼거렸다.

"이애는 직장이 없는 젊은이죠." 타바니 씨가 말했다. "그렇지 않니?"

소년이 수줍은 미소를 지었다. "저 가게들을 지난 다음, 방향을 꺾으세요." 그애가 말했다.

불에 타 파괴된 작은 가게 셋이 나란히, 황폐한 곳에 덜렁 서 있었다. 바우딘 캐시 스토어. 간판 하나는 아직도 읽을 수 있었다.

"이렇게 된 지 오래됐습니다." 타바니 씨가 말했다. "작년부터 이랬으니까요."

널찍한 흙길이 나왔다. 우리의 왼쪽에는 벽돌 벽과 석면 지붕과 굴뚝이 달린 번듯한 집들이 서 있었다. 집들 사이와 둘레에는 무허가 판잣집들이 평지를 가로질러 먼 곳까지 뻗어 있었다.

"저 건물이에요." 소년이 앞을 가리키며 말했다.

철조망으로 둘러싸인, 길고 낮은 건물이었다. 강당이나 학교였는지도 몰랐다. 철조망의 상당 부분은 밟혀 뭉개진 상태였으며, 건물도 연기에 새까맣게 그을린 벽들만 남아 있는 상태였다. 그 앞에 사람들이 모여 있었다. 사람들은 몸을 돌려 힐맨이 다가오는 걸 바라보았다.

"시동을 끌까요?" 내가 말했다.

"꺼도 돼요, 두려워할 건 아무것도 없습니다." 타바니 씨가 말했다.

"난 두렵지 않아요." 내가 말했다. 정말 그랬을까? 어떤 의미에서는, 그랬다. 적어도, 숲에서 그런 사건을 겪은 후로, 나한테 일어나는 일에 신경이 덜 쓰였다.

"여하튼 두려워할 필요 없습니다." 그가 부드럽게 말을 이었다. "당신네 애들이 당신을 지켜주러 와 있으니까요." 그가 손가락으로 저쪽을 가리켰다.

그때 나는 저멀리 도로 아래쪽에 있는 그들을 보았다. 나무들과 거의 분간이 되지 않는 카키색 군용트럭 세 대, 그리고 하늘을 배경으로 보이는 헬멧을 쓴 머리들.

"혹시라도 당신이," 그가 말을 마무리했다. "이걸 흑인들끼리의 싸움이라고, 파벌 간 싸움이라고 생각했을 것 같아서 해본 말입니다. 저기에 내 누이도 있군요."

그는 그녀를 플로렌스가 아니라 내 누이라고 불렀다. 어쩌면 그녀를 플로렌스라고 부르는 사람은, 그녀를 가명으로 부르는 사람은 세상에 나밖에 없는지도 모른다. 지금 나는 사람들의 진짜 이름이 드러나는 땅에 와 있었다.

그녀는 비를 피해, 벽에 등을 대고 서 있었다. 진홍색 코트를 입고 흰색 니트 모자를 쓴 엄숙하고 점잖은 모습의 여자. 우리는 그녀가 있는 곳으로 나아갔다. 그녀는 아무런 내색도 하지 않았지만, 나를 보았음이 틀림없었다. "플로렌스!" 내가 부르자 그녀가 둔하게 고개를 들었다.

"베키를 찾았어?"

그녀는 파괴된 건물 안쪽을 바라보며 고개를 끄덕이고, 나를 반기지도 않고 돌아섰다. 타바니 씨가 입구에 있는 사람들을 밀치고 나아가기 시작했다. 당황한 나는 기다렸다. 사람들은 내가 불행을 몰고 오기라도 하듯 나를 피해 지나갔다.

녹색 교복을 입은 소녀가 마치 나를 때리려는 듯 한 손을 올리고 내게 다가왔다. 나는 움찔했지만, 그건 장난일 따름이었다. 혹은 그녀가 실제로 때리는 것만은 참았는지도 모를 일이었다.

"당신도 봐야 해요." 타바니 씨가 다시 나타나 숨을 거칠게 몰아쉬며 말했다. 그리고 플로렌스에게 가서 그녀를 껴안았다. 플로렌스는 안경을 벗더니 타바니 씨의 어깨에 얼굴을 묻고 울음을 터뜨렸다.

건물 내부는 깨진 돌무더기와 불에 그을린 기둥으로 난장판이었다. 너무 심하게 비를 맞지 않도록 시체 다섯 구는 멀리 있는 벽 쪽에 반듯이 눕혀져 있었다. 가운데에 있는 시체가 플로렌스의 아들 베키였다. 그는 아직도 회색 플란넬 바지, 하얀 셔츠, 교복인 밤색 스웨터를 입고 있었다. 그러나 발은 맨발이었다. 눈은 감겨 있지 않고 노려보는 듯했고, 입도 벌어져 있었다. 비는 이곳만이 아니라 그들이 죽음을 맞을 때 있었던 어딘가에서도, 그를, 그와 동료들을 몇 시간 동안이나 때려댔다. 그들의 옷, 그들의 머리칼은 납작해져 생기가 사라진 모습이었다. 베키의 눈가에 모래알이 있었다. 입에도 모래가 들어가 있었다.

누군가가 내 팔을 잡아당겼다. 나는 눈이 크고 눈빛이 엄숙한 소녀를 멍하니 내려다봤다. "수녀님," 소녀가 말했다. "수녀님……" 다음 말은 어떻게 이어야 할지 모르는 모양이었다.

"이 아이는 당신이 수녀님인지 묻는 거예요." 어떤 여자가 온화한 미소를 지으며 설명했다.

말려들고 싶지 않았다, 지금은 안 된다. 나는 고개를 저었다.

"이 아이는 당신이 성당에서 온 수녀님인지 묻고 있어요." 여자가 말했다. "아니다," 그녀가 아이에게 영어로 얘기했다. "이분은 수녀님이 아니란다." 여자는 아이의 손을 내 소매에서 부드럽게 떼어냈다.

플로렌스는 사람들에 둘러싸여 있었다.

"이들을 굳이 빗속에 눕혀놓아야만 하나요?" 나는 타바니 씨에게 물었다.

"네, 그래야 해요. 모든 사람들이 볼 수 있도록."

"누가 이런 거죠?"

나는 떨고 있었다. 한기가 몸에 오르락내리락했다. 손이 떨렸다. 아이의 뜬 눈을 떠올렸다. 나는 생각했다. 그가 세상에서 마지막으로 본 건 무엇이었을까? 나는 생각했다. 이건 내가 지금까지 살아오면서 목격했던 장면 중 최악이다. 그리고 나는 생각했다. 나는 이제 눈을 떴고 다시는 눈을 감을 수 없을 것이다.

"누가 이랬느냐고요?" 타바니 씨가 말했다. "당신이 저애들의 몸에서 총알을 끄집어내고 싶다면, 그렇게 하시지요. 하지만 미리 말씀드리겠는데, 그 총알에는 '남아프리카산産. SABS* 인증'이라고 쓰여 있을 겁니다."

"내 말 좀 들어보세요." 내가 말했다. "나는 이것에…… 이 전쟁에 무관심하지 않아요. 어떻게 그럴 수 있겠어요? 어떤 장애물도 그걸 가로막을 정도로 두텁지는 않아요." 나는 울고 싶었다. 그러나 여기에서, 플로렌스 옆에서, 무슨 자격으로? "그건 내 안에 살고, 나는 그 안에 살아요." 나는 속삭였다.

타바니 씨는 조급하게 어깨를 으쓱거렸다. 그의 표정이 더 흉측해졌다. 틀림없이 내 얼굴도 날이 갈수록 더 흉측해져가겠지. 우리의 말을 둔탁하게 만들고, 우리의 감정을 무디게 하며, 우리를 짐승으로 바꿔놓는 변신. 우리가 그렇게 되지 않도록 막아주는 약초는 이 나라 어디에서 자라는 걸까?

나는 오늘 아침에 있었던 일을 얘기하는 거다. 물론 이야기를 하는 사람은 자기가 옳다고 주장하는 법임을 나도 모르지 않는다. 너는 내 눈을 통해서 보는 것이고, 네 머릿속에서 이야기를 하는 목소리는 내 것이다. 너는 오직 나를 통해서만, 이 황량한 평지에 오고, 공기 중의 연기 냄새를 맡고, 죽은 사람의 시체를 보며, 울음소리를 듣고, 빗속에서 몸을 떤다. 네가 생각하는 건 나의 생각이고, 네가 느끼는 건 나의 절망이다. 이러한 생각에 마침표를 찍어줄 것이라면 무엇이든, 잠이든

---

* 남아프리카공화국 표준품 관리국.

죽음이든, 환영하고 싶은 마음이다. 나를 향해 너의 따뜻한 마음이 흘러온다. 너의 가슴이 내 가슴과 함께 뛴다.

이제, 너에게, 내 아이에게, 내 살에서 나온 살에게, 내 최고의 자아에게 요청하노니, 물러서라. 내가 이 이야기를 너에게 하는 건 네가 나를 동정하기를 바라서가 아니라 네가 상황이 어떻다는 걸 알았으면 해서다. 나는 안다. 이 이야기가 나 아닌 낯선 사람의 목소리로 네 귀에 들려오면, 네가 듣기 더 쉬우리라는 걸. 그러나 다른 사람은 없구나. 내가 유일한 사람이다. 글을 쓰는 사람은 나다. 나, 나. 그래서 부탁하는데, 내가 아니라 글에 주목하렴. 만약 거짓말과 애원과 핑계가 말들 사이에 짜여 들어가 있다면, 그걸 유심히 들어보렴. 그걸 그냥 넘기지 마라. 그걸 쉽게 용서하지 마라. 모든 것을, 이 간청마저도, 차가운 눈으로 읽어라.

누군가가 앞유리에 바윗돌을 던졌다. 어린애의 머리만큼 큰 바윗돌이 유리창을 뚫고 들어와, 차 주인이라도 되는 듯 깨진 유리 조각이 널린 의자 위에 말없이 앉았다. 힐맨의 앞유리를 어디서 구한다지? 이게 내 머릿속에 떠오른 첫번째 생각이었다. 모든 게 동시에 끝나가다니, 얼마나 좋으냐! 이게 그다음 생각이었다.

나는 돌을 의자에서 치우고 앞유리 파편들을 줍기 시작했다. 이제 할일이 있으니, 침착해졌다. 내가 침착해진 건 더이상 내 목숨에 연연하지 않기 때문이기도 했다. 내게 무슨 일이 생기는지는 더이상 중요하지 않았다. 나는 내 인생도 쓰레기일 수 있다고 생각했다. 우리는 이 사람들이 쓰레기라도 되는 것처럼 이들에게 총을 쏜다. 그러나 결국, 삶을 살 가치가 없는 건 우리다.

시체 다섯 구에 대해, 불에 타버린 건물 안에 묵직하게 자리잡고 있던 그들의 존재에 대해 생각했다. 그들의 영혼은 떠나지 않았고, 떠나지 않겠지. 그들의 영혼은 사로잡힌 채, 딱 버티고 앉아 있다.

만약 누군가 그때 그곳에서 나를 위해 모래에 무덤을 파주고 손가락으로 가리켰더라면, 나는 아무 말 없이 그 속으로 들어가 가슴에 손을 포개고 누웠을 것이다. 입술과 눈으로 모래가 들어와도 떨어내겠다고 손가락 하나 까딱하지 않았을 것이다.

내게 공감하며 읽지 마라. 너의 가슴이 내 가슴과 함께 고동치지 못하게 해라.

나는 창문으로 동전 한 개를 내밀었다. 아이들이 그걸 잡으려고 몰려왔다. 아이들이 차를 밀었고, 차에 시동이 걸렸다. 나는 아이들이 내민 손에 지갑에 든 걸 다 줘버렸다.

큰 도로가 끝나고 소로가 시작되는 숲에, 내가 보았던 군용트럭들이 서 있었다. 그런데 내가 생각했던 바와 달리 세 대가 아니라 다섯 대였다. 올리브색 우비를 입은 젊은이가 지켜보는 가운데, 나는 차에서 내렸다. 옷이 젖어 벌거벗은 것처럼 지독히 추웠다.

내가 해야 할 말이 입에서 나오기를 바랐지만, 아무 말도 나오지 않았다. 나는 손바닥을 위로 하고 손을 내밀었다. 내 손은 내가 말을 잃어버린 상태라고 말하고 있었다. 나는 말을 하러 왔지만 말할 게 아무것도 없다.

"바흐 인 디 무어터르, 에크 살 디 폴리시 스카켈." 그가 나를 내려다보며 소리쳤다. 거들먹거리는 살인 놀이를 하는, 여드름 난 청년. 차에서 기다리면, 경찰을 불러드릴게요. 나는 고개를 저었다, 계속 저었다. 그는 내 눈에는 보이지 않는, 옆에 있는 누군가에게 얘기를 했다. 그는 미소 짓고 있었다. 그들은 틀림없이 처음부터 지켜보고 있었을 테고, 나에 대한 생각도 나름대로 했을 것이다. 비에 흠뻑 젖어 구정물을 뒤집어쓴 암탉 같은 몰골을 한 늙은 미치광이 박애주의자. 그들이 맞을까? 나는 박애주의자일까? 아니, 나는 착한 일을 한 기억이 없다. 나는 미치광이일까? 그래, 나는 미쳤다. 하지만 그들도 미쳤다. 우리 모두가 악마에 사로잡혀 미쳐가고 있다. 광기가 왕좌에 오를 때, 이 땅의 누가 전염되지 않겠니?

"경찰 부르지 마요, 내 몸은 내가 알아서 할 테니까." 내가 소리쳤다. 그러나 그들의 낮은 목소리와 곁눈질은 계속됐다. 어쩌면 그들은 이미 무전으로 연락을 하고 있는지도 몰랐다.

"지금 당신이 뭘 하고 있는 건지 알아요?" 나는 젊은이를 올려다보며 소리쳤다. 그의 입술에서 미소가 사라졌다. "지금 당신이 뭘 하고 있는 건지 알아요?" 나는 소리를 질렀다. 목소리가 갈라지고 있었다. 그는 충격을 받아, 나를 내려다보았다. 백인 여자가, 그것도 할머니뻘인 백인 여자가 자신에게 소리를 지르니 충격을 받은 것이다.

전투복을 입은 남자가 줄지어 세워진 두번째 다른 군용트럭에서 나왔다. 그는 내 옆으로 와서 나를 쳐다봤다. "바트 이스 디 무일릭헤이트?"* 그가 군용트럭 안에 있는 젊은이에게 물었다. "니어, 니크스 무일릭헤이트 니." 아무 문제도 없습니다. "네트 히르디 다메 바트 빌 비어트 바트 안한."**

* 아프리칸스어로 '무슨 문제인가?'라는 뜻.

** 아프리칸스어로 '이 부인이 무슨 일이 일어나고 있는지 알고 싶어하실 뿐입니다'라는 뜻.

"부인, 이곳은 위험한 곳입니다." 그가 나를 향해 돌아서며 말했다. 틀림없이 장교였다. "이곳에서는 무슨 일이 생길지 모릅니다. 당신에게 돌아가는 길을 안내해줄 사람을 보내겠습니다."

나는 고개를 저었다. 나는 멀쩡했다. 물론 당장이라도 무너져내릴지 모르지만, 아직은 눈물조차 글썽이지 않았다.

내가 무엇을 원했느냐고? 이 노부인이 원한 게 무엇이었느냐고? 그녀가 원했던 건 이 순간, 이 장소에서 드러낼 수 있는 게 있다면 그게 무엇이든, 그들에게 드러내고 싶다는 것이었다. 그녀가 원했던 건, 그들이 그녀를 보내버리기 전에 상처를, 아픔을 꺼내, 그들에게 들이밀고, 그들로 하여금 자기들 눈으로 보게 만드는 것이었다. 그들이 상처를, 모든 상처를, 이 모든 고통의 상처를, 그러나 우리가 지니고 다닐 수 있는 유일한 상처는 우리 자신의 상처이기 때문에 결국 내 것인 상처를, 보게 만드는 것이었다. 나는 내 드레스의 단추 위쪽에 한 손을 갖다 대기까지 했다. 그러나 내 손가락은 새파랗게 얼어 있었다.

"당신은 저 건물 안을 본 적이 있나요?" 나는 갈라진 목소리로 물었다. 이제 눈물이 쏟아졌다.

장교는 피우던 담배를 던지고 젖은 모래에 비벼버렸다.

"우리 부대는 지난 이십사 시간 동안, 총을 단 한 발도 쏘지 않았습니다." 그가 부드럽게 말했다. "무슨 일인지 모르시면서 이렇게 화를 내시면 안 됩니다. 저 안에 있는 사람들만 죽은 게 아닙니다. 살인은 계속되고 있습니다. 저 안에 있는 시체는 어제 죽은 사람들을 가져다둔 것입니다. 싸움이 잠시 소강상태로 접어들었지만, 비가 그치면 다시 시작될 겁니다. 부인이 어떻게 이곳으로 오게 됐는지 모르겠습니다. 경찰들이

도로를 봉쇄했어야 하는데. 여하튼 이곳은 위험한 곳입니다. 이곳에 계시면 안 됩니다. 저희가 무전으로 경찰에 연락하겠습니다, 그들이 나가는 길을 안내해줄 겁니다."

"에크 헤트 리어즈 헤스카켈."* 군용트럭에 탄 젊은이가 말했다.

"당신들 모두 총을 내려놓고 집에 가면 안 될까요?" 내가 말했다. "당신들이 이곳에서 하는 짓보다 더 나쁜 건 아무것도 없을 테니까요. 당신들의 영혼에 말이에요."

"아닙니다." 그가 말했다. 나는 그가 이해하지 못했을 거라고 생각했다. 그러나 아니었다. 그는 내가 한 말의 의미를 정확하게 알고 있었다. "우리는 이제 끝장을 볼 겁니다."

나는 머리에서 발끝까지 떨고 있었다. 손바닥 안으로 굽은 손가락이 펴지지 않았다. 바람이 젖은 옷을 내 몸에 더욱 밀착시키고 있었다.

"나는 죽은 애 중 하나를 알아요." 나는 말했다. "다섯 살 때부터 알았죠. 그애의 엄마는 날 위해 일하는 사람이고요. 당신들도 이런 일을 하기에는 모두 너무 어리군요. 그게 메스꺼워요. 내가 하고 싶은 말은 그게 전부예요."

나는 차를 몰고 건물 쪽으로 돌아와 차 속에 앉아 기다렸다. 그들은 이제 시신을 밖으로 옮기고 있었다. 나는 모여드는 사람들에게서, 나를 향한 뭔가를 느꼈다. 분노, 적개심. 아니, 그보다 심한 증오. 그들이 내가 군인들에게 얘기하는 모습을 못 봤더라면 달랐을까? 아닐 것이다.

타바니 씨가 내가 원하는 게 뭔지 확인하기 위해 다가왔다. "미안하

* 아프리칸스어로 '제가 이미 연락해놓았습니다'라는 뜻.

지만, 여기서 어떻게 나가야 하는지 길을 알 수가 없어서요." 내가 말했다.

"아스팔트길이 나오면 우회전을 하고 표지를 따라가세요." 그가 무뚝뚝하게 말했다.

"알았어요, 그런데 무슨 표지를 따라가라는 거죠?"

"문명권으로 가는 표지요." 그리고 그는 돌아섰다.

나는 서서히 차를 몰았다. 내 얼굴에 부딪쳐오는 바람 때문이기도, 몸과 마음이 멍하기 때문이기도 했다. 나는 한 번도 들어본 적 없는 교외로 길을 잘못 들어, 구분되지 않는 거리들을 돌아다니며 나갈 길을 찾느라 이십 분을 허비했다. 그러다 마침내 푸어트레커 로드를 찾았다. 그곳으로 들어서자, 처음으로 사람들이 박살난 앞유리를 쳐다보기 시작했다. 집으로 오는 내내 사람들의 눈길이 따라왔다.

집이 차고 낯설게 느껴졌다. 나는 뜨거운 물로 목욕을 한 다음, 쉬어야겠다고 생각했다. 그러나 얼음장 같은 무기력증이 나를 사로잡았다. 몸을 질질 끌고 위층으로 올라가, 젖은 옷을 벗고, 품이 넓은 옷으로 갈아입은 다음 침대로 들어가는 것 자체가 힘들었다. 모래가, 케이프 플래츠에서 묻은 회색 모래가 발가락 사이에 느껴졌다. 나는 내 몸이 다시는 온기를 회복하지 못할 거라고 생각했다. 퍼케일에게는 몸을 기댈 개라도 있다. 퍼케일은 이런 기후에서 살아가는 법을 안다. 그러나 내게는, 그리고 곧 땅속으로 들어가게 될 그애에게는, 그 어떤 개도 더이상 도움을 주지 못할 것이다. 벌써 그의 입안에 들어가 있고, 그에게 스며들어 그를 점유하는 모래.

내가 마지막으로 남자나 아이와 침대를 함께 썼던 건 십육 년 전이다. 십육 년간의 독신생활. 이 말을 듣고 놀랐니?

나는 글을 썼다. 나는 글을 쓴다. 펜이 나를 어디로 데려가든 따라간다. 그것 말고는 지금 나한테 있는 게 뭘까?

나는 수척해져 잠에서 깼다. 다시 밤이었다. 낮은 어디로 간 거지?

화장실에 불이 켜져 있었다. 변기에 앉아 바지를 무릎까지 내리고 모자를 쓴 채, 퍼케일이 곤히 잠들어 있었다. 나는 깜짝 놀라서 바라보았다.

그는 깨지 않았다. 오히려, 머리가 아래로 처지고 입이 벌어져 있음에도, 그는 갓난애처럼 달콤하게 자고 있었다. 그의 길쭉하고 여윈 허벅지에는 털이 없었다.

부엌문은 열려 있었고, 쓰레기통은 뒤집어져 쓰레기가 마루에 나뒹굴었다. 개는 오래된 포장지를 물어뜯고 있었다. 개는 나를 보자 미안한지, 귀를 세우고 꼬리를 쳤다. "너무하는구나!" 나는 중얼거렸다. "너무해!" 개는 슬그머니 나가버렸다.

나는 식탁에 앉아 펑펑 울었다. 내가 운 건 머릿속이 혼란스러워서도 아니고 집이 엉망이어서도 아니었다. 그애, 베키 때문이었다. 내가 어디를 향하든, 어린애처럼 당황스러운 표정으로 눈뜬 그애가 죽음을 맞았을 때의 모습으로 내 눈앞에 있었다. 나는 그애에 대해, 그애가 빼앗긴 것에 대해, 내가 빼앗긴 것에 대해 슬퍼하며 머리를 팔로 감싸고 흐느꼈다. 삶이란 너무나 좋은 것이거늘! 하느님의 경이로운 발상! 지금까지 있었던 것 중 최고의 발상. 이어지는 세대를 통해 끊임없이 새로워지는, 모든 선물 중에서도 최고로 너그러운 선물. 이제, 삶을 강탈당하고, 쫓겨나가고, 가버린 베키!

"집에 가고 싶어요!" 수치스럽게도, 나는 신발을 팔며 산다는 타바니 씨에게 그런 말을 하며 칭얼거렸다. 늙은이의 목에서 나온 어린애의 목소리. 내 안전한 집으로, 어렸을 때 자던 침대로 가겠다는 칭얼거림. 내가 완전히 깨어 있었던 적이 있던가? 이렇게 물을 수도 있을 거다. 죽은 자는 자신이 죽었다는 걸 알까? 아니. 죽은 자에게는 어떤 것도 알 기회가 주어지지 않는다. 그러나 적어도 우리에게는, 깊은 잠을 잘 때, 암시가 주어질 수 있다. 나에게는, 언젠가 한때 내가 살아 있었다는, 살아 있다가 삶으로부터 강탈당했다는, 어떤 기억보다 더 오래되고 요지부동한 암시들이 있다. 요람에서부터 도둑질이 일어났다. 어린애를 훔쳐가고 그 자리에 놓아둔 인형이 키워지고 양육되었다. 내가 나라고 부르는 건 바로 그 인형이다.

인형? 인형의 삶? 그게 내가 살았던 삶일까? 그런 생각을 하는 능력이 인형에게 주어진 걸까? 혹은, 그 생각은 다른 암시처럼, 번개의 번쩍임처럼, 천사가 지혜의 창으로 안개를 푹 찌르는 것처럼, 왔다가 가는 걸까? 인형이 인형을 알아볼 수 있을까? 인형은 죽음을 알 수 있을까? 아니. 인형들은 자라고 말을 습득하고 걷는 법을 배운다. 그들은 세상을 돌아다닌다. 그들은 나이를 먹는다. 그들은 시든다. 그들은 소멸한다. 불속으로 던져지거나 땅속에 묻힌다. 그러나 그들은 죽지 않는다. 그들은 삶을 빼앗길 때, 그들의 것이 아니라 누군가의 자리에 그들이 하나의 표시로 남겨졌을 뿐인 삶을 빼앗길 때, 모든 기억에 앞서 망연자실하는 순간 속에 영원히 존재한다. 그들이 아는 지식은, 텅 빈 채 바람만 든 인형의 머리처럼, 내용도 없고, 세상의 무게도 없다. 그들 자신이 갓난애가 아니라, 실제의 갓난애보다 더 둥글고 더 핑크빛이고 더 텅 비고 더 눈이 푸른 갓난애의 관념이기에. 삶을 사는 게 아니라 모든 관념들처럼, 불멸하고 죽지 않는, 삶의 관념을 사는 것이기에.

저승, 지옥. 관념의 영역. 지옥이 남극대륙의 얼음 속이나 화산의 분화구 아래와 같은 외떨어진 곳에 있다는 생각은 왜 필요했던 걸까? 지옥이 아프리카의 발치에 있으면 왜 안 되는 걸까? 그리고 지옥의 존재들이 살아 있는 사람들 사이에서 걸어다니면 왜 안 되는 걸까?

"아버지, 제가 불에 타는 모습이 안 보이세요?" 아이가 아버지의 침대맡에 서서 간청했다. 그러나 아버지는 잠에 빠져 꿈을 꾸느라 그 모습을 보지 못했다.

그게 바로 내가 어머니의 기억에 그처럼 단단히 매달리는 이유다. 네가 그걸 알 수 있도록, 그 얘기를 지금 꺼내는 거다. 어머니가 내게 삶을 주지 않았다면, 어느 누구도 주지 않았을 것이기 때문에. 나는 어머니에 대한 기억만이 아니라 어머니 자신에게, 어머니의 몸에, 어머니의 몸에서 이 세상으로 나온 나의 탄생에도 매달린다. 나는 피와 젖 속에서 어머니의 몸을 들이마시며 삶 속으로 나왔다. 그런 다음 강탈당했고, 그 이후로는 잃어버린 상태다.

너도 본 적이 있을 테지만 어쩌면 기억에는 남아 있지 않을 내 사진이 있다. 내가 두 살이 채 안 되었던 1918년에 찍은 거란다. 나는 일어서 있다. 나는 카메라 쪽으로 손을 뻗는 듯 보인다. 어머니는 내 뒤에 무릎을 꿇고 앉아 내 어깨에 둘러진 고삐 같은 끈으로 나를 붙들고 있다. 한쪽에는 폴 오빠가 멋진 각도로 모자를 쓰고 나를 무시하며 서 있다.

내 미간에는 주름이 잡혀 있고, 눈으로는 카메라를 골똘히 쳐다보고 있다. 단순히 눈을 가늘게 뜨고 햇빛을 바라보고 있는 걸까? 아니면, 보르네오의 야만인들처럼, 카메라가 내 영혼을 훔쳐가리라는 두려움을 어렴풋이 느끼고 있는 걸까? 아니, 그보다 더 나쁘게, 내가 카메라를 내 동댕이치지 못하는 건 그것이 눈이 볼 수 없는 걸 보게 되리라는 것을, 내가 거기에 없다는 것을, 내가 인형 나름의 방식으로 알고 있기 때문일까? 그리고 어머니는 자신도 거기에 없으니까 그걸 아는 걸까?

쓰다보니 펜이 가는 대로 쓰게 된 죽은 폴 오빠에 관한 얘기. 나는 오빠가 세상을 떠날 때 그의 손을 잡고 속삭였다. "엄마를 만나게 되겠네. 두 사람 다 행복할 거야." 그는 창백했다. 그의 눈마저도 드높은 하늘의 핼쑥한 색조를 띠고 있었다. 그는 피곤하고 텅 빈 눈길로 나를 바라보며 이렇게 말하는 듯했다. 너는 이해하는 게 별로 없구나! 폴은 살아 있긴 했던 걸까? 나의 누이인 생명, 그는 언젠가 보낸 편지에서 어딘가에서 빌려온 말로 나를 이렇게 호칭했었다. 그는 자신이 실수했음을 마지막 순간에 알게 됐을까? 그 반투명한 눈이 나를 꿰뚫어보았을까?

우리는 그날, 정원에서 사진을 찍었다. 우리 뒤에는 접시꽃처럼 생긴 꽃들이 있다. 왼편에는 멜론밭이 있다. 나는 그곳을 알아본다. 타조 깃털 값이 폭등하던 시절에 할아버지가 구입했던, 처치 스트리트에 있던 그 집, 유니언데일. 과일과 꽃들과 채소들이 해마다 그 정원에서 풍요롭게 싹을 틔우고 열매를 맺고 죽고 다시 살아나면서 우리를 축복했었다. 그것들은 누구의 사랑으로 가꿔졌던 걸까? 누가 접시꽃을 다듬어줬을까? 누가 따뜻하고 촉촉한 땅에 멜론씨를 심었을까? 추운 새벽 네 시에 일어나 수문을 열고 정원에 물을 댔던 할아버지가 심었을까? 만약 그분이 아니었다면, 정원은 누구의 것이었을까? 누가 유령이고 누가 실재일까? 사진 밖에서, 갈퀴에 몸을 기대고, 삽에 몸을 기대고, 하던 일로 다시 돌아가기를 기다리며, 사각형의 가장자리에도 몸을 기대고 그것을 구부려 안으로 뛰어들려고 하는 사람들은 누구일까?

부재가 실재하고, 실재가 부재하게 될 디에스 이라이, 디에스 일라*. 사진은 더이상 그날 그 정원에 누가 있었는지를 보여주는 게 아니라 그곳에 누가 없었는지를 드러낸다. 이 모든 세월 동안 나라 전역의 보관소에, 앨범에, 책상 서랍에 있던 이 사진과 그와 비슷한 수천 장의 사진들은 부지불식간에 숙성했고 변형되었다. 고정된 것은 그대로 있지 않았고, 혹은 현상現像이 상상했던 바 이상으로 진행되었다. 어떻게 해서 그렇게 됐는지 누가 알겠는가? 그러나 그것들은 다시 네거티브가 되었다. 사진 바깥에 보이지 않은 채로 있었던 것들을 보이게 해주는 새로운 종류의 네거티브가 되었다.

내가 미간을 찌푸리고 있는 건 그 때문일까? 내가 카메라를 향해 손을 뻗은 건 그 때문일까? 카메라는 적이고, 카메라는 우리에 관해 거짓말을 하지 않으며 우리가 정말로 무엇인지를, 우리가 인형임을 드러낸다는 걸 나는 어렴풋이 느꼈던 걸까? 나는 너무 늦기 전에 카메라를 든 사람의 손에서 카메라를 내동댕이치기 위해 내 몸에 묶인 고삐에 저항하여 몸부림치고 있는 걸까? 누가 카메라를 들고 있는 걸까? 갈아놓은 화단을 가로질러, 내 어머니와 그녀의 두 자식을 향해 몸을 기울이고 있는, 형체 없는 그림자는 누구의 것일까?

* 라틴어로 '분노의 날, 그날'이라는 뜻. 가톨릭 장례미사에서 부르는 찬송가의 가사다.

울음을 넘어선 슬픔. 나는 속이 텅 비었다, 나는 껍데기다. 운명은 우리들 각자에게 맞는 병을 보낸다. 내 것은 안에서부터 나를 갉아먹는 병이다. 내 몸을 열어보면, 인형처럼 속이 비어 있을 것이다. 게 한 마리가 쏟아지는 빛에 어리둥절해져 입술을 핥으면서 안에 들어앉아 있는 인형처럼.

나는 두 살이었을 때 검은 상자에서 밖을 엿보는 그 게의 존재를 내다보았던 걸까? 나는 우리 모두를 그 게로부터 구하려고 했던 걸까? 그러나 그들은 나를 붙들고 있었고, 셔터를 눌렀고, 그 게는 뛰쳐나와 내 몸속으로 들어왔다.

이제 살이 남아 있지 않으니 내 뼈를 갉아먹는다. 엉덩이의 우묵한 곳을 갉아먹고, 등뼈를 갉아먹고, 무릎을 갉아먹기 시작한다. 사실대로 얘기하면, 고양이들은 나를 정말로 사랑한 적이 없다. 오직 이놈만이 끝까지 충실하다. 나의 애완동물, 나의 고통.

나는 위층으로 올라가서 화장실 문을 열었다. 퍼케일은 아직도 똑같은 자세로 깊은 잠에 빠져 있었다. 그를 흔들었다. "퍼케일 씨!" 그의 한쪽 눈이 뜨였다. "나와서 누워서 자요."

그러나 그는 그렇게 하지 않았다. 처음에는 그가 노인처럼 계단을 하나씩 내려가는 소리가 들렸다. 그런 다음, 뒷문이 닫히는 소리가 들렸다.

아름다운 날, 하늘 전체에서 빛이 골고루 쏟아져내리는 듯한 고요한 겨울날 중 하루. 퍼케일은 나를 태우고 브레다 스트리트로 내려갔다가 오렌지 스트리트로 갔다. 나는 그에게 거번먼트 애비뉴 맞은편에 차를 세우라고 했다.

"애비뉴 아래쪽으로 차를 몰고 돌진하면 어떨까 생각해봤어요." 내가 말했다. "일단 쇠사슬만 통과하면, 아무도 나를 막을 수 없을 거예요. 통과할 공간이 있을 것 같아요?"

(너도 애비뉴 꼭대기에 쇠사슬이 연결된 쇠말뚝 두 개가 있는 걸 기억할 게다.)

"예, 옆으로 지나갈 수 있어요." 그가 말했다.

"그런 다음 차를 곧장 몰고 가면 되겠죠."

"정말로 그렇게 할 거예요?" 그가 물었다. 닭처럼 생긴 그의 눈이 잔인하게 빛났다.

"용기만 낼 수 있다면요."

"하지만 왜요? 뭣 때문에요?"

그런 표정으로 쳐다보는 데 대고 거창한 답변을 하기란 어려웠다. 나는 눈을 감고 내 차가 돌진하는 모습을 상상해보려 했다. 불길이 뒤쪽으로 쏠릴 만큼 빠른 속도로 포장도로를 굴러내려오며 여행객들과 부랑자들과 연인들을 지나치고 박물관과 미술관과 식물원을 지나쳐, 속도가 느려져 치욕의 전당* 앞에 멈춰 서고, 불이 붙어 녹아내리는 차의 모습.

"이제 돌아가도 돼요." 내가 말했다. "그렇게 할 수 있을지 확인하고 싶었을 뿐이에요."

그가 집안으로 들어왔고, 나는 그에게 차를 대접했다. 개는 그의 발

---

* 남아프리카공화국 의사당 건물을 가리킨다.

치에 앉아 우리가 이야기할 때 번갈아가며 우리를 향해 귀를 쫑긋거렸다. 좋은 개다. 어떤 사람들이 그러하듯, 별에서 태어난 밝은 존재.

"이유가 뭐냐고 물었죠, 내 인생과 관련이 있어요. 더이상 가치 없는 내 인생과 관련이 있는 거라고요. 나는 그걸로 얻어낼 수 있는 걸 얻어내려는 거예요."

그의 손이 앞뒤로 평온하게 오가며 개의 털을 쓰다듬었다. 개는 눈을 깜빡거리고 눈을 감았다. 사랑이다, 나는 생각했다. 전혀 그렇게 보이지 않을지 몰라도, 내가 여기에서 목격하는 건 사랑이다.

나는 다시 설명하려고 해봤다. "간통죄로 유죄판결을 받은 여자가—옛날에는 간통이 범죄였으니까요—A자를 옷에 새기고 사람들 앞에 나다녀야 하는 형벌을 받는 상황을 묘사한 유명한 소설이 있어요. 그녀는 너무나 오랫동안 A자를 달고 다녀서, 사람들은 그게 뭘 의미하는지 잊어버릴 정도가 됐어요. 사람들은 거기에 무슨 의미가 있었는지도 잊은 거예요. 반지나 브로치처럼, 그녀가 그저 몸에 지니고 다니는 뭔가가 되어버린 거죠. 어쩌면 그녀가 옷에 글자를 새기고 다니는 유행의 원조였는지도 모르죠. 책에 나오는 건 아니지만요.

그런데 이런 공개적인 구경거리나 행위들이—이게 그 이야기의 핵심이죠—뭘 의미하는지 어떻게 확신할 수 있을까요? 예를 들어, 어떤 늙은 여자가 자기 몸에 불을 지른다고 합시다. 이유가 뭘까요? 미쳐버렸기 때문일까요? 절망에 빠졌기 때문일까요? 암에 걸렸기 때문일까요? 나는 차에 글자를 그려넣을까 하는 생각도 해봤어요. 그런데 무슨 글자를 쓰죠? A? B? C? 내 경우엔 어느 글자가 맞나요? 왜 내가 굳이 설명을 해야 하죠? 그 일이 나 아니면 누구의 일이죠?"

나는 얘기를 더 이어나갈 수도 있었지만 그 순간, 대문의 빗장이 찰칵거렸고 개가 짖기 시작했다. 두 여자가 여행 가방을 들고 걸어오고 있었다. 나는 둘 중 한 사람이 플로렌스의 언니임을 알아보았다.

"안녕하세요." 플로렌스의 언니가 열쇠를 들어올리며 말했다. "동생의 짐을 가져가려고 왔습니다. 플로렌스요."

"네." 내가 말했다.

그들은 플로렌스의 방에 들어갔다. 잠시 후 나도 따라갔다. "플로렌스는 괜찮은가요?" 내가 물었다.

서랍에 든 것을 꺼내고 있던 언니가 똑바로 일어서더니 숨을 거칠게 몰아쉬었다. 그녀는 나의 어리석은 질문을 곱씹고 있음이 분명했다.

"아뇨, 괜찮다고 말할 수는 없겠네요." 그녀가 말했다. "괜찮지 않습니다. 어떻게 괜찮을 수 있겠어요?"

다른 여자는 못 들은 체하며, 아이들의 옷을 갰다. 여행 가방 두 개에다 담기에는 방안의 짐이 너무 많았다.

"내 말은 그런 의미가 아니었어요." 내가 말했다. "여하튼 신경쓰지 마세요. 플로렌스에게 뭘 좀 전해주시겠어요?"

"그러죠, 부피가 크지 않으면요."

나는 수표를 썼다.

"플로렌스에게 미안하다고 전해주세요. 말로 할 수 있는 것 이상으로 미안하다고 전해주세요. 그리고 베키에 대해 늘 생각하고 있다고요."

"미안하다고요?"

"그래요."

하늘이 맑은 또다른 하루. 이상하게 흥분한 상태의 퍼케일. "그래서 오늘이 그날인가요?" 그가 물었다. "그래요." 나는 대답했다. 꼴사납게 덤비는 그의 태도에 몸이 굳어져 이렇게 덧붙이고 싶었다. "그런데 당신이 무슨 상관이죠?"

그래요, 나는 말했다. 오늘이 그날이에요. 하지만 오늘은 그냥 지나갔고 나는 약속한 바를 지키지 못했다. 넌 내 이야기가 계속되는 한, 내가 그 일을 벌이지 않았다는 걸 확실히 알겠지. 하나의 규칙, 또다른 규칙. 죽음은 사실 글쓰기의 마지막 거대한 적일 수 있지만, 글쓰기도 죽음의 적이다. 따라서 팔을 뻗치면 닿을 수 있는 거리에 죽음을 붙잡아 놓고, 글을 쓰며, 너에게 말해주마. 나는 그 일을 벌이려고 했고, 벌이기 시작했고, 벌이지 않았다는 것을 말이다. 너에게 더 말해주마. 목욕까지 했다는 말도 하마. 옷을 갈아입기까지 했다는 말도 하마. 그렇게 하기 위해 내 몸을 준비시키면서, 희미한 자부심이 돌아오기 시작했다는 말도 하마. 침대에 누워 숨이 멈추기를 기다리는 일과 삶에 종지부를 찍기 위해 밖으로 나가는 일의 차이란 엄청나지 않느냐!

나는 그 일을 벌이려고 했다. 그건 진실일까? 그렇다. 아니다. 그렇다-아니다. 그런 단어는 있지만, 그 단어가 사전에 수록되는 게 허용된 적은 없다. 남자는 모르겠지만 여자라면 누구나, 그렇다-아니다가 무슨 의미인지 안다. 퍼케일이 남자의 눈을 빛내며 "그렇게 할 거예요?" 하고 물었을 때, 나는 "그렇다-아니다"라고 대답했어야 했다.

나는 흰색과 하늘색 옷을 입었다. 목에 나비리본이 달린 흰색 블라우스에 엷은 하늘색 정장. 얼굴을 조심스럽게 단장했고, 머리도 매만졌다. 나는 거울 앞에 앉아 있는 동안 내내 가볍게 몸을 떨었다. 아무런 고통도 느끼지 못했다. 게가 갉아먹기를 멈춘 상태였다.

호기심으로 얼굴이 빛나는 피케일이 부엌으로 나를 따라와, 내가 아침식사를 하는 동안 주변을 기웃거렸다. 마침내 나는 침착함을 잃고 부아가 치밀어 소리를 질렀다. "제발 나 좀 가만 놔둬요!" 그 말에 그가 꾸중을 들어 상처받은 아이 같은 표정을 지으며 돌아서기에, 나는 그의 소매를 잡아당겼다. "내 말뜻은 그게 아니에요." 내가 말했다. "제발 좀 앉아요. 나한테는 마음의 안정이 필요한데, 당신은 나를 불안하게 만들고 있어요. 나는 갈피를 못 잡고 있어요! 한순간에는 아무 가치도 없는 이 삶에 빨리 종지부를 찍자, 이렇게 생각하다가도, 다음 순간에는 생각이 바뀌어버리는 거예요. 내가 왜 책임을 뒤집어써야 하지? 왜 내가 나의 시대를 뛰어넘어야 해? 이 시대가 이토록 수치스러운 게 내 탓인가? 이 치욕의 구렁텅이에서 누구의 도움도 없이 나 자신을 끄집어내는 일이 어째서 늙고 병들고 고통으로 몸부림치는 나한테 남겨진 거지?

나는 이 시대를 이렇게 만든 사람들에게 맹렬히 화를 내고 싶어요. 쥐나 바퀴벌레가 음식을 먹지도 않으면서 그 위로 기어다니고 냄새를 맡으며 오줌이나 똥을 갈겨 망쳐놓듯, 내 인생을 망쳐놓은 그자들을 비난하고 싶어요. 나도 다른 사람들에게 손가락질을 하고 비난하는 게 어린애 같은 짓이라는 건 알아요. 그러나 누가 이 나라에서 권력을 잡았는지에 상관없이, 내 인생이 가치 없었을 거라고 내가 받아들여야 하는 이유가 뭐죠? 결국, 권력은 권력이에요. 그건 침입해 들어와요. 그게 본질이에요. 사람들의 인생에 침입해 들어오잖아요.

당신이 내가 어떻게 된 건지 알고 싶어하니까 지금 얘기해주는 거예요. 나는 스스로를 팔아서 나 자신을 구제하고 싶어요. 하지만 그 일을 어떻게 해야 할지 혼란스러울 뿐이에요. 내가 광기에 사로잡혔다고 생각해도 좋아요. 놀랄 필요는 없어요. 당신도 이 나라를 알잖아요. 이 나라의 공기에는 광기가 있어요."

퍼케일은 시종일관 비밀스럽고도 딱딱한 표정으로 내가 하는 말을 들었다. 그의 입에서 나온 말은 의외였다. "드라이브나 하러 갈까요?"

"퍼케일 씨, 드라이브하러 갈 순 없어요. 갈 수 없는 이유가 엄청 많잖아요."

"경치 좀 구경하다가 열두시까지는 돌아올 수 있어요."

"앞유리에 구멍이 난 차를 몰고 경치 구경을 다닐 수는 없어요. 우습잖아요."

"앞유리 전체를 들어낼게요. 그건 그냥 유리예요, 필요 없어요."

내가 왜 굴복했느냐고? 어쩌면 궁극적으로 내 마음을 산 건 그가 내게 보여주는 새로운 관심이었을 것이다. 그는 흥분한, 성적으로 흥분한 소년 같았다. 그리고 그의 대상은 나였다. 나는 우쭐했다. 그 모든 일에도 불구하고, 희미하게나마 재미있기까지 했다. 깊이 파묻지 않은 썩은 고기를 파내며 흥분한 개가 그러하듯, 나는 암암리에 불쾌한 뭔가를 느꼈을지 모른다. 그러나 나는 그걸 분간할 수 있는 상태가 아니었다. 결국, 내가 원하는 건 무엇이었을까? 나는 유예되길 원했다. 정오가 될 때까지, 생각도 없이, 고통도 없이, 의심도 없이, 걱정도 없이 유예되길 원했다. 시그널 힐에서 정오를 알리는 총소리가 탕 울리고, 내가 휘발유를 담은 병을 옆 좌석에 놓은 채 쇠사슬을 통과해 애비뉴 아래쪽으로 차를 몰고 가거나, 아니면 그러지 않을 때까지 말이다. 하지만 그때까지는 생각이 없는 상태로 있고 싶었다. 새들이 지저귀는 소리를 듣고, 피부에 공기가 닿는 걸 느끼고 싶었다. 살아 있고 싶었다.

그래서 나는 굴복했다. 퍼케일은 손을 수건으로 싸고, 아이가 통과할 수 있을 정도로 구멍이 커질 때까지 앞유리를 더 부쉈다. 나는 그에게 키를 넘겨줬다. 차를 밀어서 시동을 걸고, 우리는 출발했다.

서로에게 처음으로 사랑을 고백한 장소를 다시 찾아가는 연인들처럼, 우리는 뮈젠버그 위쪽의 산비탈길을 달렸다. (연인들이라니! 내가 퍼케일에게 뭘 고백했더라? 술 좀 그만 마시라고 했었지. 그는 나한테 뭘 고백했더라? 아무것도 고백하지 않았다. 어쩌면 그는 진짜 이름마저도 말해주지 않았을 게다.) 우리는 전과 똑같은 장소에 차를 주차시켰다. 나는 손톱으로 손바닥을 꾹꾹 누르며, 잘못된 희망의 만灣인 폴스False만 너머를, 가장 등한시되는 바다의 황량한 겨울 물살 너머의 남쪽을 바라보며 생각했다. 마지막으로 이 모습을 실컷 보자고.

"우리한테 배가 있으면, 당신이 나를 데리고 바다로 나갈 수도 있겠죠." 나는 속삭였다.

남쪽을 향해, 퍼케일과 나만이 떠나는 여행. 앨버트로스가 날아다니는 위도에 도착할 때까지. 그가 원통이나 두꺼운 판자에 나를 묶어놓고—무엇에 묶든 중요한 게 아니었다—거대한 하얀 날개 밑에서, 내 몸이 파도에 이리저리 휩쓸리도록 내버려둘 곳으로.

퍼케일은 차를 후진시켜 길로 나왔다. 그가 운전을 하면, 내가 운전할 때보다 차가 더 부드럽게 돌아가는 걸까? 아니면 내 착각인가?

"내 말이 어처구니없이 들린다면 미안해요." 내가 말했다. "방향을 잃지 않으려고 최선을 다하는 중이에요. 나는 절박한 마음을 유지하려고 애쓰고 있어요. 그런데 그 절박한 마음이 자꾸 없어지려고 해요. 이렇게 아름다운 것들을 바라보고 있으면, 아니 집에서도 내가 쓰던 물건들 사이에 앉아 있으면, 내 주변에 살인과 타락이 일어나는 지역이 있다는 게 믿을 수 없어져요. 악몽을 꾸고 있는 것 같아요. 내 안에서 뭔가가 누르고 자극해요. 신경을 쓰지 않으려 하지만, 자꾸 그러네요. 내가 조금 양보하면, 그것은 더 세게 밀어붙여요. 내가 안도감을 느끼고 굴복하면, 갑자기 세상은 다시 평범해져요. 안도감을 느끼며 나는 일상으로 돌아오죠. 나는 그 안에서 뒹굴어요. 수치심을 잃고, 어린아이처럼 수치심을 모르게 돼요. 수치심을 모르는 수치스러움, 이게 내가 잊을 수 없는 거예요. 이게 이후에 내가 견딜 수 없는 거예요. 이게 바로 내가 나 자신을 붙들고 길 아래쪽을 가리켜야 하는 이유예요. 그렇지 않으면 나는 길을 잃어버릴 테니까요. 이해하겠어요?"

퍼케일은 눈이 나쁜 사람처럼 핸들 위에 몸을 수그리고 있었다. 매의 눈을 가진 사람. 그가 이해하지 못한다 한들 무슨 상관이랴?

"그건 술을 끊으려고 하는 일과 같아요." 내가 말을 이었다. "노력하고 또 노력하고, 늘 노력해도, 자신이 슬그머니 되돌아가리라는 걸 처음부터 너무나 잘 알고 있는 거죠. 그걸 안다는 게 수치스러워요. 너무나 따뜻하고 너무나 친밀하고 너무나 위안이 되어서 결국에는 더 큰 수치심이 몰려오죠. 인간이 느낄 수 있는 수치심에는 한계가 없는 것 같아요.

하지만 자살은 얼마나 어려운 일일까요? 사람은 삶에 대한 집착이 대단한 존재잖아요! 의지가 아닌 어떤 것이 마지막 순간에 작동하는 듯해요. 뭔가 이질적이고, 뭔가 생각도 없는 것이 결정적인 고비에서 엄습한다고나 할까요. 그래서 사람은 자신이 아닌 누군가가 돼야 해요. 그런데 그게 누굴까요? 내가 그의 그림자 안으로 발을 들여놓기를 기다리는 사람은 누굴까요? 나는 그 사람을 어디서 찾을 수 있을까요?"

내 시계는 열시 이십분을 가리키고 있었다. "돌아가야 할 시간이에요." 내가 말했다.

퍼케일이 속도를 늦췄다. "원한다면, 당신을 다시 데려다줄게요." 그가 말했다. "혹은 괜찮으면, 드라이브를 계속할 수도 있어요. 반도를 한 바퀴 빙 돌 수도 있어요. 날씨가 좋잖아요."

아뇨, 지금 당장 나를 데려다주세요. 나는 이렇게 대답했어야 했다. 그러나 나는 머뭇거렸다. 그 순간 말들이 내 안에서 죽어버렸다.

"차 세워요." 내가 말했다.

퍼케일이 길가에 차를 세웠다.

"부탁이 있어요." 내가 말했다. "제발 나를 놀리지 마요."

"그게 부탁인가요?"

"맞아요. 지금도 그렇고 앞으로도 그렇고요."

그는 어깨를 으쓱했다.

길 저쪽에는 누더기옷을 입은 남자가 피라미드 모양으로 쌓아놓은 판매용 장작 옆에 앉아 있었다. 그는 우리를 건너다보더니 눈길을 돌렸다.

시간이 흘렀다.

"언젠가 당신에게 내 어머니에 대해 얘기한 적 있죠." 마침내 내가 입을 열었다. 나는 더 부드럽게 말하려고 애썼다. "그분이 어렸을 때 자신의 몸 위로 수레바퀴가 구르는지 아니면 별들이 구르는지 알지 못한 채 어둠 속에 누워 있었다는 얘기를 했었죠.

나는 평생 그 이야기에 매달렸어요. 만약 각자에게 내가 누구이며 어디에서 왔는지 자기 자신에게 해야 할 이야기가 있다면, 내 이야기는 바로 그거예요. 그게 내가 선택한 이야기예요. 아니면 그 이야기가 나를 선택했든가요. 나는 그곳에서 왔어요. 내가 시작된 곳은 거기예요.

당신은 나한테 드라이브를 계속할 거냐고 물었죠. 현실적으로 가능하다면, 이스턴케이프에, 오테니카산맥에 가고 싶고, 프린스 앨프리드 고갯길의 정상에 있는 쉼터에 가보고 싶어요. 심지어 이렇게 말하고 싶어요. 지도는 필요 없어요, 태양을 따라 북쪽과 동쪽으로 차를 모세요, 그곳이 나오면 내가 알아볼 테니까요. 쉬는 지점, 시작하는 지점, 중간 지점, 내가 세상에 합류한 지점 말이에요. 고갯길 정상에 나를 내려주세요, 그리고 가세요. 내가 밤과 별들과 유령처럼 희미한 수레가 굴러오길 기다리도록 놔두고 말이에요.

그런데 솔직히 말하면, 지도가 있든 없든, 이제 나는 그곳을 찾을 수 없을 거예요. 왜냐고요? 그러고 싶은 욕망이 나한테서 사라져버렸기 때문이에요. 일 년 전이나 한 달 전이었다면 달랐겠죠. 욕망이, 어쩌면 내게 가능한 가장 심오한 욕망이 내게서 흘러나와 땅 위의 한 지점을 향해 나를 이끌었을 거예요. 이게 나의 어머니예요. 나는 그곳에 무릎을 꿇고 말했을 거예요. 이게 나한테 생명을 주는 거예요. 신성한 땅. 무덤으로서가 아니라 재생의 장소로서 신성한 땅. 땅에서 비롯되는 영원한 재생.

이제 그 욕망이, 사랑이라고 부를 수도 있을 그 욕망이, 사라지고 없어요. 나는 이 땅을 더는 사랑하지 않아요. 그렇게 단순한 거예요. 나는 거세당한 남자 같아요. 성인이 되어 거세당한 남자 말이에요. 나는 그런 일을 당한 남자에게 삶이 어떨지 상상해봐요. 전에 사랑했던 것들을 바라보며, 기억을 통해 자신이 아직도 그것들을 사랑해야 한다는 걸 알면서도, 더이상 사랑 자체를 할 수 없게 된 남자의 모습을 상상해봐요. 사랑은 어떤 거였지? 그는 옛날에 느꼈던 감정을 기억 속에서 더듬어보며 이렇게 혼잣말을 할지도 모르죠. 그러나 이제 주변에는 온통 단조로움과 고요와 정적뿐이에요. 그는 자신이 한때 가졌던 걸 빼앗겼다고 생각하고, 정신을 집중해 빼앗겼음을 예민하게 느껴보려고 하겠죠. 그러나 예민함은 없을 거예요. 예민함은 모든 것에서 사라져버리고 없어요. 대신, 그 사람은 무감각과 초연함 쪽으로 미약하지만 자신을 지속적으로 끌어당기는 힘을 느낄 거예요. 초연함, 그는 혼잣말로 그 날카로운 말을 발음해보고 그 날카로움을 시험해보려 손을 뻗겠죠. 그러나 거기에도 흐릿함과 무덤덤함이 끼어들 뿐이겠죠. 그는 생각할 거예요. 모든 게 희미해져가는구나. 한 주나 한 달이 지나면, 모든 게 잊히겠구나. 나는 외따로 떨어져 떠내려가는 몽상가들 사이에 있게 되겠구나. 마지막으로 그는 헤어짐의 고통을 느껴보려 할 거예요. 그러나 덧없는 슬픔의 형태로 다가올 뿐이겠죠.

퍼케일 씨, 내가 알아듣기 쉽게 얘기하고 있는 건지 모르겠네요. 나는 내 결심에 대해서, 아니 내 결심을 지키려고 애쓰다가 실패하는 것에 대해서 말하는 거예요. 나는 물에 빠져 죽어간다고 고백하는 거예요. 여기, 당신 옆에 앉아 물에 빠져 죽어가고 있어요."

퍼케일은 차문에 기댄 채 구부정하게 앉아 있었다. 개가 작은 소리로 끙끙거렸다. 개는 발을 앞좌석에 댄 채 서서, 어서 가자는 듯 앞을 내다봤다. 일 분이 지났다.

그때, 그가 재킷 호주머니에서 성냥갑을 꺼내 내게 내밀었다. "지금 하세요." 그가 말했다.

"뭘 하란 말인가요?"

"그거요."

"그게 당신이 원하는 건가요?"

"지금 하세요. 난 밖으로 나갈 테니. 여기서, 지금, 하세요."

그의 입가에서 침 한 방울이 아래위로 움직였다. 저자를 미친 채로 놔두자, 나는 생각했다. 저자가 잔인하다고, 미쳤다고, 미친개라고 말하는 게 가능하도록 놔두자.

그는 나를 향해 성냥갑을 흔들었다. "저 사람이 신경쓰여요?" 그가 장작 옆에 있는 남자를 몸짓으로 가리키며 말했다. "저 사람은 끼어들지 않을 거요."

"여기선 안 돼요." 내가 말했다.

"우리는 채프먼스 피크로 갈 수 있어요. 그 너머로 차를 몰 수도 있어요, 당신이 원한다면 말이에요."

마치 상대를 유혹하려는데 굴복하지 않자 화를 내는 남자와 차 안에 갇혀 있는 것 같았다. 소녀 시절 최악의 날들로 되돌아간 듯했다.

"집에 갈까요?" 내가 말했다.

"당신이 그걸 하고 싶어한다고 생각했어요."

"당신은 이해 못해요."

"당신이 내리막길로 밀어주길 바란다고 생각했어요. 그래서 밀어주고 있는 거고요."

그는 호트만에 있는 호텔 밖에 다시 차를 세웠다. "돈 좀 있어요?" 그가 말했다.

나는 그에게 십 랜드짜리 지폐를 줬다.

그는 주류판매점에 들어가더니 갈색 봉투로 싼 병을 들고 돌아왔다. "한 모금 하세요." 그가 이렇게 말하고, 병마개를 돌려 땄다.

"고맙지만 사양하겠어요. 브랜디는 안 좋아해요."

"이건 브랜디가 아니라 약이에요."

나는 한 모금 마시고 넘기려다가 사레가 들려 재채기를 했다. 그러자 틀니가 흔들렸다.

"입안에 머금고 있어요." 그가 말했다.

나는 또 한 모금을 마시고 입안에 머금고 있었다. 잇몸과 입천장이 타는 듯하다가 얼얼해졌다. 그걸 삼키고 눈을 감았다. 무엇인가가, 커튼이나 구름 같은 게, 내 안에서 걷히기 시작했다. 나는 생각했다. 그렇다면 이게 그거야? 이게 다야? 이게 퍼케일이 길을 안내하는 방식일까?

그는 차의 방향을 틀고, 다시 언덕 위로 올라가, 만이 내려다보이는 높은 곳에 있는 피크닉 구역에 차를 세웠다. 그는 술을 마시고 내게 병을 건넸다. 조심스럽게, 나는 마셨다. 모든 걸 덮고 있던 회색 베일이 눈에 띄게 옅어졌다. 미심쩍어하고 놀라워하면서 나는 생각했다. 정말로 이렇게 간단한 걸까, 죽고 사는 문제가 전혀 아니고?

"당신에게 마지막으로 말할게요." 내가 말했다. "내가 그런 생각을 했던 건 나 자신의 상태나 병 때문이 아니라 전혀 다른 이유 때문이었어요."

개가 낮게 낑낑거렸다. 퍼케일이 늘쩍지근한 한쪽 손을 뻗자, 개가 그의 손가락을 핥았다.

"플로렌스의 아들이 화요일에 총에 맞아 죽었어요."

그가 고개를 끄덕였다.

"그애의 시체를 봤어요." 나는 한 모금 더 마시고 생각했다. 나는 이제 수다스러워지려는 걸까? 하느님, 맙소사! 내가 수다스러워지면 퍼케일도 수다스러워질까? 그와 내가 술기운에 이 작은 차에서 함께 수다스러워지는 걸까?

"충격적이었어요." 내가 말했다. "슬펐다고 말하지는 않겠어요. 나는 그런 말을 할 자격이 없으니까요. 그건 그애와 관계 있는 사람들이 할 말이에요. 하지만 나는 그래도, 뭐랄까, 혼란스러웠어요. 그건 그애가 죽었다는 사실, 죽음의 무게와 관련 있을 거예요. 그애는 죽어서 납덩이처럼, 혹은 댐 바닥에 깔린 질퍽질퍽하고 공기가 안 들어간 진흙처럼, 아주 무거워진 듯했어요. 마치 그애가 죽을 때 마지막 한숨을 내쉬고 모든 가벼움이 그애에게서 빠져나간 듯했어요. 이제, 그애는 그 무게로 내 위에 누워 있어요. 누르는 게 아니라, 그냥 누워 있어요.

그애의 친구가 도로에서 피를 흘리고 있을 때도 마찬가지였어요. 똑같은 무거움이었어요. 무거운 피였어요. 나는 그게 하수도로 흘러드는 걸 막으려고 했어요. 엄청나게 많은 피였어요! 그걸 양동이에 다 받았더라면 들 수도 없었을 거예요. 납덩이가 든 양동이를 드는 거나 마찬가지였을 테니까요.

퍼케일 씨, 나는 전에는 흑인들이 죽은 모습을 본 적이 없어요. 그들이 늘 죽어가고 있다는 걸 알지만, 그건 언제나 다른 곳에서 일어나는 일이죠. 내가 죽어가는 걸 본 사람들은 백인들이었어요. 그들은 침대에서 죽었어요. 마르고 가벼워지고, 종이 같고 공기 같아져서 말이죠. 그들의 몸은 틀림없이 잘 탔을 거예요. 나중에 치울 재를 조금밖에 안 남기고요. 내가 왜 내 몸에 불을 지르려고 했는지 알고 싶어요? 내 몸도 잘 탈 거라고 생각했기 때문이에요.

그런데 그 사람들은 타지 않을 거예요. 베키와 죽은 다른 사람들 말이에요. 무쇠나 납으로 된 형상을 태우려는 것과 같을 거예요. 그들은 뚜렷한 윤곽은 잃을지 모르지만, 불길이 가라앉아도 전처럼 무겁게, 거기에 그대로 있을 거예요. 그들을 오래 놔두면 일 밀리미터씩 가라앉다가 결국 흙에 덮이겠죠. 그러나 그 이상은 가라앉지 않을 거예요. 그들은 지면 바로 아래에서 이리저리 움직이며 그대로 있을 거예요. 만약 신발로 조금만 건드리면, 밖으로 드러날 거예요. 얼굴과 부릅뜬 눈에 모래가 가득한 채 말이죠."

"마셔요." 퍼케일이 병을 건네며 말했다. 그의 얼굴이 변하고 있었다. 입술은 늘어지고 부풀고 축축해지고 눈은 흐릿해졌다. 그가 집에 데리고 왔던 여자 같았다. 나는 병을 받아 옷소매로 주둥이를 닦았다.

"지금 말하는 이 혼란이 단지 개인적인 것만은 아니라는 점을 이해해야 해요." 나는 말을 이었다. "사실, 그건 개인적인 게 전혀 아니에요. 나는 베키가 어렸을 때는 그애를 좋아했어요. 그런데 나중에 커가면서 하는 행동을 보니 기분이 좋지 않더군요. 뭔가 다른 모습을 기대했었거든요. 그애와 친구들은 유년기는 잊었다고 말하죠. 그들은 어린애이기를 그만뒀을지 몰라요. 그런데 그애들이 뭐가 됐죠? 웃음도 경멸하고 놀이도 경멸하는 음침한 작은 청교도들이 됐어요.

그렇다면 내가 왜 그애를 위해서 슬퍼해야 하죠? 내가 그애의 얼굴을 봤기 때문이에요. 그애는 죽을 때 다시 어린애가 됐어요. 그애는 마지막 순간에, 돌을 던지고 총을 쏘는 일이 결국 장난이 아니고, 자신의 입에 쑤셔넣으려고 손에 모래를 잔뜩 움켜쥔 채 비틀비틀 다가오는 거인을 함성이나 구호만으로 쫓아버릴 수 없으며, 질식하여 속이 메슥거리고 숨을 쉴 수 없는 긴 통로의 끝에는 아무런 빛도 없다는 걸 문득 깨달았을 때, 어린애처럼 놀라서 가면이 떨어져버린 거예요.

이제 그 아이는 묻혔고, 우리는 그 위로 걸어가요. 나는 이 땅, 이곳 남아프리카에서 걸을 때, 흑인들의 얼굴 위로 지나간다는 느낌을 점점 더 강하게 받아요. 그들은 죽었지만 그들의 영혼은 그들을 떠나지 않았어요. 그들은 무겁고 완강하게 거기에 누워서 내 발이 통과하기를 기다리고, 내가 지나가기를 기다리고, 다시 들어올려지기를 기다리고 있어요. 무쇠로 된 수백만의 형체들이 지구의 표면 아래에서 떠다니고 있어요. 철의 시대가 돌아오길 기다리는 거죠.

당신은 내가 흥분했지만 곧 극복할 거라고 생각하겠죠. 오늘, 여기에서 흘리는 싸구려 눈물, 감상적인 눈물이 내일이면 없어질 거라고 생각하겠죠. 그래요, 나는 과거에도 흥분한 적이 있어요. 그보다 더 나쁜 상황은 없을 거라고 상상했죠. 그런데 어김없이 더 나쁜 상황이 닥치더라고요. 그 상황을 극복했었어요. 아니 그런 것 같았어요. 그런데 그게 문제예요! 나는 수치심에 마비되지 않기 위해, 더 나쁜 상황을 극복하는 삶을 살아야 했던 거예요. 내가 더이상 극복할 수 없는 건 극복하는 일 자체예요. 내가 이번에 극복한다면, 나한테는 극복하지 않을 기회가 영영 주어지지 않을 거예요. 나 자신의 부활을 위해서, 이번에는 극복할 수 없어요."

퍼케일이 술병을 내밀었다. 벌써 사 인치가 꽉 차게 줄어들었다. 나는 그의 손을 밀치며 말했다. "더 마시기 싫어요."

"더 마셔요." 그가 말했다. "기분전환 삼아 취해봐요."

"싫어요!" 나는 소리를 질렀다. 술김에 그의 조야함과 무관심에 대한 분노가 폭발했다. 내가 여기에서 뭘 하고 있는 거지? 낡아빠진 차 안에 있는 우리 둘의 모습은 틀림없이 대공황 시기에 플라털란트*를 뒤늦게 떠난 난민들 같았을 것이다. 다른 점이 있다면, 우리에게는 야자 껍질 매트리스와 지붕 위에 묶인 닭장이 없다는 거였다. 나는 그의 손에서 술병을 낚아챘다. 그걸 던져버리려고 내가 창문을 내릴 때, 그가 잽싸게 다시 빼앗아갔다.

"내 차에서 내려요!" 나는 소리를 질렀다.

그는 열쇠 구멍에서 열쇠를 뽑고 밖으로 나갔다. 개가 깡충거리며 그의 뒤를 따랐다. 그는 내가 보는 앞에서 열쇠를 덤불숲에 던지고 돌아서서, 손에 병을 들고 호트만으로 향하는 언덕길을 성큼성큼 내려갔다.

나는 속이 부글부글 끓는 상태에서 기다렸다. 하지만 그는 돌아오지 않았다.

몇 분이 지났다. 차 한 대가 도로에서 내 차 옆으로 들어왔다. 시끄러운 쇳소리가 나는 음악이 그 차에서 터져나왔다. 남녀가 시끄러운

* 아프리칸스어로 '시골'이라는 뜻.

음악을 들으며, 바다를 내려다보고 앉아 있었다. 기분전환을 하는 남아프리카. 나는 밖으로 나가 유리창을 두드렸다. 남자가 뭔가를 씹으며 나를 멍한 표정으로 바라보았다. "볼륨 좀 낮춰줄래요?" 내가 말했다. 그는 뭔가를 만지작거리거나 만지작거리는 체했지만, 볼륨은 변하지 않았다. 나는 다시 문을 두드렸다. 그는 유리창을 통해 무슨 말인가를 하더니, 뿌연 먼지를 일으키며 차를 후진시켜 다른 쪽으로 옮겼다.

나는 덤불숲으로 들어가 퍼케일이 던진 열쇠를 찾으려고 했지만 찾을 수가 없었다.

마침내 그 차가 떠나고 있었고, 여자가 고개를 돌려 나를 노려봤다. 매력적이지 않은 건 아니지만 추한 얼굴. 빛과 공기와 삶 자체가 한데 모여 자신을 후려치기라도 할까봐 두려운 듯 닫히고 오그라든 얼굴. 얼굴이 아니라 표정. 하지만 그녀의 것이 될 정도로, 그녀 자신이 될 정도로 아주 오랫동안 짓고 다닌 표정. 세상과 내부의 자아 사이에 있는, 두터워진 막. 두터워지던 게 두터움으로 고착된 상태. 진화, 그러나 퇴행하는 진화. (너도 틀림없이 이에 대해 알고 있겠지만) 물고기는 태곳적에 빛의 움직임에 민감한 피부를 발달시켰고, 이 부분은 시간이 지나면서 눈이 됐지. 지금, 남아프리카에서, 나는 그 눈들이 다시 가려지고 그 위에 비늘이 두텁게 덮이는 모습을 본다. 대지의 탐험가들, 식민주의자들이 바다로 되돌아갈 준비를 할 때에.

네가 불렀을 때 갔어야 했을까? 마음이 약해진 순간에는 종종 네 인정에 나 자신을 맡기고 싶기도 했다. 그러나 내가 버텨서 우리 두 사람에게 얼마나 다행이냐! 너는 구세계에서 온 앨버트로스에 목을 감길 필요가 없지. 그런데 나는 너한테 달려감으로써 남아프리카에서 정말로 벗어나게 될까? 비늘이 벌써 내 눈 위에서 두터워지고 있는 건 아닌지 내가 어찌 알까? 그 차에 있던 여자는 어쩌면 차를 타고 떠나면서 옆자리 상대에게 이렇게 말했을지 모른다. "심술궂은 늙은이 같으니라고! 무표정한 얼굴 좀 봐!"

벌레가 구멍을 낸 배가 너무나 분명하게 가라앉고 있는 이 시기에, 이 세상 후미지고 조용한 곳에 은신처를 마련하려고 호주머니에 다이아몬드를 가득 넣은 채 이 나라를 떠나는 테니스 선수들과 부정직한 브로커들과 장군들과 더불어 빠져나가는 데 무슨 명예가 있을까? 파라과이에 있는 그들의 집에서, 남녘 하늘 밑에서 석탄불에 소고기 스테이크를 구워 먹으며, 옛친구들과 맥주를 마시고, 떠나온 나라의 노래를 부르다가, 나이가 많이 들어 손자들과 공손한 자세로 모자를 손에 든 하인들이 침대맡에서 지켜보는 가운데 자다가 죽기를 기다릴 G 장군, M 장관. 우울한 유배생활을 하는 파타고니아 아프리카너들에 합류하는 파라과이 아프리카너들. 뚱뚱한 부인들이 있고 거실 벽에는 총기 수집품이 걸려 있으며 로사리오에는 금고가 있는, 올챙이배가 나온 혈색 좋은 남자들, 불량배들이자 살인청부업자들이자 고문자들이자 살인자들인 바르비, 아이히만의 아들딸들—참 끼리끼리 놀잖니!—과 서로의 집을 방문하며 일요일 오후를 보내는 그들.

게다가 나는 너무 피곤하다. 이유 없이 피곤해. 세월에 대항하는 갑옷처럼 피곤하고, 눈을 감고 자고 싶다. 결국 죽음이란 피곤함의 마지막 단계에 올라서는 것이 아니고 무엇이겠니?

네가 지난번에 전화했을 때가 생각난다. "기분은 어떠세요?" 네가 물었었지. "피곤한 거 빼고는 다 괜찮다." 나는 대답했다. "일을 천천히 해나가고 있단다. 플로렌스는 예전처럼 든든하고 정원 일은 새로 온 남자가 맡아서 한단다." "기쁘네요." 네가 생기 있는 미국식 어조로 말했지. "많이 쉬시면서 체력을 회복하는 데 전념하세요."

전화기를 붙잡고 있는 어머니와 딸. 거긴 한낮, 여긴 저녁. 거긴 여름, 여긴 겨울. 그러나 네가 옆집에 있는 듯 또렷했던 소리. 우리의 갈라진 말들이 하늘을 날아 다시 하나로 합쳐져 온전하고 완전무결해진 소리. 너를 내게 이어주는 건 더이상 구식 해저케이블이 아니라, 효율적이고 추상적인 공중의 연결. 나라는 관념에 연결된 너라는 관념. 말이 아니라, 우리 사이에 오가는 살아 있는 숨결이 아니라, 부호화되어 전달되고 해독되는 말이라는 관념들, 숨결이라는 관념. 너는 마지막에 이렇게 말했지. "어머니, 안녕히 주무세요." 그리고 나는, "그래, 얘야, 안녕, 전화해줘서 고맙다." 나는 얘야라는 말에 내 모든 사랑을 실어(이 얼마나 제멋대로냐!) 그 사랑의 혼이 공중의 차가운 길들을 견뎌내고 너한테 가닿을 수 있도록 해달라고 기도했다.

전화로 사랑은 전했지만 진실은 말하지 않았다. 다른 곳에서 온 이 편지에는(얼마나 긴 편지니!) 진실과 사랑이 마침내 같이 있다. 내가 쓰는 너라는 말 하나하나에는 사랑이 세인트엘모의 불처럼 너울거리고 흔들린다. 너는 나와 같이 있다. 네가 오늘 미국에 있는 모습으로가 아니라, 네가 떠날 때의 모습으로가 아니라, 더 깊고 변하지 않는 어떤 모습으로. 사랑받는 이의 모습으로, 죽지 않는 모습으로. 이 편지가 끝나면 너와 함께 남겨지게 될 것이 나의 영혼이듯, 내가 편지를 쓰는 대상은 너의 영혼이다. 고치에서 나와 날개를 파닥이는 나방처럼 말이다. 나는 네가 편지를 읽으며 그걸 희미하게나마 보았으면 싶다. 더 멀리 날아갈 준비를 하는 나의 영혼을 말이다. 하얀 나방, 죽음을 맞는 사람의 입에서 나오는 혼. 병마와의 싸움, 요즈음 느끼는 우울함과 자기혐오, 마음의 동요, 산책까지(호트만 사건에 대해서는 더 얘기할 게 거의 없구나. 퍼케일은 술에 취해 시무룩한 표정으로 돌아와, 자동차 열쇠를 찾아 나를 집에 태워다줬다. 그랬다. 하기야, 그의 개가 그를 데리고 왔다는 말이 더 맞는지도 모르겠다), 이 모든 일들은 변신의 일부. 죽어가는 외피外皮에서 나를 떨쳐내는 일의 일부.

그럼 그후에는, 그러니까 죽은 다음에는 어떻게 되느냐고? 두려워할 것 없다. 내가 널 따라다니지는 않을 테니까. 하얀 나방이 밤에 날개를 파닥이며 들어와 네 이마 혹은 아이들의 이마에 앉지 못하도록 창문을 닫거나 굴뚝을 봉해버릴 필요는 없다. 나방은 단지, 다음 여행을 떠나기 전에, 네가 이 편지의 마지막 장을 다 읽고 내려놓을 때 살짝 네 볼을 스치고 지나갈 테니 말이다. 너와 함께 남아 있을 것은 내 영혼이 아니라 내 영혼의 기백, 숨결, 이러한 단어들 주변에서 감지되는 공기의 움직임, 지금 네 손가락이 잡고 있는 편지지 위로 내 펜이 지나간 흐릿한 흔적 때문에 공중에 남은 희미한 흐름일 것이다.

나를 놓아버리는 일은, 너를 놓아버리는 일은, 아직도 기억들이 배어 있는 집을 놓아버리는 일은 어려운 일이지만, 나는 배워가는 중이다. 음악도 그렇지만, 적어도 음악만은 가지고 갈 생각이다. 왜냐하면 그건 이미, 내 영혼 속으로 굽이져 들어와 있기 때문이다. 〈마태수난곡〉에 나오는 아리아들은 수천 번이나 굽이지고 매듭지어져 있어서 아무도, 아무것도 그 곡들을 내게서 떼어낼 수 없다.

만약 퍼케일이 이 글을 보내지 않는다면, 너는 결코 이걸 읽지 못하겠지. 너는 이 글이 존재했다는 사실도 알 수 없겠지. 진실의 어떤 몸에는 살이 붙지 않을 것이다. 나의 진실 말이다. 내가 이 시대에 이곳에서 어떻게 살았는지에 대한 진실 말이다.

내가 퍼케일과 함께, 퍼케일에게 걸고 있는 내기는 뭘까?

그건 신뢰에 관한 내기다. 매우 사소한 일이다. 소포를 우체국에 가지고 가서 창구 너머로 넘겨달라는 것뿐이다. 너무나 사소해서 거의 아무것도 아닌 일이다. 소포를 집어드는 일과 집어들지 않는 일 사이의 차이는 깃털처럼 가볍다. 내가 죽고 없을 때 만약 신뢰, 의무, 충성심이 조금이라도 남아 있다면, 그는 분명히 그걸 집어들 거다.

만약 그러지 않는다면?

만약 그러지 않는다면, 신뢰가 없는 거다. 우리는, 우리 모두는, 차라리 구멍 속으로 떨어져 사라져버리는 게 더 낫다.

나는 퍼케일을 신뢰할 수 없기 때문에 그를 신뢰해야 한다.

나는 영혼을 환대하지 않는 시대에, 영혼이 살아 있게 하려고 노력하고 있다.

고아가 된 이들과 가난한 이들과 배고픈 이들에게 자선을 베풀기란 쉽다. 마음이 괴로운 이(나는 플로렌스를 생각한다)에게 자선을 베푸는 게 더 어렵다. 그러나 내가 퍼케일에게 베푸는 자선이야말로 가장 어려운 일이다. 그는 내가 자신에게 자선을 베푼다는 사실 때문에 나를 용서하지 않는다. 그에게는 너그러움이 없고, 용서도 없다. (너그러움? 퍼케일이 말한다. 용서?) 그의 용서도 없이, 나는 너그러움 없이 주고, 사랑 없이 봉사한다. 불모의 땅에 내리는 비.

내가 더 젊었다면, 나는 그에게 나 자신을 육체적으로 내줬을지 모른다. 실수라 해도, 사람들은 그렇게 한다, 그렇게 했고. 이제 나는 그러는 대신 내 삶을 그의 손에 맡긴다. 이게 내 삶이다. 내 말들이, 종이 위에서 손가락들이 비뚤비뚤 움직인 흔적들이 말이다. 네가 읽을 때, 이 말들은 네 안에 들어가 새로이 숨쉬게 될 거다. 네가 읽게 된다면 말이다. 그러니까 이 말들은 내가 계속 살아가는 방식이다. 옛날에는 네가 내 몸속에 살았었다. 내가 내 어머니의 몸속에 살았듯이 말이다. 내가 어머니를 향해 나아가는 지금, 어머니가 아직도 내 안에 살아 있듯, 나도 네 안에 살았으면 싶구나.

나는 퍼케일이 가지고 가도록 내 삶을 그에게 준다. 나는 퍼케일을 신뢰하지 않기 때문에 퍼케일을 신뢰한다. 나는 그를 사랑하지 않기 때문에 그를 사랑한다. 그가 약한 갈대이기 때문에 나는 그에게 기댄다.

나는 내가 하는 말을 이해하고 있는 듯 보일 수 있지만, 정말이지 그렇지 않단다. 나는 처음부터, 그가 차고 뒤에 종이박스로 잠자리를 만들고 자는 모습을 보았을 때부터, 아무것도 이해하지 못했다. 내가 가는 길이 점점 더 어두워져가고 있음을 느낀다. 너를 향하여 가는 나의 길을 느낀다. 한 마디 할 때마다, 나는 그 길을 느낀다.

며칠 전, 감기에 걸렸다. 이제는 감기가 가슴에 자리를 잡아 요란한 마른기침이 나온다. 몇 분 동안 계속 기침을 하고 나면 숨이 헐떡거리고 몸이 기진맥진해진다.

내가 짊어진 건 단지 고통이란 짐일 뿐이니, 나는 거리를 두고 그걸 견딘다. 그래, 고통스러운 건 내가 아니다. 나는 혼잣말을 한다. 고통스러운 사람은 다른 누군가다. 나와 같은 침대를 쓰는 다른 누군가다. 그렇게 나는 속임수를 써서, 고통을 막고 다른 곳에 둔다. 그 속임수가 통하지 않고, 고통이 나에게로 계속 밀려오더라도, 그래도 나는 참아낸다.

(파도가 솟구치면, 틀림없이 내 속임수도 제일란트*의 둑처럼 쓸려가버릴 것이다.)

그러나 지금은, 이 기침의 발작이 계속되는 동안은, 나는 스스로로부터 거리를 둘 수가 없다. 마음도 없고, 몸도 없고, 그저 나, 이리저리 뒹굴고, 숨을 쉬려고 몸부림치고, 질식할 듯한 존재인 나만이 있을 뿐이다. 두려움, 그리고 치욕스러운 두려움! 죽음으로 가는 길목에서 지나쳐야 할 또다른 계곡. 어떻게 이런 일이 내게 일어날 수 있지? 나는 기침이 절정에 이르면 생각한다. 이게 정당한가? 치욕스러운 순진함. 등이 부러져 길가에서 마지막 숨을 내쉬는 개조차도 그런데 이게 정당한가? 하고 생각하지 않을 것이다.

살아가는 데에는 댄서가 아니라 레슬러의 기술이 필요하다고 마르쿠스 아우렐리우스가 말했다. 발을 디디고 서 있기만 하면 되는 거다. 걸음을 예쁘게 걸을 필요는 없다.

어제, 식료품실에 아무것도 없어서 장을 보러 가야 했다. 장바구니를 들고 집으로 터벅터벅 걸어오다가 못된 기침이 도졌다. 지나가던 남학생 셋이 걸음을 멈추고, 발밑에 식료품이 쏟아진 채 가로등 기둥에 기대서 있는 나이든 여자의 모습을 바라보았다. 나는 기침을 하면서 그들에게 가라고 손짓했다. 내 모습이 어떻게 보였을지 상상도 안 된다. 어떤 여자가 차의 속력을 늦췄다. "괜찮으세요?" 그녀가 소리쳤다. "시

---

* 네덜란드의 주(州)로, 1953년 대홍수가 일어났을 때 이천여 명의 사람들이 이곳에서 목숨을 잃었다.

장에 다녀오는 중이에요." 나는 헐떡거리며 말했다. "뭐라고요?" 여자가 무슨 말인지 알아들으려고 얼굴을 찡그리며 물었다. "아무것도 아니오!" 나는 숨을 헐떡거리며 말했다. 여자는 차를 몰고 가버렸다.

우리 자신을 좋게 생각할 수 없음으로 인해, 우리는 얼마나 추하게 되는지! 미인대회 입상자들조차 신경과민인 듯 보인다. 추함이란 살을 통해 영혼이 드러나는 게 아니고 무엇이겠니?

지난밤 최악의 사건이 터졌다. 약을 먹고 불쾌한 잠에 빠져 있는데 개 짖는 소리가 침투해 들어왔다. 그 소리는 계속, 무자비하게, 기계적으로 계속되었다. 도대체 왜 퍼케일은 개가 짖지 못하도록 말리지 않는 걸까?

나는 계단을 내려갈 자신이 없었다. 잠옷을 입고 슬리퍼를 신은 채 발코니로 나갔다. 추운 날씨였다. 보슬비가 내리고 있었다. "퍼케일 씨!" 나는 목쉰 소리로 말했다. "개가 왜 짖는 거예요? 퍼케일 씨?"

개가 짖기를 멈췄다가 다시 짖기 시작했다. 퍼케일은 나타나지 않았다.

나는 침대에 돌아가 누웠다. 잠을 잘 수가 없었다. 개 짖는 소리가 내 귀에 망치질을 하는 듯했다.

이러다가 나이든 여자들이 넘어져 엉덩이뼈가 부러지는 거야, 나 자신에게 경고했다. 이런 식으로 덫이 놓이고 덫에 걸리는 거야.

나는 양손으로 난간을 붙잡고 기다시피 아래층으로 내려왔다.

부엌에 누군가가 있었다. 퍼케일은 아니었다. 그게 누구든, 숨으려고도 하지 않았다. 세상에! 베키 같았다. 오싹한 기분이 들었다.

열린 냉장고에서 나오는 섬뜩한 불빛 속에서, 그는 나와 맞섰다. 이

마의 총상은 흰 붕대로 싸여 있었다.

"원하는 게 뭐니?" 나는 낮은 소리로 말했다. "먹을 게 필요하니?"

"베키는 어디 있죠?" 그가 물었다.

그의 목소리는 베키의 목소리보다 더 낮고, 더 굵었다. 그러면 이건 누구지? 나는 어리둥절해진 상태에서, 이름을 생각해내려 했다.

그가 냉장고 문을 닫았다. 이제 우리는 어둠 속에 있었다. "퍼케일 씨!" 쉰 목소리로 그를 불렀다. 개가 쉴새없이 짖었다. "이웃들이 몰려올 거야." 나는 낮은 목소리로 말했다.

그가 나를 지나칠 때, 그의 어깨가 내 어깨를 스쳤다. 그때, 나는 몸을 움찔하면서 그의 냄새를 맡고 누구인지를 알았다.

그가 문까지 갔다. 개가 필사적으로 짖었다.

"플로렌스는 이제 여기에 없어." 나는 이렇게 말하고 불을 켰다.

그는 자기 옷을 입고 있지 않았다. 어쩌면 그게 유행인지도 몰랐다. 재킷은 어른 것 같았고 바짓가랑이는 너무 길었다. 재킷의 한쪽 소매는 텅 비어 있었다.

"팔은 어때?" 내가 물었다.

"움직이면 안 돼요." 그가 말했다.

"문에서 비켜서." 내가 말했다.

나는 문을 살짝 열었다. 개가 흥분해서 뛰어올랐다. 나는 개의 코를 두들기며 명령했다. "그만 짖어!" 개는 부드럽게 낑낑거렸다. "네 주인은 어디 있니?" 개가 귀를 세웠다. 나는 문을 닫았다.

"여기서 원하는 게 뭐야?" 나는 그애에게 물었다.

"베키는 어디 있죠?"

"베키는 죽었다. 지난주에 네가 병원에 있을 때, 총을 맞고 바로 죽었다. 자전거 사고가 난 다음날이었어."

그는 입술을 핥았다. 그의 얼굴에 궁지에 몰린, 불확실한 표정이 감돌았다.

"먹을 게 필요하니?"

그는 고개를 저었다. "돈. 돈이 없어요." 그가 말했다. "버스 탈 돈이 없어요."

"돈을 주마. 어디로 갈 생각인데?"

"집에 가야 해요."

"그러면 안 돼. 내가 상황을 잘 알아. 플래츠에서 무슨 일이 일어나고 있는지 내 눈으로 직접 봤거든. 모든 게 정상으로 돌아갈 때까지 떨어져 있어."

"정상으로 돌아가는 일은 결코 없을 거예요."

"부탁이다! 무슨 말인지 안다. 나는 다시 그 문제를 가지고 씨름할 시간도 없고 그럴 생각도 없다. 상황이 더 잠잠해질 때까지 여기에 있어라. 더 나을 때까지 여기에 있어. 병원에서는 왜 나온 거니? 퇴원한 거니?"

"예. 퇴원했어요."

"입고 있는 건 누구 옷이지?"

"제 옷이에요."

"그건 네 옷이 아냐. 어디서 가져왔지?"

"제 거라니까요. 친구가 가져다줬어요."

거짓말이었다. 열다섯 살 먹은 여느 아이만큼이나 서투른 거짓말.

"앉아라. 먹을 걸 주마, 그러면 잠을 잘 수 있을 거야. 아침까지 기다렸다가 다음에 어찌할지 결정해라."

나는 차를 끓였다. 그는 나에게 전혀 관심을 보이지 않으며 앉아 있었다. 내가 자신의 얘기를 믿지 않는데도 전혀 당황하지 않았다. 내가 무엇을 믿는지는 중요하지 않았다. 그는 나를 어떻게 생각할까? 그는 나를 조금이라도 생각할까? 그는 생각하는 사람일까? 아니다. 베키와 비교하면, 그는 생각도 하지 않고, 말도 제대로 못하고, 상상력도 없었다. 그러나 그는 살아 있고 베키는 죽었다. 생기 넘치는 애는 사라지고, 흐리멍덩한 애는 살아 있다. 베키는 자신을 위해서는 너무도 재빨랐다. 나는 베키를 두려워한 적이 없었다. 그런데 이 아이에 대해서는 확신이 별로 없다.

나는 그애 앞에 샌드위치와 차 한 잔을 놓았다. "먹으렴." 내가 말했다. 그는 움직이지 않았다. 머리를 팔 위에 올리고 흰자위를 보인 채 곤히 잠들어 있었다. 나는 그의 볼을 두드렸다. "일어나!" 그는 깜짝 놀라더니 똑바로 앉아 한입을 베어 빠르게 씹었다. 그런 다음, 씹는 속도가 느려졌다. 그는 음식을 입에 가득 문 채, 기진맥진한 상태로 앉아 있었다. 나는 그의 손에서 샌드위치를 빼내며 생각했다. 그들은 문제가 생기면 여자에게 온다. 그는 플로렌스에게 왔는데, 플로렌스는 여기에 없다. 이애한테는 어머니가 없는 걸까?

그는 플로렌스의 방에서 잠시 의식을 회복했다. "자전거." 그가 중얼거렸다.

"잘 있어, 내가 보관하고 있다. 고치면 될 거야. 피케일 씨에게 고쳐달라고 부탁하마."

이렇게 한때는 나의 집이었고 너의 집이었던 이 집이 피난의 집, 거쳐가는 집이 되어간다.

세상에서 가장 소중한 내 딸아, 나는 오류의 안개 속에 있다. 시간은 늦었고 나는 어떻게 스스로를 구해야 할지 모른다. 고백할 수 있는 만큼, 네게 나는 고백한다. 내 오류가 무엇이냐고 너는 묻겠지? 만약 내가 그것을 한 마리의 거미처럼 병 속에 넣어 네가 살펴볼 수 있도록 보낼 수 있다면, 그렇게라도 하고 싶다. 그러나 그것은 안개처럼 도처에 있고 아무 곳에도 없구나. 나는 그것에 손을 댈 수도, 그것을 가둘 수도, 그것에 이름을 붙일 수도 없다. 하지만 천천히, 머뭇머뭇, 말을 떼어보마. 나는 이 아이를 사랑하지 않는다. 플로렌스의 침대에서 자고 있는 이 아이 말이다. 나는 너를 사랑하지만, 이 아이는 사랑하지 않는다. 내 마음속에는 그애를 향한 아픔이 없다, 조금도 없다.

그래요, 그애는 사랑스럽지 않아요. 너는 이렇게 대답하겠지. 그런데 어머니는 그애가 사랑스럽지 않도록 만드는 데 일조하지 않았나요?

그 점을 부정하지 않는다. 동시에 나는 그 점을 믿지도 않는다. 내 가슴은 그애를 내 것으로 받아들이지 않는다. 그렇게나 단순한 거다. 마음속으로 나는 그애가 나를 내버려두고 가버리기를 바란다.

이게 나의 첫번째 말이고, 첫 고백이다. 내가 지금 처해 있는 상태로, 추한 상태로 죽고 싶지 않다. 나는 구원받고 싶다. 어떻게 해야 구원받을까? 내가 하고 싶지 않은 걸 함으로써다. 나는 그게 첫번째 단계라는 걸 안다. 무엇보다도 나는 사랑스럽지 않은 것을 사랑해야 한다. 예를 들어, 이 아이를 사랑해야 한다. 영리하고 작은 베키가 아니라 이 아이 말이다. 이 아이가 여기에 있는 건 이유가 있어서다. 이 아이는 내 구원의 일부다. 나는 그를 사랑해야 한다. 그러나 나는 그애를 사랑하지 않는다. 또한 나도 모르게 그애를 사랑할 만큼, 그애를 사랑하고 싶은 마음 또한 내겐 없다.

내가 아직도 안개 속에서 방황하고 있는 건, 진심으로 달라지고 싶은 마음이 없기 때문이다.

사랑하고, 사랑하길 원하고, 사랑하길 원하기를 원하는 마음은 내게서 찾을 수 없다.

마음속으로 살고 싶어하지 않기 때문에 나는 죽어가고 있다. 죽고 싶어하기 때문에 나는 죽어가고 있다.

그러니 두번째로, 모호한 말을 해보려고 한다. 그애를 사랑하기를 원치 않으면서, 너를 향한 내 사랑이 얼마나 진실한지 말할 수 있을까? 사랑이란 배고픔과는 다르잖니. 사랑은 결코 충족되거나 잠잠해지지 않지. 사람은 사랑을 하게 되면, 더 사랑하게 된다. 내가 너를 더 사랑하면 할수록, 나는 그애를 더 사랑해야 한다. 내가 그애를 덜 사랑할수록, 어쩌면 나는 너를 덜 사랑하게 된다.

가고 싶지 않은 방향으로 나를 끌고 가는 십자가 논리! 그러나 정말로 마음이 내키지 않는다면 굳이 내가 그것에 못박혀 있어야 하니?

이 긴 편지를 쓰기 시작했을 때, 나는 편지가 잡아당기는 힘이 조류처럼 강할 거라고 생각했다. 표면 위에서 이리저리 부딪히는 파도 밑으로, 너를 나에게, 나를 너에게 달의 인력처럼 지속적으로 끌어당기는 힘이 있을 거라고 생각했다. 딸을 어머니에게, 여자를 여자에게 끌어당기는 피의 끌림 말이다. 그러나 하루하루가 더해지면서, 편지는 더 추상화되고, 더 멍해지는 것 같다. 별에서 쓰는, 형체 없고 투명하고 핏기 없는 먼먼 허공에서 쓰는 편지처럼 말이다. 그게 내 사랑의 숙명인 걸까?

그애가 다쳤을 때, 얼마나 많이, 얼마나 맹렬히 피를 흘렸는지 기억한다. 그와 비교하면, 내가 이 종이 위에 흘리는 피는 얼마나 빈약한지. 쪼그라든 심장에서 나온 피.

내가 전에도 피에 대해서 썼다는 걸 안다. 모든 것에 대해서 썼지. 다 썼고 피도 고갈됐다. 그럼에도 아직도 나는 계속 쓴다. 이 편지는 미로가 되었다. 나는 미로 속의 개다. 갈라진 길들과 굴들을 갈팡질팡하며 똑같은 장소를 발로 긁고 낑낑대고, 지쳐가고, 지쳐 있는 개. 왜 구원을 청하지 않느냐고? 왜 신을 찾지 않느냐고? 신이 나를 도와줄 수 없기 때문이다. 신은 나를 찾고 있으나 내게로 올 수는 없다. 신은 또다른 미로에 있는 또다른 개다. 나는 신의 냄새를 맡고 신은 내 냄새를 맡는다. 나는 발정기가 온 암캐, 신은 수컷이다. 신은 내 냄새를 맡고, 나를 찾아내 데려가는 일만 생각한다. 그래서 갈라진 길을 이리저리 뛰어다니며 철망을 할퀸다. 그러나 그도 나처럼 길을 잃었다.

나는 꿈을 꾸지만 신에 대한 꿈인지는 모르겠다. 잠이 들 때, 내 눈꺼풀 밑에서 몸이나 모양도 없는 형체들이 회색이나 갈색, 유황빛 안개 속에서 불안하게 움직이기 시작한다. 보로디노*라는 단어가 잠든 내 머릿속에 떠오른다. 뜨거운 여름 오후의 러시아 평원, 사방을 뒤덮은 연기, 불이 붙은 마른 잔디, 사기가 떨어지고 생명의 위협 속에서 목이 바싹바싹 타는 상태로 터벅터벅 걸음을 옮기는 양쪽 군대. 얼굴도 없고,

* 1812년 나폴레옹 군대와 러시아 군대 사이에 치열한 전투가 벌어졌던 곳.

목소리도 없고, 뼈처럼 마르고, 살육의 들판에 갇혀, 밤이면 밤마다 유황과 피의 악취가 나는 새까맣게 그을린 평원에서 진격과 후퇴를 반복하는 남자 수십만 명. 나는 눈을 감으면 그런 지옥으로 곤두박질친다.

이러한 군대의 환영을 보는 것은 내가 먹는 디코날이라는 붉은색 약 때문임을 너무나 잘 안다. 그러나 붉은색 약을 먹지 않고서는 이제 잠을 잘 수가 없다.

보로디노, 디코날. 나는 이 단어들을 응시한다. 이것들은 애너그램일까? 애너그램처럼 보인다. 그러나 무슨 이유로, 그리고 어떤 언어로?

나는 보로디노 꿈에서 깨어날 때면, 가슴 깊숙한 곳에서 나오는 소리로 외치거나 울거나 기침을 한다. 그러다 조용해지고 누운 채 주위를 응시한다. 내 방, 내 집, 내 인생. 가짜라고 하기에는 너무나 생생한 것들. 진짜인 것들. 나는 돌아왔다. 나는 고래의 뱃속에서 토해져나와 거듭하여 돌아왔다. 매번 기적이다. 인정받지 못하고, 축하받지 못하고, 환영받지 못하는 기적. 나는 아침마다 토해져, 해변에 내던져지고, 또 다른 기회를 얻는다. 이걸 가지고 뭘 하지? 나는 밤물결이 돌아와 나를 에워싸, 어둠의 뱃속으로 다시 데리고 가주기를 기다리며, 아무런 움직임 없이 모래 위에 누워 있다. 제대로 태어난 게 아니라, 물속에서는 숨을 쉴 수도 없고, 그렇다고 바다를 뒤로하고 육지에 살 용기도 없는 초기 생명체.

네가 떠나던 날, 너는 공항에서 나를 붙잡고 내 눈을 쳐다보며 말했다. "어머니, 제게 돌아오라고 하지 마세요. 오지 않을 테니까요." 그리고 너는 네 발에서 이 나라의 먼지를 훌훌 떨어내버렸다. 네가 옳았다. 그럼에도 불구하고 마음 한켠으로는 언제나 북서쪽을 바라보며, 언제나 긴장을 풀지 않는다. 네가 마음을 누그러뜨리고 어떠한 형식으로든 이곳에 찾아오게 되면, 너를 환영하고 껴안고 싶어서다. 솔직하게 얘기하마. 네 의지에는, 네가 쓰는 편지에는 사랑이 충분히 담겨 있지 않다. 사랑을 회생시키는 사랑하기와 양보하기라도 있어야 하지만 이조차 충분치 않다. 거기에는 감탄스러우리만치 지독한 구석이 있다. 다정하고 친절하고, 속내를 스스럼없이 털어놓기까지 하고, 나에 대한 염려로 가득차 있지만, 사이가 서먹서먹해지고 낯설어진 누군가가 쓴 편지들이다.

비난하는 거냐고? 아니다. 질책하는 거다. 진심에서 우러나는 질책이다. 이제야 이야기하지만, 이 긴 편지는 밤을 향해, 북서쪽을 향해 내가 너에게 돌아오라고 부르는 소리다. 이곳으로 와서, 네가 늘 그랬듯이, 어린아이처럼 내 무릎에 얼굴을 묻고, 네가 나온 곳에 두더지처럼 코를 들이밀고 파고들어보렴. 이 편지는 어서 오라고 말한다. 나로부터 너 자신을 단절시키지 말아달라고 말한다. 나의 세번째 말.

만약 너 자신이 나에게서 나왔다고 네가 말한다면, 나는 내가 고래 뱃속에서 나왔다고 말할 필요도 없겠지.

나는 아이 없이는 살 수 없다. 아이 없이는 죽을 수도 없다.

네가 없는 사이에 내가 잉태하는 건 고통이다. 나는 고통을 낳는다. 너는 나의 고통이다.

비난하는 거냐고? 그래. 비난하는 거다. 네가 날 버렸다고 비난하는 거다. 나는 이 비난의 말을 너에게, 북서쪽으로, 바람의 치아 속으로 던진다. 너에게 내 고통을 던진다.

보로디노, 어떤 언어에서는 돌아오라의 애너그램. 디코날은 내가 부른다의 애너그램.

고래의 뱃속에서 토해져나온, 보기 흉하고 신비로운 말. 딸.

나는 한밤중에 '생명의 전화'에 연락을 했다. "물건 배달 말씀이세요?" 여자가 말했다. "스터타퍼즈 말고는 배달해주는 곳은 모르는데요. 식사 배달 봉사단체에 의뢰해보실래요?"

"문제는 요리가 아니에요." 나는 말했다. "음식은 만들 수 있어요. 식료품을 배달해줬으면 좋겠다는 거예요. 물건을 들고 다니는 게 어려워서 그래요."

"전화번호를 주세요. 사회복지사에게 아침에 전화를 드리라고 할게요." 그녀가 말했다.

나는 수화기를 내려놓았다.

종말이 전속력으로 질주해 오고 있다. 나는 내리막길을 내려갈 때 속도가 점점 더 빨라진다는 걸 계산하지 못했다. 길 전체를 천천히 갈 수 있다고 생각했다. 오류, 대단히 잘못된 오류.

모든 게 끝나가는 방식에는 불명예스러운 뭔가가 있다. 우리 자신에게만이 아니라 우리가 자신에 대해, 인간에 대해 갖고 있는 생각들에 불명예스러운 뭔가가 있다. 컴컴한 침실에, 자기가 지린 똥오줌 속에 무기력하게 누워 있는 사람들. 비를 맞으며 울타리 안에 누워 있는 사람들. 너는 이걸 아직 이해하지 못하겠지. 퍼케일은 이해할 거다.

퍼케일은 개를 놓아두고 다시 사라졌다. 퍼케일에 관한 아쉬움. 오디세우스도 아니고 헤르메스도 아니고 어쩌면 심부름꾼도 아닌 사람. 빙글빙글 돌아다니는 사람. 비바람에 시달린 얼굴을 하고도 허둥대는 사람.

그럼 나는? 만약 퍼케일이 시험을 통과하지 못했다면, 내 시험은 무엇이었을까? 내 시험은 거짓말의 전당 앞에서 내 몸에 불을 지를 용기가 있는지 없는지였을까? 나는 마음속으로 그 순간을 수없이 생각해 보았다. 내 귀에 부드럽게 바람이 스칠 때 성냥이 그어지고, 나는 놀라고 좋기도 하고 끄떡없는 상태로 불길 속에 앉아 있고, 내 옷은 그슬리지 않으면서 타오르고, 불길은 서늘한 푸른색일 순간을 수없이 생각해 보았다. 삶에 의미를 부여하기란 얼마나 쉬운가! 나는 속눈썹에 불이 붙고 눈썹에 불이 붙어 더이상 앞을 볼 수 없는 상태가 되기 전, 마지막 순간에 놀라움을 느끼며 매우 빠르게 생각한다. 그다음엔 더이상 아무 생각도 할 수 없다, 고통만이 있을 뿐(값을 치르지 않고는 아무것도 이룰 수 없으니까).

그 고통은 치통보다 심할까? 출산의 고통보다도? 이 엉덩이의 통증보다도? 출산하는 고통의 두 배보다도? 그런 통증을 완화시키려면 디코날이 몇 알이나 필요하지? 차가 거번먼트 애비뉴로 내려가 쇠사슬을 통과하기 전에 갖고 있는 디코날을 다 먹으면, 더 쉬워질까? 사람은 모든 걸 알고, 온전한 상태에서 죽어야 하나? 사람은 마취제 없이 자신의 죽음을 낳아야 하나?

사실, 그러한 충동에는, 그 충동이 어떠한 분노와 절망에 대한 답이라 해도, 늘 뭔가 잘못된 게, 심각하게 잘못된 게 있는 법이다. 고통과 치욕의 연옥 속에서, 몇 주 아니 몇 달에 걸쳐 침대에서 죽어가도 내 영혼이 구제받지 못한다면, 불기둥 속에서 이 분 내에 죽는다 한들 내가 구원을 받을까? 병에 걸린 늙은 여자가 자살한다고 해서 거짓말이 멈출까? 누구의 삶이, 어떻게 바뀔까? 자주 그러듯, 내 마음은 플로렌스에게로 돌아간다. 만약 플로렌스가 호프를 옆에 데리고 뷰티를 업고 지나간다면, 그 광경에 감명받을까? 그녀는 거기에 눈길이라도 한 번 줄까? 곡예사, 광대, 엔터테이너라고, 심각한 사람은 아니라고 플로렌스는 생각하고 휘적휘적 가버릴 것이다.

플로렌스의 눈에는 무엇이 심각한 죽음일까? 무엇이 그녀의 마음을 살 수 있을까? 답은 명예로운 노동의 삶에 방점을 찍는 죽음, 혹은 미간에 맞는 총알처럼, 천둥처럼, 저항할 수 없이, 느닷없이, 스스로 찾아오는 죽음이다.

플로렌스는 재판관이다. 그녀의 눈은 안경 뒤에서 모든 걸 고요히 가늠하고 있다. 그녀는 고요함을 벌써 자기 딸들에게 넘겨줬다. 법정은 플로렌스가 주재한다. 조사를 받는 건 나다. 내 삶이 심리를 끝마친 삶이라면, 지난 십 년 동안 내가 플로렌스가 주재하는 법정에서 심리를 받았기 때문이다.

"데톨 있나요?"

부엌에서 글을 쓰고 있다가, 그의 목소리를 듣고 깜짝 놀랐다. 그의 목소리, 그 아이의 목소리.

"위층에 가봐. 화장실을 찾아봐라, 오른쪽 문이야. 세면기 밑의 벽장을 열어봐라."

물이 튀는 소리가 나더니, 그애가 다시 아래로 내려왔다. 붕대가 풀려 있었다. 놀랍게도 상처를 꿰맨 실밥이 아직도 그대로 있었다.

"그 사람들이 실밥도 안 뽑아준 거니?"

그애가 고개를 저었다.

"병원에서 언제 나왔는데?"

"어제요. 아니 그제요."

왜 거짓말을 하는 걸까?

"왜 거기에 있으면서 치료를 받지 않았어?"

묵묵부답이다.

"상처 부위를 싸매야 해. 안 그러면 염증이 생겨 흉터가 남을 거야." 채찍의 흔적처럼 평생 이마에 남을 자국. 기념물.

그애에게 잔소리를 하다니, 그애가 나한테 뭐라고? 그러나 나는 피가 나오지 않도록 그애의 벌어진 살을 잡고 있었던 사람이다. 모성 본능이란 얼마나 집요하냐! 새끼들을 잃은 암탉이 노란 털과 납작한 주둥이를 알아차리지 못하고 오리새끼를 받아들여, 모래에 목욕을 하고 벌레를 쪼는 법을 가르치듯이.

나는 붉은색 식탁보를 털고 자르기 시작했다. "집에 붕대가 없어." 내가 말했다. "네가 붉은색을 꺼리지만 않는다면, 이건 아주 깨끗한 거야." 나는 그걸 그애의 머리에 두 번 두른 다음 뒤에서 묶었다. "얼른 의사나 진료소에 가서 실밥을 뜯어내야 한다. 그렇게 둬선 안 돼."

부지깽이처럼 뻣뻣한 그애의 목. 그애에게서 나는 냄새, 개가 짖게 만들었을 그 냄새, 불안함, 두려움의 냄새.

그애가 헛기침을 하며 말했다. "머리는 안 아픈데 팔이 아파요." 그애는 아주 조심스럽게 어깨를 움직였다. "팔을 편하게 해야겠어요."

"너, 누군가로부터 도망치고 있는 거니?"

그애는 아무 말이 없었다.

"심각하게 얘기하는 거야. 너는 이런 일을 겪기에는 너무 어리다. 베키한테도 그렇게 얘기했지만, 너한테도 다시 얘기하마. 넌 내 말을 들어야 해. 나는 나이를 먹을 만큼 먹었어. 그래서 내가 무슨 말을 하는지 알아. 너희는 아직 어린애다. 너희는 인생이 어떤 것일 수 있는지 알기도 전에 인생을 함부로 내던지고 있어. 너, 나이가 열다섯밖에 더 됐니? 열다섯은 죽기에는 너무 어린 나이야. 열여덟도 마찬가지다. 스물하나도 마찬가지고."

그애는 일어나서 손끝으로 붉은색 붕대를 가볍게 만졌다. 호의. 기사도 시대에 남자들은 여자들이 준 호의의 선물이 나부끼는 투구를 쓰고 다른 남자들을 쳐서 죽였다. 이애에게 신중하라고 설교하다니 입만 아플 뿐이다. 이애를 계속 몰아대는 너무나 강렬한 전투 본능. 전투, 약한 자를 없애고 강한 자에게 짝을 제공하는 자연의 방식. 영광 속에서 돌아오라. 그러면 그대는 욕망을 충족하게 되리라. 피와 영광, 죽음과 섹스. 그리고 나, 그애의 이마에 호의의 선물을 붙들어 매는 늙은 여자, 죽음의 쭈그렁 할멈!

"베키는 어디 있죠?" 그가 말했다.

나는 그애의 얼굴을 살폈다. 내가 한 말을 알아듣지 못한 걸까? 잊어버린 걸까? "앉아봐라." 내가 말했다.

그가 앉았다.

나는 탁자 위로 몸을 기울였다. "베키는 땅속에 있다. 땅속 구멍의 관 속에 들어가 흙으로 덮여 있다. 그애는 결코 그 구멍을 떠나지 못할 거야. 결코, 결코, 결코. 알겠니? 이건 넘어져도 일어나 계속 경기를 할 수 있는 축구경기가 아니란 말이다. 네가 상대하고 있는 사람들은 서로에게 '저애는 어린애에 불과하니, 어린애에게 맞는 장난감 총알을 사용합시다'라고 말하지 않아. 그들은 너를 어린애라고 생각하지 않는다. 그들은 너를 적으로 간주하고, 네가 그들을 증오하는 것만큼이나 너를 증오해. 그들은 주저 없이 너에게 총을 쏠 거야. 오히려 그들은 네가 쓰러지면 또하나를 죽였다고 생각하고 좋아서 미소를 지을 거야."

그는 내가 자기 얼굴을 연거푸 때리기라도 하는 듯 나를 쏘아보았다. 그러나 그는 입술을 닫고 이를 악물고 움츠러들지 않으려 했다. 그의 흐릿한 눈.

"너는 그들의 규율이 형편없다고 생각하지만, 네가 틀렸다. 그들의 규율은 아주 잘돼 있어. 그들로 하여금 모든 남자아이들을, 너희의 마지막 한 사람까지 몰살시키지 못하도록 억제하는 건 동정심이나 동지애가 아니다. 그건 규율, 위에서 하달된 명령일 뿐이지 다른 게 아니다. 그리고 그것은 언제든 바뀔 수 있다. 동정심은 창밖으로 달아나고 없어. 이건 전쟁이야. 내가 하는 말 잘 들어라! 나는 내가 무슨 말을 하는지 잘 알아. 내가 너를 꼬드겨 이 투쟁에서 빠지게 하려 한다고 넌 생각하겠지. 그래, 그건 사실이야. 그래, 그게 내가 하려는 일이다. 기다려라, 너는 너무 어려."

그애는 불안하게 몸을 움직였다. 말, 말! 말이 그의 할아버지 세대와 부모 세대를 무겁게 짓눌렀다. 거짓말, 약속, 감언이설, 위협. 그들은 모든 말의 무게에 짓눌려 웅크리고 다녔다. 그는 아니었다. 그는 말을 버렸다. 염병할 말들!

"너는 지금이 싸울 때라고 말하지. 이기거나 져야 할 때라고 말하지. 승리 혹은 패배에 대해 내가 얘기해주마. 양자택일에 대해 얘기해주마. 내 말 잘 들어라.

너도 내가 아프다는 건 알 거다. 내게 무슨 문제가 있는지 알고 있니? 나는 암에 걸렸다. 평생 견뎌왔던 치욕이 쌓여 암에 걸렸다. 암이란 그렇게 생기는 거다. 자기혐오 때문에 몸이 악의를 띠고 자신을 갉아먹기 시작하는 게 암이다.

너는 이렇게 말하겠지. '치욕과 혐오에 자신을 소진시켜 어쩌겠다는 건가요? 나는 당신이 어떤 느낌을 받는지, 그런 얘기를 듣고 싶은 게 아니에요. 그건 다른 얘기일 뿐이에요. 뭔가를 하는 게 어때요?' 네가 그런 말을 하면, 나는 '그래'라고 대답하지. '그래.' '그래.'

네가 그렇게 물으면 나는 '그래'라고밖에 할 수 없다. 그러나 '그래'라고 말하는 게 어떤 건지 얘기해주지. 그건 자신의 생사가 걸린 재판에서 오직 그래요, 아니요 두 마디만 할 수 있는 것과 같아. 무슨 말을 하려고 하면, 재판관들이 '그래요, 아니요 외에 다른 말은 안 된다'라고 경고하지. 그래서 '그래'라고 하는 거야. 그러나 그러는 동안, 다른 말들이 뱃속의 생명체처럼 마음속에서 꿈틀거리지. 아직 태아가 발길질을 하는 상태는 아니고, 여자가 임신을 했을 때, 아주 초기에, 저 깊숙한 안쪽에서 뭔가가 꿈틀거리는 걸 느끼는 상태라고나 할까.

내 안에는 죽음만이 있는 게 아니다. 삶도 있다. 죽음은 강하고 삶은 약하지. 그러나 내 의무는 삶에 있다. 나는 그걸 살아 있게 해야 한다. 그래야 한다.

너는 말을 믿지 않지. 네 생각엔 싸움만이, 싸움과 총알만이 진짜겠지. 그러나 내 말 잘 들어라. 너는 내가 하는 말이 진짜라는 걸 네 귀로 확인하지 못하겠니? 들어보렴! 내 말은 공기에 지나지 않을지 모르지만, 내 가슴에서, 내 뱃속에서 나오는 말이다. 그 말은 '그래요'도 아니고 '아니요'도 아니다. 내 안에 살고 있는 건 다른 것이다, 다른 말이다. 나는 나름의 방식으로 그 말을 위해, 그 말이 질식당하지 않게 하려고 싸우고 있는 거다. 나는 필요한 게, 가족이 필요로 하는 게, 마을이 필요로 하는 게 팔힘이 강한 남자아이라서 딸을 낳으면 그 딸이 죽임을 당하리라는 걸 알고 있는 중국의 어머니가 된 느낌이야. 그들은 출산 후에 얼굴을 가린 누군가가 방에 들어와, 산파의 손에서 아이를 받아 성별을 확인한 다음, 잘못된 성이면 예의상 그들에게서 몸을 돌린 채 갓난애의 턱을 다물리고 코를 죄어 질식시키리라는 걸 알지. 일 분이면 모든 게 끝나지.

나중에 그 어머니는 이런 말을 듣는단다. 슬퍼하고 싶으면 하시오. 슬픔은 자연스러운 거니까. 그러나, 아들이라 불리는 게 뭐죠? 죽어야 하는 딸이라는 게 뭐죠?라고 묻지는 마시오.

내 말을 오해하지 마라. 너는 아들이다. 누군가의 아들이다. 나는 아들을 반대하는 게 아니다. 그런데 너는 갓 태어난 아이를 본 적이 있니? 너한테 얘기해주는 건데, 남아와 여아를 구분하기란 어려운 일이란다. 갓난아기의 다리 사이에는 모두 똑같이 생긴 부풀어오른 주름이 있기 마련이다. 남아의 특징인 꼭지나 덩굴손은 실제로는 별게 아니다. 삶과 죽음 사이의 차이는 별게 아니다. 그러나 그 밖의 모든 것은, 분명치 않은 모든 것은, 힘이 가해지면 굴복하는 모든 것은 무시당할 운명에 처해 있다. 나는 무시당하는 것을 위해 말하고 있는 거야.

네 얼굴을 보니 나이든 사람의 말을 듣는 일에 넌더리가 나 있구나. 너는 남자이고 싶고, 남자가 하는 일을 하고 싶어 좀이 쑤시겠지. 너는 삶을 준비하는 데 넌더리가 나 있겠지. 너는 이제 삶 그 자체를 위한 시간이 되었다고 생각하겠지. 너는 큰 실수를 하고 있어! 삶이란 막대기, 쇠파이프, 깃대, 총을 따라가서, 그것이 너를 어디로 이끄는지 보는 게 아니다. 삶은 가까이 있는 게 아니다. 너는 이미 삶의 한복판에 있어."

전화벨이 울렸다.

"괜찮아, 전화는 받지 않을 거야." 내가 말했다.

우리는 침묵 속에서 전화벨이 그치기를 기다렸다.

"나는 네 이름도 모른다." 내가 말했다.

"존이에요."

존이라, 농 드 게르*가 아닐까 싶다.

"어쩔 셈이니?"

그는 알아듣지 못한 듯했다.

"뭘 하려는 거니? 여기에 있고 싶니?"

"집에 가야 해요."

"집이 어딘데?"

그애는 완강하게 나를 마주 바라보았다. 다른 거짓말을 생각하기에는 너무 지쳐 있었다. "가엾은 아이로구나." 나는 낮은 소리로 말했다.

감시할 생각은 아니었다. 그러나 나는 슬리퍼를 신고 있었고, 플로렌스의 방으로 통하는 문이 열려 있어서 그의 등이 보였다. 그는 침대에 앉아 손에 든 어떤 물건을 골똘히 쳐다보고 있었다. 그는 내 기척을 듣자 깜짝 놀라며 그것을 침구 속으로 밀어넣었다.

* 프랑스어로 '전투시 사용하는 가명'이라는 뜻.

"거기에 밀어넣은 게 뭐니?" 내가 물었다.

"아무것도 아니에요." 그는 부자연스럽게 나를 바라보며 말했다.

벽 아래의 굽도리판이 벽에서 분리되어 마루 위에 놓여 있고 회반죽을 바르지 않은 벽돌이 보이지 않았다면, 나는 그애를 추궁하지 않았을 것이다.

"너 지금 뭐하는 거니? 왜 이 방을 난리로 만든 거니?" 내가 물었다.

그는 아무 말이 없었다.

"뭘 숨기고 있는지 보자."

그는 고개를 저었다.

나는 벽을 쳐다보았다. 환풍기를 들어앉힌 벽돌벽에 틈이 있었다. 그 틈을 통하면 마루의 밑바닥까지 손이 닿을 터였다.

"마루 밑에 뭘 두려는 거니?"

"아무것도 안 해요."

나는 플로렌스가 남기고 간 번호로 전화를 걸었다. 아이가 전화를 받았다. "음쿠부켈리 부인과 통화할 수 있니?" 묵묵무답. "음쿠부켈리 부인. 플로렌스 말이야."

우물거리는 소리가 나다가 여자의 목소리가 들렸다. "누굴 찾으시죠?"

"음쿠부켈리 부인. 플로렌스요."

"여기에 없어요."

"저는 커런 부인이에요. 음쿠부켈리 부인은 전에 우리집에서 일했던 사람이에요. 부인의 아들 친구 일로 전화하는 거예요. 자기 이름이 존이라고 하는데, 나는 진짜 이름은 몰라요. 중요한 일이에요. 플로렌스가 없다면, 타바니 씨하고 통화할 수 있을까요?"

다시 이어지는 긴 침묵. 그런 다음, 남자의 목소리. "네, 타바니입니다."

"커런 부인이에요. 저번에 만났었죠. 베키의 학교 친구 문제로 전화드리는 거예요. 아마 당신은 모르겠지만, 병원에 입원해 있던 친구예요."

"알고 있습니다."

"이 친구는 지금, 퇴원한 건지 도망친 건지 모르지만 어쨌든 여기에 와 있어요. 내 생각에 무기를 갖고 있는 듯해요. 어떤 무기인지는 정확히 모르겠지만, 이애와 베키가 그걸 플로렌스의 방에 감춰놓았던 것 같아요. 이애가 이곳으로 온 이유는 바로 그 때문인 것 같고요."

"예." 그가 단조롭게 대꾸했다.

"타바니 씨, 당신에게 이 아이한테 무슨 영향력을 행사해달라는 게 아니에요. 아이는 정상이 아니고 아주 심하게 다쳤어요. 정서적으로도 불안정한 상태고요. 그런데 아이의 가족과 어떻게 연락해야 할지 모르겠어요. 케이프타운에 아이의 가족이 있는지조차 모르겠네요. 이 아이는 나한테 얘기해주지 않아요. 누군가, 아이가 신뢰할 수 있는 사람이 이곳으로 와서 얘기를 해서, 무슨 일이 생기기 전에 아이를 데려가면 좋겠어요."

"그애가 정서적으로 불안정한 상태라니 무슨 말이죠?"

"지금 도움을 필요로 한다는 말이에요. 이애는 자신의 행동에 책임을 질 수 없는 상태예요. 머리에 심한 충격을 받았어요. 나로서는 돌봐줄 수가 없어요. 그건 내 능력 밖의 일이에요. 누군가가 와줘야 해요."

"알아보겠습니다."

"아뇨, 그걸로는 충분치 않아요. 행동이 필요해요."

"누군가에게 그애를 데려오라고 부탁할게요. 하지만 그게 언제가 될지는 모르겠네요."

"오늘인가요?"

"오늘이라고는 못해요. 오늘일 수도 있고 내일일 수도 있어요. 여하간 알아볼게요."

"타바니 씨, 한 가지만 분명히 해둘게요. 나는 그애나 다른 누군가에게 자기 삶을 어떻게 하라고 지시하려는 게 아니에요. 그애는 자기가 하고자 하는 일을 할 수 있을 정도로 나이가 들었고 의지도 있으니까요. 그러나 이러한 살인은, 동지애란 이름으로 피를 흘리는 일은 정말로 싫군요. 야만적이에요. 그 말만은 하고 싶어요."

"커런 부인, 잘 안 들리네요. 당신의 목소리가 너무너무 작고 통화감이 너무 멀어요. 당신한테는 내 말이 잘 들렸으면 좋겠네요."

"잘 들려요."

"좋습니다, 커런 부인. 그런데 당신은 동지애에 대해서는 그다지 잘 아는 것 같지 않군요."

"고맙지만 충분히 알고 있어요."

"아뇨, 당신은 몰라요." 그는 확신에 차서 말했다. "이 젊은 사람들만큼 투쟁에 몸과 마음을 다하고 있다면, 군소리 없이 서로를 위해 자신의 목숨을 바칠 준비가 되어 있다면, 당신이 알게 될 어떤 유대감보다 더 강한 유대감이 생기는 법이에요. 그게 동지애예요. 나는 날마다 그 점을 내 눈으로 확인하고 있어요. 우리 세대한테는 그것에 비교할 게 아무것도 없어요. 그게 바로 우리가 그들을 위해, 젊은이들을 위해 뒤로 물러서 있어야 하는 이유예요. 우리는 뒤로 물러서지만, 그들 뒤에서 있어요. 당신이 너무 멀리 떨어져 있어서 이해하지 못하는 점은 바로 이겁니다."

"물론 나는 멀리 떨어져 있어요." 내가 말했다. "멀리 떨어져 있고 또 작아요. 그러나 유감스럽게도 나는 동지애를 너무나 잘 알아요. 독일인들한테는 동지애가 있었어요. 일본인들도 그랬고 스파르타인들도 그랬어요. 샤카*의 전사들에게도 틀림없이 있었을 거예요. 동지애란 당신이 유대감(무엇에 대한 유대감이죠? 사랑인가요? 그럴 것 같지는 않아요)이라고 부르는 걸로 가장하고, 죽음을 신비화하고 죽이고 또 죽는 일을 신비화하는 것에 불과해요. 나는 그런 동지애를 찬성할 수 없어요. 당신은, 아니 당신과 플로렌스를 비롯한 모든 사람들은 틀렸어요. 당신들은 그것에 속고, 설상가상으로 아이들에게 그걸 부추기고 있어요. 냉혹하고 배타적이고 죽음에 눈이 먼 남자들이 만들어낸 또다른 허구일 뿐이에요. 나는 그렇게 생각해요."

우리 사이에 더 많은 말들이 오갔지만, 그 대화를 반복하지는 않겠다. 우리는 의견을 교환했다. 우리는 생각이 다르다는 데 동의했다.

오후가 더디게 지나갔다. 아무도 아이를 데리러 오지 않았다. 나는 고통을 완화시키기 위해 자세를 조금씩 이리저리 바꾸고, 등에는 쿠션을 받친 채 약 때문에 어지러워하며 침대에 누워 있었다. 자고 싶었다. 그러나 보로디노 꿈이 두려웠다.

날씨가 흐려지더니 비가 내리기 시작했다. 막힌 홈통에서 빗물이 계속 떨어지는 소리가 났다. 고양이 오줌 냄새가 층계참에 깔린 카펫에

---

* Shaka. 줄루왕국의 왕(1787~1825).

서 위로 올라왔다. 무덤 같구나, 나는 생각했다. 작고한 부르주아의 무덤 같구나. 머리를 이리저리 뒤척였다. 감지 않은, 볼품없이 곧은 회색 머리칼이 베개에 닿는다. 플로렌스의 방에서, 점점 짙어가는 어둠 속에서, 폭탄 혹은 뭔가를 손에 들고, 이제는 흐릿하지 않고 또렷한 눈을 크게 뜨고, 생각을 하며, 아니 생각 이상을 하며, 뭔가를 마음속에 그리며 누워 있을 아이. 자신이 마침내 온전한 상태가 되어, 곧은 자세로, 강하게 변한 모습으로 일어설 그 영광의 순간을 마음속에 그리고 있을 아이. 불 같은 꽃이 펼쳐질 때, 연기 기둥이 올라갈 때를 마음속에 그리고 있을 아이. 축복의 섬 인도로 그를 안내해줄 신비한 기구인 나침반을 가슴에 부둥켜안고 선실의 어둠 속에 누워 있는 크리스토퍼 콜럼버스처럼, 폭탄을 부적처럼 가슴에 안고 있는 아이. 가슴을 드러내고 노래를 부르며 팔을 벌리고 서 있는 수많은 처녀들을 향해 얕은 물속을 걸어갈 때, 흔들림 없이 영원히 미래를 향해 한 방향만을 가리키는 바늘을 앞에 든 자신의 모습을 마음속에 그리고 있을 아이.

가엾은 아이! 가엾은 아이! 어딘가에서 눈물이 솟아 내 시야를 뿌옇게 만들었다. 옛날 같으면, 정원사가 되어 뒷문에서 잼 바른 빵을 점심으로 먹고 깡통으로 물을 마실 운명이었겠지만, 이제는 모욕받고 다친 사람들, 짓밟힌 사람들, 조롱당한 사람들을 위해, 남아프리카의 모든 정원사들을 위해 싸우고 있는 가엾은 존!

추운 이른 아침에 안마당으로 통하는 문이 삐걱거리는 소리가 들렸다. 퍼케일이군, 나는 생각했다. 퍼케일이 돌아왔군. 그런데 초인종소리가 났다. 한 번, 두 번, 길고, 단호하고, 급하게 누르는 소리가 났다. 퍼케일이 아니었다.

요즈음 나는 아래층으로 내려가는 데 몇 분이 걸린다. 약을 먹어 정신이 혼미한 상태에서는 특히 그렇다. 내가 침침한 어둠 속을 더듬더듬 내려가는 동안, 그들은 계속 초인종을 누르며 문을 두드렸다. "가요!" 나는 최대한 큰 소리로 말했다. 그러나 나는 너무 느렸다. 안마당 문을 열어젖히는 소리가 났다. 부엌문을 쿵 치는 소리가 나고 아프리칸스어로 말하는 소리가 들렸다. 그러고 나서 돌이 다른 돌을 치는 듯한 밋밋하고 특징 없는 총성이 울렸다.

침묵이 이어지다가, 유리 깨지는 소리가 들렸다. "기다려요!" 나는 소리치고 부엌문을 향해 달렸다. 정말로 달렸다. 그런 힘이 내게 있다는 걸 나는 알지 못했다. "기다려요!" 나는 빗장과 체인을 더듬어 찾고 유리창을 치며 소리쳤다. "아무 짓도 하지 마요!"

베란다에는 푸른색 코트를 입은 누군가가 내게 등을 보이고 서 있었다. 그는 내 말을 분명히 들었을 텐데도, 돌아서지 않았다.

나는 마지막 빗장을 풀고 문을 열어젖히며, 그들 앞에 나타났다. 가운을 걸치는 것도 잊었다. 흰색 잠옷을 입은 채, 죽었다가 살아난 시체처럼 맨발로 서 있었다. "기다려요!" 내가 말했다. "아직 아무 짓도 하지 마요. 저애는 그저 어린애일 뿐이에요!"

세 사람이 있었다. 둘은 제복을 입었고, 하나는 순록이 떼를 지어 달리는 그림이 그려진 풀오버를 입고, 권총을 아래로 향해 잡고 있었다. "내가 저애와 얘기할 기회를 주세요." 나는 밤사이에 생긴 물웅덩이를 첨벙거리고 지나가며 말했다. 그들은 놀라서 나를 빤히 쳐다보았지만 제지하려고 하지는 않았다.

플로렌스의 방 창문은 산산조각이 나 있었다. 방은 어둠에 싸여 있었다. 그러나 나는 구멍을 통해서 안을 들여다보고, 멀리 있는 침대 옆에 웅크리고 있는 사람의 형체를 알아볼 수 있었다.

"얘야, 문 열어라." 내가 말했다. "내가 저 사람들이 너를 해치지 못하도록 할게, 약속하마."

거짓말이었다. 그는 이제 끝난 사람이었다. 나에게는 그를 구할 힘이 없었다. 그러나 뭔가가 나로부터 나와 그에게 가고 있었다. 그를 안아주고 보호해주고 싶어 애가 탔다.

경찰관 중 한 사람이 내 옆에 나타나 벽에 몸을 밀착시켰다. "나오라고 해요." 그가 말했다. 나는 울화가 치밀어 그를 향해 돌아섰다. "저리 가요!" 나는 소리를 지르고 발작적으로 기침을 하기 시작했다.

태양이 떠도는 구름으로 가득한 하늘에서 붉게 떠오르고 있었다.

"존!" 나는 기침을 하면서 소리쳤다. "이리 나와라! 이 사람들이 너한테 아무 짓도 못하게 하마."

이제 풀오버를 입은 남자가 내 곁에 왔다. "무기를 내놓으라고 하세요." 그가 낮은 소리로 말했다.

"무슨 무기요?"

"권총을 갖고 있어요. 그 밖에 어떤 걸 갖고 있는지는 나도 몰라요. 여하튼 모든 걸 내놓으라고 하세요."

"저애를 다치지 않게 하겠다는 약속부터 하세요."

그의 손가락이 내 팔을 움켜쥐었다. 저항했지만 그의 힘이 너무 셌다. "여기 계시다가는 폐렴에 걸릴 겁니다." 그가 말했다. 뭔가가 뒤에서 내 몸으로 내려왔다. 코트였다. 외투였다. 경찰들이 입는 외투. "니엄

하르 비너."* 그가 낮은 소리로 말했다. 그들은 나를 부엌으로 들어가게 하고 문을 닫았다.

나는 앉았다가 다시 일어섰다. 코트에서는 담배 냄새가 지독하게 났다. 나는 그걸 바닥에 놓고 문을 열었다. 내 발은 추위 때문에 시퍼렇게 변해 있었다. "존!" 나는 소리쳤다. 세 남자가 무전기 주변에 몸을 굽히고 있었다. 나한테 코트를 벗어준 사람이 화를 내며 내게 돌아섰다. "부인, 여기는 위험해요." 그는 다시 나를 안으로 몰아넣었지만, 문을 잠글 열쇠를 찾을 수가 없었다.

"그애는 어린애일 뿐이에요." 내가 말했다.

"부인, 일을 하게 우리를 좀 놔두세요." 그가 대답했다.

"나는 당신들을 지켜보고 있어요." 내가 말했다. "당신들이 하는 모든 일을 낱낱이 지켜보고 있어요. 다시 얘기하지만, 그애는 어린애일 뿐이에요!"

그는 무슨 말을 하려는 듯 숨을 들이쉬었다가, 그저 한숨만 내쉬었다. 그리고 내 말이 끝나기를 기다렸다. 단단하고 마른 체구의 젊은 남자. 누군가의 아들, 많은 사람들의 사촌. 그의 주변에, 그의 뒤에, 그의 위에 합창단처럼 서서 그를 안내하고 훈계하는 많은 사촌들, 많은 숙모들과 숙부들, 대고모들과 증조부들.

내가 무슨 말을 할 수 있을까? 더 넓은 의미에서 보면 나를 지켜주고 내 이익을 지켜주기 위해 그가 여기에 와 있다는 말 외에는, 대화가 가능하도록 우리가 공유하는 게 뭐가 있을까?

---

* 아프리칸스어로 '안으로 모시고 들어가라'라는 뜻.

"에크 스탄 니 안 요우 칸트 니," 나는 말했다. "에크 스탄 안 디 티언칸트."*
나는 다른 편에 서 있다. 그러나 나는 다른 쪽 둑에, 다른 쪽 강둑에 서 있기도 하다. 멀리 떨어진 둑에서, 뒤를 돌아보며.

동료들이 밖에서 임무를 수행하는 동안, 그는 몸을 돌리고 스토브와 싱크대와 선반을 살펴보며 디 오 다메**를 지키고 있다. 일상적인 일.

"그게 전부예요." 내가 말했다. "내 말은 끝났어요. 당신에게 한 말도 아니었지만."

그렇다면 누구에게? 너에게, 언제나 너에게. 내가 어떻게 사는지, 내가 어떻게 살았는지. 내 이야기를 한 거지.

초인종이 울렸다. 더 많은 남자들, 군화를 신고 모자를 쓰고 얼룩무늬 군복을 입고 집안을 통과해 쿵쿵거리며 지나가는 남자들. 그들은 부엌 창문 가에 모였다. "헤이 시트 다르 인 디 베이터카머. 다르스 네트 디 이언 디어르 엔 디 이언 벤스터."*** 경찰이 플로렌스의 방을 가리키며 설명했다.

"니어, 단 헤트 온스 홈."**** 새로 온 사람들 중 하나가 말했다.

"경고하는데 나는 당신들이 하는 모든 일을 지켜보고 있소." 내가 끼어들었다.

그가 나를 향해 돌아섰다. "저애를 압니까?" 그가 말했다.

---

* 아프리칸스어로 '나는 당신들 편이 아니오. 나는 다른 편이오'라는 뜻.

** 아프리칸스어로 '노부인'이라는 뜻.

*** 아프리칸스어로 '그놈은 밖에 있는 방 안에 앉아 있습니다. 문은 하나밖에 없고, 창문도 하나밖에 없습니다'라는 뜻.

**** 아프리칸스어로 '그렇다면, 저놈은 잡았군'이라는 뜻.

"그래요, 알아요."

"부인은 저애가 무기를 갖고 있다는 걸 알았습니까?"

나는 어깨를 으쓱하며 말했다. "무기 없는 사람이 살 수 있는 세상이던가요?"

누군가 다른 사람이 들어왔다. 제복을 입은 젊은 여자였다. 산뜻한 분위기가 그녀에게서 풍겼다. "이스 디트 디 다메 디?"* 그녀가 이렇게 말하고 나를 향해 말했다. "이 일이 종료될 때까지, 이 집을 잠시 정리하려고 합니다. 친구 집이든 친척 집이든, 어디 가실 곳이 있나요?"

"나는 가지 않을 거요. 여기는 내 집이오."

그녀의 친절함과 배려에는 흔들림이 없었다. "알고 있습니다." 그녀가 말했다. "그러나 이곳에 계시기에는 너무 위험합니다. 잠시만 피해주셔야겠습니다."

창문 옆에 있는 남자들은 이제 아무 말도 하지 않았다. 그들은 내가 떠나주기를 기다리고 있었다. 그들 중 하나가 말했다. "벨 디 암뷸란스."** 여자가 말했다. "아흐, 세이 칸 솜머르 베이 디 스타시 바흐."*** 그녀는 나를 향해 말했다. "자, 부인, 부인 성함이……" 그녀는 내가 이름을 말하기를 기다렸다. 나는 말해주지 않았다. "따뜻한 차를 한 잔 드세요." 그녀가 제안했다.

"나는 가지 않을 거요."

그들은 내 말이 어린애의 말이라도 되듯 더이상 신경을 쓰지 않았다.

---

* 아프리칸스어로 '이분이 그 노부인이십니까?'라는 뜻.

** 아프리칸스어로 '앰뷸런스를 불러요'라는 뜻.

*** 아프리칸스어로 '아니면 이분을 경찰서에서 기다리게 하죠'라는 뜻.

남자가 말했다. "한 할 어 콤베르스. 세이스 암페르 블로우 판 디 코어."*

여자가 위층으로 올라갔다가 내 침대에서 누비이불을 갖고 내려왔다. 그녀는 그걸 내 몸에 둘러주고 나를 껴안아줬다. 그리고 내가 슬리퍼를 신는 걸 도와줬다. 그녀는 내 다리와 발을 보고도 싫은 내색을 하지 않았다. 누군가의 착한 아내가 되도록 길러진 착한 여자.

"가져가고 싶은 약이나 물건이 있으신가요?" 그녀가 물었다.

"나는 가지 않을 거요." 나는 의자를 움켜쥐며 그 말을 반복했다.

그녀와 남자들 사이에 낮은 소리가 오갔다. 누군가가 느닷없이 뒤에서 내 겨드랑이를 잡아 몸을 들었다. 여자가 내 다리를 잡았다. 카펫을 나르듯, 그들은 나를 앞문까지 들고 갔다. 등이 너무 아팠다. "내려놔!" 나는 소리를 질렀다.

"곧 내려드릴게요." 여자가 달래듯 말했다.

"나는 암에 걸렸소!" 내가 소리를 질렀다. "날 내려줘!"

'암!' 그들을 향해 그 단어를 내뱉으니 얼마나 후련하던지! 그 말이 그들에게 비수처럼 박히며 그들의 걸음을 멈추게 했다. 나를 들고 있던 남자가 말했다. "시트 하르 니어, 달크 콤 하르 이츠 우어르. 에크 헤트 모스 허세 예이 무트 디 암뷸란스 벨."** 그들은 조심스럽게 나를 소파 위에 내려놓았다.

"어디가 아프신가요?" 여자가 얼굴을 찡그리며 물었다.

"마음이 아프군요." 내가 말했다. 그녀는 당황한 듯 보였다. "마음에

---

* 아프리칸스어로 '가서 담요 좀 가져와요. 이분은 추위로 파랗게 질려 있어요'라는 뜻.

** 아프리칸스어로 '무슨 일이 생길지 모르니까 내려줍시다. 그러니까 내가 앰뷸런스를 부르라고 했잖아요'라는 뜻.

암이 생겼어요." 그때에야 이해했는지, 그녀는 파리를 쫓듯 고개를 저었다.

"몸이 위로 들려서 아프신가요?"

"늘 아파요." 내가 말했다.

그녀는 내 뒤에 있는 남자의 눈을 쳐다보았다. 그들 사이에 무언가 무척 재미있다는 듯한 눈길이 오갔다. 그녀의 얼굴에 억누르지 못한 미소가 떠올랐다.

"나는 비통의 잔을 들어 마시다가 그 병에 걸렸소." 나는 몰아쳤다. 그들이 나를 미쳤다고 생각한들 무슨 상관이랴 싶었다. "당신들도 언젠가 그 병에 걸릴지 모르지. 피하기 어려우니까."

유리 깨지는 소리가 났다. 두 사람이 방에서 뛰쳐나갔다. 나는 일어서서 절뚝거리며 뒤를 따랐다.

두번째 창유리가 없어진 걸 제외하면, 변한 건 아무것도 없었다. 뜰은 텅 비어 있었다. 이제는 여섯 명쯤 되는 경찰관들이 베란다에 몸을 웅크린 채 총을 겨누고 있었다.

"베흐!"* 그들 중 하나가 화가 나서 소리쳤다. "크레이 하르 베흐!"**

여자가 나를 감싸 안으로 데리고 들어갔다. 그녀가 문을 닫았을 때, 짤막한 폭발음이 들리더니 총을 쏘는 소리가 연이어 들렸다. 그리고 아찔한 침묵이 길게 이어지고, 낮은 목소리가 들리고, 어딘가에서 퍼케일의 개가 짖는 소리가 들렸다.

나는 문을 잡아당기며 열려고 했지만, 여자가 나를 꼭 붙들었다.

---

* 아프리칸스어로 '데려가!'라는 뜻.

** 아프리칸스어로 '이 여자 데려가!'라는 뜻.

"그애를 다치게 했다가는 절대 용서하지 않을 거요." 내가 말했다.

"괜찮아요. 앰뷸런스를 다시 부를게요." 여자가 나를 달래려고 노력했다.

앰뷸런스는 이미 와서 인도에 주차되어 있었다. 많은 사람들이, 이웃들과 지나가던 사람들, 젊은이들과 노인들, 흑인들과 백인들이 사방에서 몰려들고 있었다. 아파트 발코니에서 사람들이 이 광경을 내려다보았다. 여자 경찰과 내가 앞문으로 나왔을 때는, 그들이 담요에 싸인 시체를 차도 아래쪽으로 끌어다가 차에 싣는 중이었다.

나는 그 뒤를 따라서 앰뷸런스에 오르려고 했다. 구급대원 중 하나가 내 팔을 잡아 타는 걸 도와주려 하기까지 했다. 그러나 경찰관이 제지했다. "잠깐만요. 이분을 위해서 다른 앰뷸런스를 부를게요." 그가 말했다.

"다른 앰뷸런스는 필요 없어요." 내가 말했다. 경찰관이 친절하면서도 난처한 표정을 지어 보였다. "저애와 같이 가겠어요." 나는 이렇게 말하고 다시 차에 타려고 했다. 누비이불이 발밑에 떨어졌다.

그가 고개를 저었다. "안 됩니다." 그가 몸짓을 하자, 구급대원이 문을 닫았다.

"하느님, 저희를 용서하소서!" 나는 나직이 말했다. 나는 누비이불을 두르고 사람들로부터 멀어져 스쿤더 스트리트 아래쪽으로 걸어가기 시작했다. 내가 모퉁이에 거의 도착했을 때, 여자 경찰관이 뛰어왔다. "이제 집에 가셔야 합니다!" 그녀가 명령조로 말했다. "거기는 이제 내 집이 아니오." 나는 화난 목소리로 대답하며 계속 걸음을 옮겼다. 그녀가 내 팔을 붙잡았다. 나는 뿌리쳤다. "세이스 판 하르 코프 아프."* 그녀는 특별히 누구에게랄 것도 없이 이렇게 말하고는 단념했다.

나는 베이튼칸트 스트리트에 있는 고가교 밑에 쉬려고 앉았다. 도시 쪽으로 가는 차들이 계속 지나갔다. 아무도 나에게 눈길 한 번 주지 않았다. 머리는 풀어헤치고 핑크색 누비이불을 두른 내 모습은 스쿤더 스트리트에서는 구경거리일지 모르지만, 깨진 벽돌 조각과 오물 한복판인 이곳에서는, 도시에 존재하는 음지의 일부일 뿐이었다.

남자와 여자가 거리의 건너편에서 걸어가고 있었다. 내가 아는 여자인가? 퍼케일이 집으로 데려왔던 여자인가? 아니면, 애벌론호텔과 솔리 크레이머 주류판매점 주변을 어슬렁거리는 여자들은 모두 저렇게 다리가 쇠약하고 거미처럼 가늘던가? 단단히 여민 비닐봉지를 어깨에 걸친 남자는 퍼케일이 아니었다.

나는 누비이불로 몸을 더 꼭 감싸고 누웠다. 고가교 위를 지나가는 차들의 덜컹거림이 뼛속까지 느껴졌다. 약은 집에, 다른 사람들의 손에 넘어간 집에 있었다. 약 없이 살아남을 수 있을까? 없다. 그런데 나는 살고 싶기는 한 걸까? 때가 되었음을 감지하고, 모든 게 수축되어 느릿한 심장박동만 남게 되는 땅속 구멍으로 차갑고 굼뜬 몸을 끌고 기어들어가는 늙은 동물이 느낌직한 무심한 평화로움이 느껴지기 시작했다. 삼십 년 동안 햇빛이 비치지 않은 콘크리트 기둥 뒤에서, 나는 성한 쪽으로 몸을 오그리고, 맥박의 고동일 수도 있는 고통의 고동을 들었다.

잠이 들었던 모양이다. 시간이 흐른 게 틀림없었다. 눈을 떴을 때, 어

---

* 아프리칸스어로 '이 여자, 돌아버렸군'이라는 뜻.

느 아이가 내 곁에 무릎을 꿇고 누비이불의 접힌 안쪽을 만져보고 있었다. 그의 손이 내 몸을 더듬었다. "아무것도 없다." 나는 이렇게 말하려고 했지만, 틀니가 조금 빠져 있었다. 박박 깎은 머리에 맨발, 그리고 딱딱한 표정, 많아야 열 살이 됐을까 말까 한 아이. 그의 뒤에 있는, 그보다 더 어려 보이는 두 친구. 나는 틀니를 빼고 말했다. "날 내버려둬라. 나는 병에 걸렸다. 너희들도 나한테서 병이 옮을 거야."

그들은 서서히 물러나, 까마귀들처럼 기다리며 서 있었다.

소변을 봐야 했다. 참을 수가 없어서, 누운 상태로 오줌을 쌌다. 나는 생각했다. 추워서 다행이다. 감각이 없어서 다행이다. 모든 게 순산順産을 향하여 합심하고 있다.

남자아이들이 다시 더 가까이 다가왔다. 나는 포기하고, 그들의 손이 파고들기를 기다렸다. 자동차 바퀴가 굴러가는 소리가 내 마음을 진정시켰다. 벌통 안에 든 유충처럼, 나는 회전하는 세상의 소리 속으로 흡수되었다. 소음으로 가득찬 대기. 서로에게 닿지 않고 지나치고 또 지나치는 수천의 날개들. 그들 모두를 위한 공간이 어떻게 있을 수 있는 걸까? 하늘에는 세상을 떠난 모든 사람들의 영혼을 위한 공간이 어떻게 있을 수 있는 걸까? 왜냐하면, 마르쿠스 아우렐리우스가 말하듯이 그들은 서로 섞이는 법이니까, 불에 타 섞여서 거대한 순환의 고리로 되돌아가는 법이니까.

죽음에 이어지는 죽음. 벌bee의 재.

누비이불의 끝부분이 들렸다. 눈꺼풀이 가벼워지는 게 느껴졌다. 눈물이 흘러내렸던 볼에 한기가 느껴졌다. 무엇인가가 내 입술 사이로 들어와, 잇몸 사이를 쑤석거렸다. 나는 캑캑거리며 뿌리쳤다. 세 아이는 이제 어둑어둑한 가운데 내 위에 모여 있었다. 그들 뒤에 다른 사람들도 있는지 모른다. 이 아이들은 무슨 짓을 하고 있는 거지? 나는 손을 밀쳐내려고 했지만, 손은 더 강하게 조여왔다. 내 목에서 추한 소리가 났다. 나무가 쪼개질 때 나는 메마른 소리. 손이 물러났다. "그러지 마……" 나는 이렇게 입을 뗐지만, 입천장이 아팠다. 말을 하기가 힘들었다.

나는 무슨 말을 하고 싶었던 걸까? 그러지 마라!? 너희는 내가 가진 게 아무것도 없는 게 보이지 않니?? 너희는 인정도 없니?? 말도 안 되는 소리. 세상에 왜 인정이 있어야 하는가? 나는 딱정벌레들을 생각했다. 개미들이 떼거리로 몰려들어 부드러운 살과 관절과 눈을 갉아먹고 내장을 찢어발길 때, 다리를 힘없이 허우적거리며 죽어가는, 등이 굽은 커다란 검정색 딱정벌레들.

그애가 내 입에 쑤셔넣은 건 그저 나무토막, 몇 인치밖에 되지 않는 나무토막이었다. 나는 그것이 남긴 먼지 알갱이의 뒷맛을 아직도 느낄 수 있었다.

그애는 나무토막 끝으로 내 윗입술을 들어올렸다. 나는 몸을 뒤로 당겨 침을 뱉으려고 했다. 아무런 감정 없이 그애는 일어섰다. 그리고 맨발로 땅을 찼다. 그러자 흙과 자갈이 내 얼굴로 날아들었다.

차 한 대가 지나갔다. 헤드라이트에 아이들의 윤곽이 드러났다. 그들은 베이튼칸트 스트리트 아래쪽으로 움직이기 시작했다. 어둠이 되돌아왔다.

이런 일들은 정말로 일어났던 걸까? 그랬다. 이런 일들은 일어났다. 그 일에 관해서는 더이상 할말이 없다. 이런 일들이 브레다 스트리트,

스쿤더 스트리트, 프리어더 스트리트와 아주 가까운 곳에서 일어났다. 그곳은 백 년 전만 해도, 케이프타운의 귀족들이 그들과 그들의 자손들이 영원히 살 수 있는 널찍한 집을 지으라는 명령을 내렸던 곳이었다. 그때만 해도, 닭들이 둥지를 틀기 위해 집으로 돌아올 날이 오리라고는 예상 못했던 것이다.

머릿속에는 안개가, 희끄무레한 혼돈이 있었다. 나는 몸을 떨었다. 하품이 발작적으로 쏟아졌다. 잠시 동안 내가 어디에 있는지 알 수 없었다.

그런데 뭔가가 내 얼굴에 대고 냄새를 맡았다. 개였다. 나는 쫓으려고 손을 내둘렀지만, 개는 내 손가락을 지나쳐버렸다. 그래서 나는 개의 젖은 코나 갈망하는 입김보다 더 나쁜 것도 있다고 생각하며 체념했다. 개가 내 얼굴을 핥고 입술을 핥고 눈물이 남긴 소금기를 핥도록 놔뒀다. 키스, 보는 사람에 따라서는 그렇게 보일 수도 있었으리라.

누군가가 개와 같이 있었다. 내가 그 냄새를 알아차린 걸까? 퍼케일일까? 아니면, 거리를 어슬렁거리는 모든 사람들에게서는 썩어가는 나뭇잎 냄새와 잿더미 속에서 썩어가는 속옷 냄새가 나는 걸까? "퍼케일 씨?" 나는 쉰 목소리로 말했다. 그러자 개가 흥분하여 낑낑거리다가 내 얼굴에 대고 크게 재채기를 했다.

성냥불이 켜졌다. 그래, 모자를 쓴 모습하며 모든 게 퍼케일이었다. 그가 물었다. "누가 당신을 여기에 두고 간 거죠?" "내가요." 나는 입천장이 찢어진 탓에 가까스로 말했다. 성냥불이 꺼졌다. 눈물이 다시 솟구쳤다. 개가 열심히 눈물을 핥아먹었다.

어깨뼈가 앙상하게 드러나고 가슴팍은 갈매기만큼이나 좁은 퍼케일이 그렇게 힘이 세리라고는 상상도 못했다. 그는 젖은 누비이불과 모든 것까지 포함하여, 나를 번쩍 들고 걸어갔다. 나는 생각했다. 남자한테 마지막으로 내 몸이 들렸던 건 사십 년 전이었다. 키가 큰 여자의 불행. 이야기는 결국 이렇게 끝나는 걸까? 단단한 팔에 들려 모래를 가로지르고, 여울을 건너고, 파도를 지나고, 더 어두운 안쪽으로 들어가게 되는 걸까?

우리는 고가교에서 떨어져 평화로운 고요 속에 있었다. 모든 게 갑자기, 얼마나 더 참을 만해졌는지! 고통은 어디로 갔을까? 고통도 기분이 더 좋아진 걸까? "스쿤더 스트리트로 돌아가지 마요." 나는 명령했다.

우리는 가로등을 지나쳤다. 그의 목 근육이 팽팽해지는 모습이 보였고 숨을 헐떡거리는 소리가 들렸다. "잠시 나를 내려줘요." 내가 말했다. 그는 나를 내려놓고 쉬었다. 재킷이 벗겨지고 그의 어깨에서 큼직한 날개가 돋아나는 건 언제일까?

그는 나를 들고 베이튼칸트 스트리트 위로, 그리고 평화의 거리인 프리어더 스트리트를 가로질러, 속도를 늦추고 발을 딛기 전에 더듬으며 컴컴한 숲속으로 들어갔다. 나뭇가지 사이로 별들이 얼핏 보였다.

그가 나를 내려놓았다.

"당신을 보니 너무 좋네요." 진심어린 말들이 내 가슴에서 흘러나왔다. "당신이 오기 전에 아이들한테 당했어요. 공격당한 건지 폭행을 당한 건지 탐색을 당한 건지. 어떻게 말해야 할지 잘 모르겠군요. 그래서 이렇게 이상하게 말하는 거예요. 그애들은 내 입속에 나무토막을 쑤셔 넣었어요. 아직도 왜 그랬는지 모르겠네요. 그렇게 함으로써 무슨 즐거움을 느꼈을까요?"

"금니를 찾고 있었던 거죠." 그가 말했다. "전당포에 가면 금을 돈으로 바꿔주니까요."

"금니라고요? 별스러운 일도 다 있네요. 나한테는 금니 같은 건 없어요. 여하튼 이는 다 빼버렸다고요. 보세요."

어둠 속 어딘가에서 그는 납작하게 접힌 종이박스를 가져왔다. 그는 그걸 펴고 내가 그 위에 눕도록 도와줬다. 그런 다음, 그는 서두르지 않고 격의 없이 내 옆에 등을 대고 누웠다. 개는 우리의 다리 사이에 자리를 잡았다.

"이불 좀 덮을래요?" 내가 말했다.

"괜찮아요."

시간이 흘렀다.

나는 속삭였다.

"미안하지만 지금 몹시 목이 타요." 내가 속삭였다. "물 없어요?"

그는 일어나서 병을 들고 돌아왔다. 나는 냄새를 맡아봤다. 반쯤 남은 달콤한 포도주였다. "이게 전부예요." 그가 말했다. 나는 그걸 마셨다. 갈증에는 전혀 도움이 되지 않았지만, 마시고 나자 하늘에서 별들이 춤을 추기 시작했다. 축축한 땅 냄새, 추위, 내 옆에 누워 있는 남자, 나 자신의 몸 등 모든 게 멀게 느껴졌다. 고단하고 긴 하루를 보내고 다리를 접은 게처럼, 고통마저도 잠이 들었다. 나는 어둠 속으로 곤두박질쳤다.

내가 잠에서 깼을 때, 그가 돌아누우며 내 목에 팔을 둘렀다. 나는 몸을 빼낼 수도 있었지만, 그의 잠을 방해하지 않는 쪽을 택했다. 그래서 새로운 날이 조금씩 움트는 동안, 나는 꼼짝 않고 그와 얼굴을 맞대고 있었다. 그의 눈이 한 번, 동물의 눈처럼 기민하게 뜨였다. "나, 안 갔어요." 내가 나직하게 말하자, 그 눈이 감겼다.

이런 생각이 들었다. 지구상에 있는 모든 사람들 중에서, 지금 이 순간, 내가 가장 잘 아는 사람은 누구일까? 그다. 나는 그의 턱수염 하나 하나, 이마의 주름살 하나하나를 안다. 네가 아니라 그다. 그가 여기에 있기 때문이다, 내 옆에, 바로 지금.

나를 용서해라. 남은 시간은 짧고, 나는 내 가슴을 신뢰하고 진실을 말해야 한다. 앞을 볼 수 없고 무지한 나는 진실이 나를 이끄는 대로 따라간다.

"깼어요?" 내가 나직이 말했다.

"예."

"이제는 두 애가 다 죽었어요." 내가 말했다. "그들이 둘 다 죽였어요. 알고 있었어요?"

"알아요."

"집에 무슨 일이 있었는지 알아요?"

"예."

"내가 얘기해도 괜찮아요?"

"얘기하세요."

"얘기해줄게요. 베키가 죽은 날, 나는 플로렌스의 남동생을 만났어요. 동생인지 사촌인지 어떤 관계인지 확실하진 않지만, 유식한 사람이었어요. 나는 그 사람에게, 베키가 그—그걸 뭐라고 해야 하죠?—싸움에 끼지 않았으면 좋겠다고 얘기했죠. '그애는 그저 어린애일 뿐이에

요. 그애는 준비가 안 됐어요. 친구라고 하는 그애만 없었다면, 그 일에 말려들지 않았을 거예요.'

나는 나중에 다시 그 사람과 전화로 얘기를 하게 됐어요. 나는 그에게, 두 아이를 죽게 만든 동지애에 대해 내가 어떻게 생각하는지 솔직하게 말했어요. 나는 그게 죽음을 신비화한다고 말했어요. 그 일을 막으려 전혀 노력하지 않은 플로렌스와 그 같은 사람들을 비난했어요.

그는 예의바르게 내 말을 다 듣더니, 내게도 나름의 견해를 가질 자격이 있다고 말하더군요. 나는 그의 생각을 바꾸지는 못했던 거죠.

그러나 나는 지금 자문하고 있어요. 내가 무슨 권리로 동지애나 다른 일들에 대해 말할 수 있는 걸까요? 무슨 권리로 베키와 그애의 친구가 이 문제에 끼어들지 않기를 바랐던 걸까요? 진공 상태에서 의견을 갖는다는 건, 누구의 마음도 움직이지 못하는 의견을 갖는다는 건, 아무것도 아닌 듯 보여요. 의견은 다른 사람들이 들어줘야 해요, 예의상 들어주는 게 아니라 듣고 평가해줘야 해요. 평가를 받으려면 무게가 있어야 해요. 타바니 씨는 내가 말하는 바에 무게를 두지 않아요. 내 말은 그에게 아무런 무게도 없는 거죠. 플로렌스는 내 말을 들을 생각도 하지 않아요. 내가 무슨 생각을 하는지는 플로렌스에게 완전한 무관심의 대상일 뿐이에요, 나는 그걸 알아요."

퍼케일이 일어서서 나무 뒤로 가 소변을 눴다. 그런 다음, 놀랍게도 돌아와 다시 누웠다. 개가 다가가서 그의 사타구니에 코를 댔다. 나는 혀로 입안의 상처를 더듬었다. 피맛이 느껴졌다.

"내 생각은 바뀌지 않았어요." 내가 말했다. "나는 젊은 사람들이 진흙탕에서 피를 흘리며 죽어가는 것으로 끝나는 희생을 요구하는 게 지금도 몹시 싫어요. 전쟁이란 겉으로 보이는 바와는 전혀 달라요. 껍질을 벗겨보면 변함없이, 늙은 남자들이 무슨 추상적인 명분을 내세워 젊은 남자들을 죽음으로 내모는 일에 불과해요. 타바니 씨가 무슨 말을 하든(나는 그를 비난하는 게 아니에요. 미래는 변장을 하고 오는 법이죠. 만약 미래가 알몸으로 온다면, 우리는 그 모습을 보고서 돌이 돼버릴 테니까요), 여전히 젊은이들에 대한 늙은이들의 전쟁이에요. 자유가 아니면 죽음을! 베키와 그의 친구들은 이렇게 소리치죠. 누구의 말이죠? 그들의 말은 아니에요. 자유가 아니면 죽음을! 두 여자아이도 자면서까지 그 구호를 연습하고 있을 게 틀림없어요. 안 돼! 살아야 해! 나는 이렇게 말하고 싶어요.

퍼케일 씨, 어느 쪽이 진실한 지혜의 목소리죠? 내 생각에는 내 쪽이에요. 그런데 나는 누구죠? 목소리를 내는 나는 누구죠? 내가 어떻게 떳떳이, 그러한 소명에 등을 돌리라고 그들에게 고결하게 충고할 수 있죠? 입을 꾹 다물고 구석에 앉아 있는 것 말고 내게 자격 있는 일이 뭘까요? 나는 목소리가 없어요, 오래전에 잃어버렸어요, 어쩌면 아예 없었는지도 몰라요. 나는 목소리가 없어요, 그건 분명해요. 나머지는 침묵이어야 해요. 그러나 이것이 무엇이든, 이것을 가지고, 목소리가 아닌 이 목소리를 가지고, 나는 계속해나가는 거예요. 거듭해서 말이에요."

퍼케일은 미소를 짓고 있을까? 그의 얼굴은 가려져 보이지 않았다. 나는 이가 없어 쉭쉭 소리가 나는 끈적한 어조로 속삭임을 이어갔다.

"범죄는 오래전에 저질러졌어요. 얼마나 오래전이었을까요? 나는 몰라요. 그러나 1916년보다 훨씬 전이라는 건 분명해요. 내가 그 범죄 속으로 태어났을 정도로 오래전이었죠. 그것은 내 유산의 일부예요. 그것은 나의 일부이고, 나는 그것의 일부예요.

모든 범죄처럼, 그것도 죗값을 치렀어요. 죗값은 수치를 통해 치러야 할 거라고 나는 생각하곤 했어요. 수치스러운 삶과 이름 모를 곳에서 맞는, 아무도 슬퍼해주지 않는 수치스러운 죽음을 통해서요. 나는 그걸 받아들였어요. 나는 스스로를 분리시키려고 하지 않았어요. 물론 내가 그 범죄를 저지르라고 시킨 건 아니었지만, 그것은 내 이름으로 저질러졌어요. 나는 때때로, 더러운 일을 하는 사람들을 향해 분노했어요. 당신도 봤죠, 분노의 대상만큼이나 어리석은, 수치스러운 분노 말이에요. 하지만 나는 그들이 어떤 의미에서는 내 안에 살고 있다는 사실도 받아들였어요. 그래서 분노해서 그들이 죽었으면 싶을 때는 나도 죽었으면 싶었어요. 명예롭게 말이죠. 명예에 대한 명예로운 생각으로 말이죠. 호네스타 모르스.*

퍼케일 씨, 나는 자유가 뭔지 전혀 몰라요. 틀림없이 베키와 그 친구도 몰랐을 거예요. 어쩌면 자유라는 건 언제나, 상상으로는 불가능한 것일지도 몰라요. 그러나 우리는 자유롭지 않은 것을 보면 바로 알 수 있어요, 안 그래요? 베키는 자유롭지 않았고, 그 점을 알고 있었어요. 당신은 자유롭지 않아요, 적어도 이 땅에서는 그래요, 나도 마찬가지고요. 나는 노예로 태어났고, 틀림없이 노예로 죽을 거예요. 족쇄 속의 삶, 족쇄 속의 죽음. 그게 죗값의 일부예요. 변명할 것도 없고, 푸념할 것도 없어요.

---

* 라틴어로 '명예로운 죽음'이라는 뜻.

내가 몰랐던 건, 내가 정말 몰랐던 건—내 말 좀 들어줘요!—죗값이 훨씬 더 크다는 점이었어요. 내가 잘못 계산했던 거죠. 착오가 어디서 생겼을까요? 그건 명예와 관련이 있어요. 내가 교육을 통해, 그리고 독서를 통해 시종일관 고수해왔던, 명예로운 사람은 영혼에 상처를 입을 수 없다는 생각과 관련이 있어요. 나는 수치심을 안내자로 삼아 명예를, 사적인 명예를 늘 갈구해왔어요. 나는 내가 수치심을 느끼는 한, 불명예 속으로 발을 들여놓지 않으리라는 걸 알았어요. 그게 수치심의 용도였어요. 수치심은 언제나 그 자리에 있어서, 언제라도 앞이 안 보이는 사람이 그러듯 돌아가 만지며 자신의 위치를 알 수 있는 일종의 시금석이었던 거죠. 그 외에는, 나는 내 수치심으로부터 적당한 거리를 두고 살았죠. 나는 그것에 탐닉하지 않았어요. 수치심은 결코 수치스러운 쾌락이 되지는 않았어요. 그건 끊임없이 나를 갉아먹었어요. 나는 그게 자랑스럽지 않았어요, 수치스러웠어요. 내 수치심, 나 자신의 것. 끊임없이 재 같은 맛이 나는, 날이면 날마다 내 입속에 들어 있는 재.

퍼케일 씨, 나는 오늘 아침 여기에서 고백을 하는 거예요. 내 딴에는 최선을 다해 완전한 고백을 하는 거예요. 나는 아무것도 숨기지 않아요. 나는 선한 사람이었어요. 그건 거리낌없이 고백할 수 있어요. 나는 아직도 선한 사람이에요. 그런데 선한 사람인 걸로 충분하지 않은 이 시대는 도대체 어떤 시대일까요!

내가 계산하지 못했던 점은 선함 이상이 요구될 수도 있다는 사실이었어요. 이 나라에는 선한 사람들이 많아요. 선하거나 거의 선한 우리 둘은 아무것도 아니에요. 시대가 요구하는 바는 선함과는 꽤 달라요. 시대는 영웅적 행위를 요구하고 있어요. 내 입으로 그 단어를 발음하고 있지만, 어쩐지 낯설게 들리네요. 나는 강의를 할 때도 그 단어를 사용해본 적이 없는 것 같아요. 왜냐고요? 어쩌면 존경심 때문에 그랬을지 모르고, 어쩌면 수치심 때문에 그랬을지도 모르죠. 벌거벗은 남자 앞에서 고개를 떨구듯이 말이죠. 나는 강의를 할 때 그 말 대신, 영웅적 상태라는 말을 사용하곤 했어요. 영웅적 상태의 영웅. 고대의 벌거벗은 형상인 영웅."

깊은 신음소리가 퍼케일의 목에서 나왔다. 나는 목을 길게 빼고 쳐다봤다. 그러나 내 눈에는 그의 볼에 난 짧은 수염과 털이 많은 귀만 보였다. "퍼케일 씨!" 내가 낮은 소리로 불렀다. 그는 꼼짝하지 않았다. 잠들었나? 잠자는 시늉을 하나? 그가 못 들은 부분은 얼마만큼일까? 선함과 영웅적 행위에 관한 얘기는 다 들었을까? 명예와 수치심에 관한 얘기는? 들어주는 사람이 없어도, 진실한 고백은 여전히 진실할까? 너는 내 말을 듣고 있는 거니? 아니면 내가 너도 잠들게 한 거니?

나는 덤불숲 뒤로 가봤다. 새들이 사방에서 지저귀고 있었다. 교외에 이러한 새들의 세상이 있으리라고 누가 생각했겠니! 마치 아르카디아 같았다. 퍼케일과 그의 친구들이 야외에서 산다는 건 놀랄 일이 아니었다. 비를 막아주는 것 말고 지붕이 무슨 쓸모일까? 퍼케일과 그의 동지들.

나는 다시 그의 곁에 누웠다. 진흙 묻은 발이 시렸다. 날은 이제 한결 밝아졌다. 공터에 종이박스를 깔고 누운 우리의 모습이 지나가는 행인들에게 보일 터였다. 유리로 된 집에 살아서, 모든 행동이 낱낱이 드러나는 사람들. 천사들의 눈에는 우리가 그렇게 보이리라. 유리로 된 가슴 안에서 고동치는 심장도 보이겠지. 새들의 노래가 비처럼 쏟아졌다.

"오늘 아침은 기분이 한결 낫네요." 내가 말했다. "이제 우리는 돌아가야 해요. 기분이 더 좋아지면 보통은 상태가 더 나빠질 거라는 징조니까요."

퍼케일이 일어나 앉아 모자를 벗고, 길고 더러운 손톱으로 머리를 긁었다. 개가 어디선가에서 종종걸음을 치며 다가와 우리 주위를 뛰어다녔다. 퍼케일은 종이박스를 접어 덤불숲 속에 숨겼다.

"당신은 내가 가슴 한쪽을 제거했다는 사실을 알고 있나요?" 나는 뜬금없이 말했다.

그는 안절부절못했고, 불편해 보였다.

"물론 지금은 그게 유감스러워요. 흠집이 있으니까 유감스럽다는 거예요. 긁히거나 불에 탄 자국이 있는 가구를 팔려고 하는 일과 다름없으니까요. 아직도 완벽하게 좋은 의자라고 말한다 한들 사람들은 관심을 두지 않아요. 사람들은 흠집이 있는 물건은 좋아하지 않잖아요. 나는 내 삶에 대해서 얘기하는 거예요. 그건 완벽하게 좋지는 않을지 모르지만, 반쪽짜리 삶이 아니라 여전히 하나의 삶이라고요. 나는 명예를 지키기 위해 내 삶을 팔거나 써버려야겠다고 생각했어요. 그런데 누가 그걸 현재의 상태대로 받아주겠어요? 그건 드라크마*를 사용하려고 하는 일과 같아요. 다른 곳에서는 더할 나위 없이 좋은 동전이지만 여기에서는 아니죠. 미심쩍은 흠집이 나 있으니까요.

그러나 아직 나는 아주 포기하지는 않았어요. 나는 삶을 가지고 뭔가 해보려고 아직도 주변을 둘러보고 있어요. 추천해주고 싶은 게 있

---

* 유로가 도입되기 전 그리스에서 사용한 화폐 단위.

나요?”

퍼케일은 모자를 머리에 쓰고 앞과 뒤를 꾹 눌렀다.

“당신에게 새 모자를 사주고 싶군요.” 내가 말했다.

그가 미소를 지었다. 나는 그의 팔을 잡았다. 우리는 서서히 프리어더 스트리트를 따라 걷기 시작했다.

“내가 꾼 꿈 얘기를 해줄게요.” 내가 말했다. “꿈속에 나온 남자는 모자를 쓰지 않았는데, 당신이었던 것 같아요. 그 사람은 기름기 많은 긴 머리를 이마에서 뒤쪽으로 빗어 넘기고 있었어요.” 길고 기름기 많고, 더럽기까지 하고, 못생긴 쥐의 꼬리처럼 머리를 뒤로 늘어뜨린 모습. 그러나 나는 그렇게 얘기하지는 않았다.

“우리는 바닷가에 있었어요. 그는 내게 수영하는 법을 가르쳐주고 있었죠. 내가 반듯이 누워 발로 물을 차는 동안, 그는 내 손을 잡고 내 몸을 끌어주었어요. 나는 니트 수영복을 입고 있었어요. 옛날에 우리가 입던 짙은 감색 수영복 같은 거였어요. 나는 어린애였어요. 하기야 꿈속에서 우리는 늘 어린애로 나오죠.

그 사람은 내게 눈을 고정시킨 채 뒷걸음질치며 내 몸을 바다로 끌고 있었어요. 그의 눈은 당신과 비슷했어요. 파도는 없었고, 잔물결만이 햇빛을 받아 빛나고 있었죠. 사실, 물도 기름투성이였어요. 그의 몸이 물의 표면과 닿는 곳에 묵직하고 번들거리는 기름이 달라붙었어요. 나는 속으로 생각했죠. 정어리 기름이구나. 나는 작은 정어리이고, 그는 나를 그 기름 속으로 집어넣고 있구나. 돌아가요라고 말하고 싶었지만, 기름이 쏟아져들어와 폐가 막힐까 두려워 입을 열 엄두가 안 났어요. 내게는 기름에 빠져 죽을 용기가 없었어요.”

나는 그가 말을 하도록 잠시 말을 멈췄다. 그러나 그는 아무 말이 없었다. 우리는 모퉁이를 돌아 스쿤더 스트리트로 갔다.

"물론 순수한 마음으로 꿈 얘기를 하는 건 아니에요." 내가 말했다. "꿈 얘기를 들려주는 건 언제나 뭔가를 얻어내기 위해서니까요. 문제는 뭘 얻어내기 위해서냐는 거죠.

내가 차고 뒤에서 당신을 처음 보았던 날은 나에 관한, 내 병에 관한 나쁜 소식을 들은 날이었어요. 우연치고는 너무 심했죠. 나는 당신이, 이렇게 표현하는 걸 이해해주세요, 길을 안내해주기 위해 나를 찾아온 천사가 아닐까 생각했어요. 물론 당신은 천사가 아니었고, 아니며, 그럴 리가 없죠. 알아요. 하지만 그건 이야기의 절반일 뿐이죠, 그렇지 않나요? 우리는 반은 인식하고 반은 지어내잖아요.

그래서 나는 당신이 길을 안내하는 이야기를 속으로 계속해나가고, 따라갔던 거예요. 당신이 아무 말도 하지 않으면, 나는 속으로 천사는 말이 없기 때문이라고 생각하죠. 천사는 앞에 가고, 여자는 뒤따라가는 거예요. 그는 눈을 뜬 채 보고 있지만, 여자의 눈은 감겨 있어요. 여자는 아직도 세속의 잠에 빠져 있죠. 그게 내가 안내를 받으려고, 도움을 받으려고 당신을 향해 계속 돌아서는 이유예요."

앞문은 잠겨 있었지만, 안마당으로 통하는 문은 활짝 열려 있었다. 깨진 유리는 그대로였고, 플로렌스의 방으로 통하는 문은 비스듬히 열려 있었다. 나는 눈을 아래로 깔고 조심스럽게 걸음을 옮겼다. 아직 방 안을 들여다볼 마음의 준비가 안 되어 있었다. 그럴 만큼 강하지가 못했다.

부엌문은 잠겨 있지 않았다. 그들은 열쇠를 찾지 못했던 것이다.

"들어와요." 나는 퍼케일에게 말했다.

집은 전과 같으면서도 같지 않았다. 부엌 물건들은 제자리를 잃었다. 우산은 전에 걸린 적이 없는 곳에 걸려 있었다. 소파는 옮겨져 그 밑에 있던 카펫의 오래된 얼룩이 드러나 있었다. 전체적으로 낯선 냄새가 났다. 담배 냄새와 땀냄새뿐만 아니라 뭔가 딱 꼬집어낼 수 없는 날카롭고 파고드는 듯한 냄새도 있었다. 그들은 모든 것에 그들의 흔적을 남겼구나, 나는 생각했다. 철두철미한 자들이로군. 그때, 책상 위에 있는 서류철과 편지, 지금까지 써온 글들이 생각났다. 그것도! 나는 생각했다. 그들은 그것도 다 뒤졌겠구나! 더러운 손가락으로 페이지를 넘기고, 냉정한 눈으로 날것인 말들을 훑어보면서. "위층으로 올라가는 걸 좀 도와줘요." 내가 퍼케일에게 말했다.

내가 마지막에 썼을 때 열어두었던 서류철은 닫혀 있었다. 서류를 넣는 캐비닛 자물쇠는 부서져 있었다. 책들 사이사이에는 틈이 생겼다.

사용하지 않는 방 두 개의 자물쇠도 부서져 있었다.

그들은 벽장도, 서랍장도 샅샅이 뒤졌다.

손대지 않은 게 아무것도 없었다. 지난번 강도가 들었을 때와 같았다. 핑계에 불과한 수색. 진짜 목적은 손을 대는 것, 만지는 것. 악의에 찬 마음. 여자를 더럽히는 방식인 강간처럼.

나는 혐오감이 들어 말없이 퍼케일을 향해 돌아섰다.

"누군가가 아래층에 있어요." 그가 말했다.

우리는 층계참에서 누군가가 전화로 얘기하는 소리를 들을 수 있었다.

목소리가 뚝 그쳤다. 제복을 입은 젊은 남자가 복도에 나타나더니 우리를 향해 고개를 끄덕였다.

"내 집에서 뭘 하는 거죠?" 나는 아래쪽으로 소리를 질렀다.

"그냥 확인하는 겁니다." 그는 아주 쾌활하게 대답했다. "낯선 사람들이 들어왔나 해서요." 그는 모자와 코트와 총을 챙겼다. 그렇다면 내가 맡았던 건 총의 냄새였나? 그가 말했다. "수사관들이 여덟시에 이곳으로 올 겁니다. 저는 밖에서 기다리겠습니다." 그는 미소를 지었다. 나한테 무슨 봉사라도 해줬다고 생각하는 모양인지, 고맙다는 말을 기다리는 것 같았다.

"목욕을 해야겠어요." 나는 퍼케일에게 말했다.

그러나 나는 목욕을 하지 않았다. 침실 문을 닫고, 붉은 알약 두 개를 먹고, 온몸을 덜덜 떨며 누웠다. 떨림은 폭풍 속의 나뭇잎처럼 내 몸이 흔들릴 정도로 심해졌다. 추웠다. 그러나 몸의 떨림은 추위 때문이 아니었다.

지금 이 순간만 생각하자, 나는 혼잣말을 했다. 지금 무너지지는 말자. 당장 닥칠 일만 생각하자.

떨림이 가라앉기 시작했다.

인간, 나는 생각했다. 존재의 일부를 자기 앞에 드리워진 그림자처럼, 미지의 것에, 미래에 두고 있는 유일한 생명체. 움직이는 그림자를 계속적으로 따라잡으려 하고, 희망의 이미지에 따라 살고자 하는 생명체. 그러나 나, 나는 인간이 될 여유가 없다. 더 작고, 더 맹목적이고, 땅에 더 가까운 무언가가 되어야 한다.

문을 두드리는 소리가 나고 퍼케일이 들어왔다. 어제는 순록 그림 스웨터를 입었던 경찰관이 오늘은 재킷에 넥타이를 매고 그 뒤를 따라왔다. 떨림이 다시 시작됐다. 그는 퍼케일에게 방에서 나가라는 몸짓을 했다. 나는 일어나 앉으며 말했다. "퍼케일 씨, 나가지 마요." 그리고 경찰관을 향해 말했다. "무슨 권리로 내 집에 들어온 거죠?"

"부인이 염려되어서 그랬습니다." 그는 전혀 염려하는 것처럼 보이지 않았다. "어제저녁, 어디 계셨습니까?" 그는 내가 대답을 하지 않자 이렇게 물었다. "커런 부인, 혼자 있어도 괜찮으시겠습니까?"

나는 주먹을 움켜쥐었지만, 몸이 점점 더 심하게 떨리더니 경련이 일었다. "나는 혼자가 아니오!" 나는 그를 향해 고함을 쳤다. "혼자인 건 당신이오!"

그는 놀라지 않았다. 오히려 어서 계속하라고 나를 부추기는 듯했다.

정신 차리자! 나는 생각했다. 저자들은 나를 몰아세워, 결국 내가 미쳤다며 데리고 갈 것이다!

"여기에서 원하는 게 뭐죠?" 나는 더 차분한 목소리로 물었다.

"몇 가지 질문을 하고 싶습니다. 부인은 조하네스라는 아이를 어떻게 알게 됐습니까?"

조하네스. 그게 그의 진짜 이름이었던가? 그럴 리 없다.

"그애는 내 가정부의 아들 친구였소. 학교 친구."

그는 호주머니에서 소형 녹음기를 꺼내 내 옆의 침대에 놓았다.

"그런데 가정부의 아들은 어디 있죠?"

"죽어서 땅속에 묻혔소. 당신도 분명히 알 텐데요."

"그에게 무슨 일이 있었죠?"

"플래츠에서 총에 맞아 죽었소."

"그들 중에 당신이 아는 사람이 더 있던가요?"

"더 있냐니, 누구 말이오?"

"친구들이 더 있느냐 말입니다."

"수천, 아니 수백만이 있소. 당신이 셀 수 없을 정도로."

"그 방을 사용했던 사람들을 얘기하는 겁니다. 부인의 집을 이용한 다른 사람들이 있습니까?"

"없소."

"이 무기들이 어떻게 그들의 손에 들어가게 되었는지 알고 있습니까?"

"무슨 무기 말인가요?"

"권총 한 자루와 뇌관 세 개 말입니다."

"뇌관에 대해서는 아무것도 모르오. 나는 뇌관이 뭔지도 모르오. 권총은 내 것이었소."

"그들이 당신에게서 뺏었나요?"

"내가 빌려줬소. 그들이 아니라, 존이라는 아이에게 말이오."

"권총을 빌려줬단 말인가요? 권총은 당신 것이었습니까?"

"그래요."

"그에게 왜 권총을 빌려줬죠?"

"자신을 지키라고."

"커런 부인, 누구로부터 자신을 지키라는 거였죠?"

"공격으로부터 자신을 지키라고."

"커런 부인, 그 권총은 어떤 종류였죠? 총기허가증을 보여주실 수 있습니까?"

"권총의 종류에 대해서는 아무것도 모르오. 나는 총기허가제도가 생기기 전부터 그 총을 갖고 있었소."

"그걸 그애에게 준 게 확실합니까? 이게 기소될 수 있는 범법행위라는 건 아시겠죠."

약기운이 퍼지고 있었다. 등에 느껴지던 고통이 무뎌지고, 손발의 긴장이 풀리고, 시야가 다시 넓어지기 시작했다.

"정말 이 말 같지 않은 얘기를 계속하고 싶은가요?" 나는 베개를 베고 누워 눈을 감았다. 머리가 빙빙 돌았다. "우리가 얘기하고 있는 사람들은 죽었어요. 당신이 그들에게 할 수 있는 일은 이제 아무것도 없다고요. 그들은 이제 안전해요. 당신들은 처형을 했소. 왜 재판 따위에 신경을 쓰시오? 왜 그냥 사건을 종결하지 않는 거요?"

그는 녹음기를 집어들고 만지작거리다가 다시 베개 옆에 놓았다. "그냥 확인하는 겁니다."

나는 나른해진 팔로 녹음기를 밀쳤다. 그가 그것이 바닥에 떨어지기 전에 손으로 잡았다.

"당신들은 내 사적인 서류들을 모두 뒤졌소. 내 책들을 가져갔고요. 돌려주시오. 모든 걸 돌려주시오. 내 것은 모두 돌려주시오. 그것들은 당신들과 상관없소."

"커런 부인, 우리가 부인의 책들을 먹어치우지는 않습니다. 마지막에는 모든 걸 돌려받으실 겁니다."

"마지막에 돌려받길 원하는 게 아니오. 지금 당장 돌려주시오. 그것들은 내 것이오. 사적인 것이란 말이오."

그는 머리를 저었다. "커런 부인, 이건 사적인 문제가 아닙니다. 부인도 알 겁니다. 사적인 건 이제 아무것도 없습니다."

나른한 기운이 혀에까지 도달해 있었다. 나는 탁한 목소리로 말했다. "혼자 있게 나가시오."

"몇 가지 질문만 더 하겠습니다. 지난밤에 어디 있었죠?"

"퍼케일 씨와 같이 있었소."

"이 사람이 퍼케일 씨인가요?"

눈을 뜨는 게 여간 힘든 일이 아니었다. 나는 중얼거렸다. "그렇소."

"퍼케일 씨는 뭐하는 사람이죠?" 그가 말하더니 전혀 다른 어조로 물었다. "비 이스 예이?"*

"퍼케일 씨는 나를 돌봐주고 있는 사람이오. 내 오른팔이오. 퍼케일 씨, 이쪽으로 와요."

나는 손을 뻗었다. 퍼케일의 바짓가랑이가 잡혔다. 그리고 그의 손, 손가락이 안으로 오그라든 성하지 않은 손이 잡혔다. 나는 노인네의 무감각해지고 쥐어뜯는 듯한 힘으로 그 손에 매달렸다.

"인 호스남."** 수사관의 말이 아득하게 들렸다. 맙소사: 단순한 비난일까, 우리 두 사람에 대한 저주일까? 손아귀의 힘이 풀리며 미끄러지기 시작했다.

내 앞에 단어 하나가 떠올랐다. 타반추Thabanchu, 타바 은추Thaba Nchu. 나는 집중을 하려고 노력했다. 글자 아홉 개. 무엇의 애너그램이지? 나는 힘들게 노력하여, b자를 맨 앞에 놓았다. 그런 다음, 의식을 잃었다.

깨어났을 때는 목이 타고, 휘청거리고 온몸이 아팠다. 시계의 문자판

---

* 아프리칸스어로 '당신, 누구야?'라는 뜻.

** 아프리칸스어로 '맙소사'라는 뜻.

이 나를 노려봤다. 그러나 시곗바늘을 읽을 수는 없었다. 집은 버려진 집처럼 고요에 휩싸여 있었다.

타반추: 밴치banch? 배스bath? 나는 무감각한 손으로, 나를 감싸고 있는 시트를 걷었다. 목욕을 해야 하나?

그러나 내 발걸음은 목욕탕으로 향하지 않았다. 나는 난간을 붙잡고 몸을 숙이고 신음소리를 내며 아래층으로 내려와 구굴레투에 전화를 걸었다. 신호음이 계속 갔다. 마침내 누군가가 전화를 받았다. 아이였다. 여자아이였다. "타바니 씨 있니?" "없어요." "그럼, 음쿠불레키 부인, 아니 음쿠불레키 부인이 아니라 음쿠부켈리 부인과 통화할 수 있을까?" "음쿠부켈리 부인은 여기 안 살아요." "그런데 너는 음쿠부켈리 부인을 아니?" "예, 그를 알아요." "음쿠부켈리 부인 말이니?" "네." "넌 누구니?" "저는 릴리Lily예요." 리-리Lee-lee. "집에 혼자 있니?" "여동생도 있어요." "동생은 몇 살이니?" "여섯 살이에요." "그럼 넌 몇 살이니?" "열 살이에요." "릴리야, 음쿠부켈리 부인에게 말 좀 전해줄래?" "네." "부인의 남동생 타바니 씨에 관한 일이란다. 타바니 씨에게 조심하라고 전해 달라고 해라. 아주 중요한 일이라고 해라. 타바니 씨가 정말 조심해야 한다고. 내 이름은 커런 부인이다. 메모할 수 있니? 내 번호를 알려줄 테니 적어라." 나는 내 전화번호를 알려주고 이름을 한 자 한 자 불러줬다. 커런 부인Mrs. Curren. 아홉 개의 글자. 이건 무엇의 애너그램일까?

퍼케일이 노크를 하고 들어왔다. "뭘 좀 먹을래요?" 그가 말했다.

"배고프지 않아요. 하지만 퍼케일 씨는 뭐라도 찾아서 드세요."

나는 혼자 있고 싶었다. 그러나 그는 나를 이상하게 쳐다보며 머뭇거렸다. 나는 장갑을 낀 채 무릎에 편지지를 놓고 침대에서 일어나 앉아 있었다. 삼십 분 동안이나 빈 종이만 놓고 앉아 있었다.

"손이 따뜻해지기를 기다리고 있을 뿐이에요." 내가 말했다.

그러나 내가 글을 쓰지 못하는 건 손이 시려서가 아니었다. 이제 더 많이, 더 자주 먹는 약 때문이었다. 그 약은 연기가 피어오르는 것과 흡사하다. 그걸 삼키면, 약은 내 안에 안개를, 소멸의 안개를 발산한다. 약을 먹고는 글을 계속 쓸 수가 없다. 고통이 없으면 글을 쓸 수가 없다. 끔찍하고 새로운 규칙. 그 점을 제외하고는, 약을 먹으면 아무것도 더 이상 끔찍하지 않다. 모든 것에 무관심해지고 모든 것이 똑같다.

그럼에도 불구하고 나는 쓴다. 나는 퍼케일이 아래층에서 자고 있는 한밤중에, 그 '존'이라는 아이에 대해, 내가 좋아한 적이 없던 그 음침한 아이에 대해 한 가지 더 네게 얘기하기 위해 이 편지를 쓴다. 나는, 그 아이를 좋아하지 않았음에도 불구하고, 그 아이가 베키보다도 더 분명하고 더 사무치게 나와 함께 있다는 사실을 너에게 얘기해주고 싶다. 그애가 나와 함께 있거나, 아니면 내가 그애와 함께 있다. 그애가 아니라면, 그애의 흔적이 말이다. 지금은 한밤중이지만, 그애가 마지막으로 맞는 희끄무레한 아침이기도 하다. 나는 여기 내 침대에 있지만, 창문과 문이 하나씩 있고 다른 출구는 없는 플로렌스의 방에 있기도 하다. 문밖에는 남자들이 사냥꾼들처럼 몸을 도사린 채 그에게 죽음을 안겨주려고 기다리고 있다. 그애는 무릎에 권총을 올려놓고 있다. 그동안 사냥꾼들이 접근하지 못한 건 그 총 때문이다. 그게 그애와 베키의 커다란 비밀이었고, 그게 그들을 남자로 만들어줄 참이었다. 나는 그애의 곁에 서 있거나 주위를 맴돈다. 권총의 탄창이 그의 무릎 사이에 있다.

그애는 그걸 위아래로 쓰다듬는다. 그애는 밖에서 소곤거리는 목소리를 듣는다. 나도 그애와 함께 듣는다. 그애는 자신의 폐를 질식시킬 연기, 문을 열어젖힐 발길질, 자신을 휩쓸고 가버릴 화염의 분출에 대비해 마음의 준비를 하고 있다. 그애는 그 순간, 권총을 들어, 빛의 심장을 겨누고 방아쇠를 당길 마음의 준비를 하고 있다. 그럴 시간은 있을 것이다.

그애의 눈은 깜빡거리지 않고 문을 응시한다. 그 문을 통해 그는 세상을 떠나게 될 것이다. 입술이 바싹 타들어가지만 두렵지는 않다. 그애의 심장은 쥐었다 폈다 하는 주먹처럼 고르게 뛰고 있다.

그애는 눈을 뜨고 있고, 내 눈은 글을 쓰는 와중에도 감겨 있다. 내 눈은 바라보기 위해 감겨 있다.

이 사이, 시간은 존재하지 않는다. 그애의 심장은 시간에 맞춰 뛰지만 말이다. 나는 이 밤에 여기 내 방에 있지만, 항상, 그애와 함께 있기도 하다. 내가 바다를 건너 네 주변을 맴돌듯이 말이다.

맴도는 시간. 그러나 영원은 아니다. 문이 벌컥 열리고, 우리가, 처음에는 그애가, 그리고 내가, 거대한 하얀 섬광을 마주하게 될 시간이 돌아오기 전의 정지상태인, 현재.

4

플로렌스에 관한 꿈을 꿨다. 꿈인지 환영인지 모르겠다. 여하튼 꿈속에서 호프의 손을 잡고 뷰티를 등에 업은 그녀가 다시금 거번먼트 애비뉴를 성큼성큼 걸어가는 모습을 본다. 그들 셋은 모두 가면을 쓰고 있다. 나도 거기에 있다. 온갖 종류의, 온갖 상태의 사람들이 내 주위에 몰려 있다. 축제 분위기가 감돈다. 나는 쇼를 하려고 한다.

그러나 플로렌스는 나를 보려고 걸음을 멈추지 않는다. 그녀는 앞을 똑바로 응시하며, 마치 유령들의 집회를 통과하듯이 지나간다.

그녀가 쓴 가면의 눈은 고대 지중해 사람들의 그림에 나오는 눈 같다. 중심부에 동공이 있는 커다란 타원형 눈. 여신의 아몬드형 눈.

나는 의사당 건물 맞은편에 있는 거리의 중간에서 사람들에게 둘러싸인 채 불을 가지고 곡예를 부리고 있다. 내 위로는 거대한 떡갈나무들이 우뚝 솟아 있다. 그러나 내 마음은 곡예에 있지 않다. 내 마음은 플로렌스에게 가 있다. 그녀의 검정색 코트, 그녀의 우중충한 드레스가 흘러내렸다. 그녀는 바람에 펄럭이는 하얀 슬립 차림으로, 맨발과 맨머리에 오른쪽 가슴을 드러낸 채, 휘적휘적 걷는다. 마스크를 쓰고 벌거벗은 아이가 그 옆에서 종종걸음을 치고, 다른 아이는 팔을 뻗어 그녀의 어깨 너머를 가리킨다.

가슴을 드러낸 채 바람을 가르며 환영 속에 나타난 이 여신은 누구인가? 아프로디테다. 그러나 쾌락의 수호신이자 미소를 사랑하는 아프로디테는 아니다. 더 늙은 모습, 절박한 모습, 어둠 속에서 짧고 날카로운 비명을 지르는 모습, 순간적으로 나타나 자기를 드러내고 지나쳐가는 피와 대지의 모습이다.

여신에게서는 아무런 부름도, 아무런 신호도 오지 않는다. 그녀는 눈을 뜨고 있다. 그녀의 눈은 멍하다. 그녀는 보면서도 보지 않는다.

나는 몸에 불을 붙인 채 쇼를 하며 꼼짝 않고 서 있다. 내게서 나오는 불길은 얼음처럼 파랗다. 나는 고통을 느끼지 못한다.

이것은 지난밤 꿈에서 나온 환영이지만, 외부의 시간으로부터 나온 것이기도 하다. 여신은 영원히 지나쳐가고 있다, 영원히. 놀라움과 아쉬움으로 몸이 굳은 나는 따라가지 않는다. 나는 환영이 나온 소용돌이를 응시하고 또 응시하지만, 여신과 그녀의 대자代子들이 지나간 길은 비어 있다. 뒤를 따라가야 하는 여자는, 머리카락에 뱀처럼 날름거리는 불길이 붙은 채 자신의 팔을 때리며 울고 춤을 추는 여자는, 거기에 없다.

나는 이 꿈 얘기를 퍼케일에게 해줬다.

"진짜인가요?" 그가 물었다.

"진짜냐고요? 물론 아니죠. 심지어 정확하지도 않아요. 플로렌스는 그리스와 아무 상관도 없어요. 꿈에 나오는 형상에는 다른 의미가 있어요. 그들은 기호예요. 다른 것을 나타내는 기호요."

"그들은 진짜였나요? 그녀는 진짜였어요?" 그가 별안간 내 말을 자르고, 이야기가 옆길로 새지 못하도록 그 말을 반복했다. "다른 것도 봤어요?"

"다른 것이라고요? 뭐가 더 있나요? 당신은 알아요?" 나는 이제 그의 생각을 뒤따라가며, 더 부드럽게 말했다.

그는 당황하여 고개를 저었다.

"당신이 나를 알고 지낸 기간 내내," 내가 말했다. "나는 언제나 강둑에 서서 내 차례를 기다려왔어요. 누군가가 강을 건너는 길을 보여주기를 기다려왔어요. 매일, 매분, 나는 여기에서 기다리고 있어요. 그게 내가 보는 '다른 것'이에요. 당신도 그게 보이나요?"

그는 아무 말도 하지 않았다.

"내가 병원에 다시 가지 않으려는 이유는 병원에서는 나를 잠재울 것이기 때문이에요. 이 말은 그들이 동물에게 사용하는 표현이에요, 배려해서 말이죠. 그러나 사람들에게도 그 표현을 사용하는 편이 나을지 몰라요. 그들은 나를 꿈 없이 자도록 만들 거예요. 그들은 내가 졸려 강으로 떨어져 익사하고 떠내려갈 때까지, 내게 흰독말풀을 먹일 거예요. 나는 그런 식으로는 건너지 않을 거예요. 그런 일이 일어나도록 놔둘 수는 없어요. 나는 너무 멀리 왔어요. 나는 눈을 감을 수 없어요."

"당신은 뭘 보고 싶은 거죠?" 퍼케일이 말했다.

"있는 그대로의 당신을 보고 싶어요."

그는 머뭇거리며 어깨를 으쓱했다. "내가 뭔데요?"

"그저 한 남자일 뿐이죠. 초대받지 않고 온 남자. 아직은 그 이상으로 말할 수 없어요. 당신은 말할 수 있나요?"

그는 머리를 저었다. "아뇨."

"당신이 나한테 뭔가 해주고 싶다면," 내가 말했다. "저 라디오 안테나를 고쳐줘요."

"그 대신 텔레비전을 가져다드리는 건 어떨까요?"

"텔레비전을 볼 용기가 없어요. 보면 아플 거예요."

"텔레비전이 당신을 아프게 할 수는 없어요. 그냥 화면에 불과하니까요."

"화면에 불과한 건 없어요. 화면 뒤에는 사람들이 있어요. 그들은 사람들을 아프게 하려고 화면을 송출하고 있어요. 당신도 무슨 말인지 알 거예요."

"화면이 당신을 아프게 할 수는 없다니까요."

때때로 그는 이런 식이다. 내 말을 반박하고 나를 자극하며 조금씩 깎아내리고 내가 흥분하는지 살핀다. 나를 약올리는 그 나름의 방식이다. 그 방식이 너무나 서툴고 멋대가리 없어서 측은할 정도다.

"제발, 안테나를 고쳐줘요. 내 부탁은 그게 전부예요."

그는 아래층으로 내려갔다. 몇 분 후, 그가 텔레비전을 들고 쿵쿵거리며 올라왔다. 그는 침대 맞은편에 코드를 꽂고 텔레비전을 켜고 안테나를 만지작거리더니 옆으로 비켜섰다. 오후가 반쯤 지난 시간이었다.

푸른 하늘을 배경으로 국기가 흔들렸다. 악대가 공화국의 국가를 연주하고 있었다.

"꺼요." 내가 말했다.

그는 볼륨을 더 높였다.

"끄라니까!" 나는 소리를 질렀다.

그는 몸을 돌리더니 나의 이글거리는 눈길을 바라보았다. 그런데 놀랍게도, 그는 몸을 이리저리 움직이기 시작했다. 엉덩이를 흔들고, 손을 내밀고, 손가락을 튕기며, 춤을 췄다. 틀림없는 춤이었다. 내 생각에는 전혀 어울리지 않는 음악에 맞춰서 말이다. 그는 입으로도 뭔가를 읊조리고 있었다. 뭐라는 거지? 내가 아는 말은 분명 아니었다.

"꺼!" 나는 다시 소리를 질렀다.

격노한, 이가 다 빠진 늙은 여자. 볼만한 구경거리였으리라. 그는 볼륨을 낮췄다.

"꺼!"

그는 텔레비전을 끄고 중얼거렸다. "그렇게 화내지 마요."

"그렇다면 어리석은 짓 하지 마요, 퍼케일. 날 놀리지 마요. 날 우습게 만들지 마요."

"그런데, 왜 그렇게 흥분한 거예요?"

"지옥에 가서도 영원히 디 스템*을 들어야 할까봐 두려워서요."

그는 머리를 저었다. "걱정하지 말아요," 그가 말했다. "모든 게 끝날 테니까요. 참아요."

---

* 아파르트헤이트 시절 남아프리카공화국의 국가.

"나한테는 참을 시간이 없어요. 당신한테는 시간이 있을지 모르지만 나한테는 없어요."

다시 한번 그는 머리를 저었다. "어쩌면 당신에게도 시간은 있을 거예요." 그가 속삭이고는, 나를 향해 이를 드러내 보이며 기분 나쁜 미소를 지었다.

순간 하늘이 열리고 빛이 쏟아져내리는 듯했다. 평생에 걸친 나쁜 소식으로 좋은 소식에 목말랐던 터라 나는 나도 모르게 미소로 응답했다. "정말요?" 내가 말했다. 그가 고개를 끄덕였다. 우리는 바보들처럼 서로를 향해 히죽 웃었다. 그는 뭔가를 암시하듯 손가락을 튕겼다. 그는 깃털과 뼈밖에 없는 가마우지처럼 서투르게 다시 춤을 췄다. 그런 다음 그는 밖으로 나가 사다리를 타고 올라가, 끊어진 선을 연결했다. 라디오가 다시 나오기 시작했다.

그러나 들을 게 뭐가 있던가? 요즘은 방송에서 자기네 상품을 팔려고 하는 나라들이 너무 많아서인지 음악이 거의 나오지 않는다. 여하튼 나는 〈파리의 미국인〉이라는 노래를 들으며 잠이 들었다가, 지속적으로 따닥따닥 하는 모스부호 소리에 잠에서 깼다. 어디서 나는 소리였지? 바다에 떠 있는 배에서 나는 소리였나? 월비스만과 어센션섬 사이의 파도를 가르는 구형 증기선에서 나는 소리였나? 소들이 집에 돌아올 때까지 흐르겠다고 약속한 시냇물처럼, 서두르지도 않고 머뭇거리지도 않고 계속 이어지는 점들과 연음부호들. 무슨 메시지였지? 그게 중요했을까? 내가 다음 약을 먹을 시간을 기다리며 누워 있을 때, 비처럼, 의미가 실린 비처럼 그 따닥따닥 하는 소리가 나를 위로해주고, 그 밤을 참을 만하게 만들어줬다.

나는 잠재워지고 싶지 않다고 말한다. 그런데 사실, 나는 잠자지 않고는 견딜 수 없다. 다른 부작용을 가져온다 해도, 디코날은 적어도 잠이나 잠의 환영을 가져다준다. 고통이 물러가고 시간이 빨라지고 시야가 열릴 때, 집광렌즈처럼 고통에 집중되어 있던 내 주의력은 잠시 이완될 수 있다. 나는 숨을 쉬고, 움켜쥔 손을 펴고, 다리를 쭉 뻗을 수 있다. 이 자비로움에, 어리벙벙해진 병든 몸에, 껍질에서 반쯤 빠져나와 떠내려가기 시작한 졸려하는 영혼에 감사하자고 나는 혼잣말을 한다.

그러나 휴식은 오래가지 못한다. 구름이 몰려오고, 생각들이 화난 파리떼처럼 모여들기 시작한다. 나는 머리를 흔들어 그것들을 쫓아내려고 한다. 이건 내 손이다, 나는 눈을 크게 뜨고 손등의 심줄을 바라보며 말한다. 이건 침대보다. 그때, 뭔가가 번개처럼 빠르게 내리친다. 나는 순간적으로 없어졌다가 다음 순간, 돌아와서 여전히 내 손을 바라보고 있다. 이 순간들의 사이에 한 시간이 흘렀을 수도 있고 눈 한 번 깜빡일 시간이 흘렀을 수도 있다. 그 순간들 사이에, 나는 부재하고 없어지고, 내 입속으로 침입해 들어와 혀의 뿌리를 움켜쥐는 두텁고 질긴 뭔가와, 깊숙한 바다에서 온 뭔가와 실랑이를 벌인다. 나는 수영하는 사람처럼 머리를 저으며 수면 위로 떠오른다. 입에서는 담즙과 유황 맛이 느껴진다. 미쳤다! 나는 혼잣말을 한다. 미친다는 건 이런 맛일 게다!

한번은 정신을 차려보니 내가 벽을 마주보고 있었다. 손에는 심이 부러진 연필이 들려 있었다. 벽에는 온통, 아무런 의미도 없는 구불구불한 글자들이 쓰여 있었다. 내가 썼거나 내 안에 있는 누군가가 쓴 거였다.

나는 닥터 시프레트에게 전화를 걸었다. "디코날에 대한 반응이 점점 더 나빠지는 것 같아요." 나는 이렇게 말하고 그 증상을 설명하려고 애썼다. "다른 약을 처방해주실 수 없을까요?"

"당신이 아직도 제 환자라고 생각하시는 줄은 몰랐네요." 닥터 시프레트가 대답했다. "제대로 된 치료를 받으려면 입원하셔야 합니다. 전화로 진찰을 할 수는 없어요."

"제 부탁은 아주 사소한 거예요." 내가 말했다. "디코날을 먹으면 환각상태에 빠져요. 다른 약은 없나요?"

"직접 보지 않고 치료할 수는 없습니다. 저는 그렇게는 해드릴 수 없습니다. 다른 동료의사들도 마찬가지일 겁니다."

내가 꽤 오랫동안 아무 말도 없어서 그는 전화가 끊겼다고 생각했을 것이다. 사실, 나는 망설이고 있었다. 이해 못하는 거예요? 이렇게 말하고 싶었다. 나는 피곤해요. 죽을 정도로 피곤하다고요. 인 마누스 투아스.* 나를 당신의 손에 받아들여, 돌봐주세요. 만약 그렇게 할 수 없다면, 무엇이든 차선의 조치를 취해주세요.

"마지막으로 한 가지만 여쭤볼게요." 내가 말했다. "제 몸에서 일어나는 반응 말이에요, 다른 사람들도 겪나요?"

"환자마다 여러 가지 방식으로 반응하는 법입니다. 그래요, 당신 상태는 디코날 때문일 수 있습니다."

"혹시라도 마음이 바뀌시면 밀 스트리트에 있는 애벌론약국에 전화해서 새로운 처방을 내려주시겠어요? 의사선생님, 저는 제 상태에 대

* 라틴어로 '당신의 손에'라는 뜻.

한 환상은 전혀 없어요. 제게 필요한 건 보살핌이 아니라, 고통을 완화하는 것뿐이에요."

"커런 부인, 혹시라도 마음이 바뀌어 저를 만나고 싶어지면, 밤이든 낮이든 상관없이 전화만 해주세요."

한 시간 후, 초인종이 울렸다. 이 주 분량의 새로운 처방약을 배달하러 온 약국 사람이었다.

나는 약사에게 전화를 걸어 물었다. "타일록스가 가장 강력한 약인가요?"

"무슨 말씀이시죠?"

"이게 마지막으로 처방하는 약이냐고 묻는 거예요."

"커런 부인, 그런 게 아니에요. 첫번째 약이나 마지막 약 같은 건 없습니다."

나는 새로운 약 두 알을 먹었다. 다시 한번 고통이 기적적으로 사라지고, 행복감이 찾아들고, 삶으로 돌아온 느낌이 들었다. 나는 목욕을 하고 침대에 들어가 책을 읽으려 하다가 혼란스러운 잠에 빠져들었다. 한 시간 후, 나는 다시 잠에서 깨어났다. 고통이 다시 기어들며, 메스꺼움과 우울증에 앞서 찾아오는 익숙한 첫 징후를 불러왔다.

고통을 다스리는 약. 한줄기의 빛, 그러나 곱절이 된 어둠.

퍼케일이 들어왔다.

"새로운 약을 먹었어요." 내가 말했다. "나아진 게 없어요. 조금 강한 듯하지만, 그뿐이네요."

"더 먹어요." 퍼케일이 말했다. "네 시간까지 기다릴 필요 없이요."

주정뱅이의 충고.

"물론 그럴 거예요." 내가 말했다. "그런데 언제라도 원할 때 마음대로 먹을 수 있는 거라면, 한꺼번에 다 먹으면 안 될까요?"

우리 사이에 침묵이 흘렀다.

"당신은 왜 나를 선택한 거예요?" 내가 말했다.

"나는 당신을 선택한 게 아니에요."

"왜 당신은 여기에, 이 집에 왔던 거죠?"

"개가 없었으니까요."

"다른 이유는요?"

"당신이 문제를 일으키지 않을 것 같았어요."

"그래서 내가 문제를 일으켰나요?"

그가 나를 향해 다가왔다. 그의 얼굴은 부석부석했다. 그의 숨결에서 술냄새를 맡을 수 있었다. "당신이 도와달라고 하면 도와줄게요." 그가 말했다. 그는 몸을 기울여 내 목을 잡고, 엄지손가락을 가볍게 내 후두에 댄 채 못 쓰는 세 손가락을 귀 밑에 댔다. "그러지 마요." 나는 속삭이며 그의 손을 밀쳐냈다. 내 눈이 눈물로 넘쳤다. 나는 그의 손을 잡아 그 손으로 내 가슴을 치며, 내게는 참으로 낯선 탄식의 몸짓을 하며 울었다.

잠시 후, 나는 진정되었다. 그는 내 위에 계속 몸을 굽히고 내가 하는 대로 가만히 있었다. 개가 침대 가장자리 너머로 코를 들이밀고 우리를 향해 킁킁거렸다.

"내가 개하고 자도록 해줄래요?" 내가 말했다.

"왜요?"

"온기가 필요해서요."

"개가 여기 있지 않을 거예요. 내가 자는 곳에서 자니까요."

"그럼, 당신도 여기에서 자요."

그가 아래층으로 내려가 있는 동안, 오랜 기다림의 시간이 이어졌다. 나는 알약을 또하나 먹었다. 그때, 층계참의 불이 꺼졌다. 나는 그가 신발을 벗는 소리를 들었다. "기분전환으로 모자도 벗지 그래요." 내가 말했다.

그는 내 등 옆에, 침구 위에 누웠다. 그의 더러운 발냄새가 코를 찔렀다. 그가 나직하게 휘파람을 불었다. 개가 펄쩍 뛰어올라 한 바퀴를 돈 다음, 그의 다리와 내 다리 사이에 자리를 잡았다. 우리를 순수한 상태로 있게 해주는 트리스탄의 검처럼.

약효가 돌았다. 그와 개가 잠을 자는 동안, 나는 삼십 분 정도 고통 없이 정신이 멀쩡한 상태로 누워 있었다. 엄마의 등에 업혀 몸을 깐닥거리며 도도하게 앞을 쳐다보면서 나를 향해 다가오는 뷰티의 환영이 내 눈앞으로 지나갔다. 그리고 그 환영이 희미해지고, 먼지구름이, 보로디노의 먼지가 죽음의 마차 바퀴처럼 내 시야를 덮었다.

나는 램프를 켰다. 한밤중이었다.

나는 곧 입을 다물게 될 것이다. 내 의도는 몸에 관한 이야기가 아니라, 몸에 깃들어 있는 영혼에 관한 이야기를 하는 것이었다. 나는 네가 견딜 수 없을 모습을 네게 보여주지는 않을 것이다. 불이 난 집에서 이 창문 저 창문으로 뛰어다니며 창살을 붙잡고 살려달라고 외치는 여자의 모습을 보여주지는 않을 것이다.

이 슬픔의 급류 옆에서 너무나도 평온히 잠을 자는 퍼케일과 그의 개. 그들의 임무를 다하면서, 영혼이 나타나기를 기다리면서. 젖어 있고, 눈이 안 보이고, 무지한, 갓 태어난 영혼.

이제 나는 그가 어쩌다가 손가락을 못 쓰게 되었는지 안다. 바다에서 일어난 사고 때문이었다. 배를 버려야 하는 상황이었다. 그 와중에, 그의 손이 도르래에 끼어 으깨졌다. 그는 밤새도록 고통에 몸부림치며, 다른 일곱 남자와 한 소년과 함께 뗏목 위에 떠 있었다. 다음날, 그들은 러시아 저인망어선에 의해 구조되었고, 그때에야 그의 손을 치료할 수 있었다. 그러나 이미 너무 늦은 상태였다.

"러시아어를 배웠나요?" 내가 물었다.

그는 기억나는 말이라고는 하라쇼*밖에 없다고 했다.

"아무도 보로디노라는 말을 하지 않던가요?"

"보로디노라는 말은 기억에 없어요."

"러시아 사람들하고 같이 살 생각은 안 해봤어요?"

그는 나를 이상하다는 듯 쳐다보았다.

그는 그때 이후로 바다에 간 적이 없다.

"바다가 그립지 않아요?" 내가 물었다.

"다시는 배에 발을 들여놓지 않을 거예요." 그가 단호하게 대답했다.

"왜요?"

"다음번에는 그렇게 운이 좋을 리가 없을 테니까요."

"당신이 그걸 어떻게 알아요? 자신에 대한 믿음만 있다면, 물위를 걸을 수도 있어요. 믿음의 효력을 안 믿는 거예요?"

그는 아무 말이 없었다.

---

* 러시아어로 '좋다'라는 뜻.

"혹은 회오리바람이 다가와 당신을 물에서 들어올려 마른 땅 위에 내려놓을 수도 있죠. 그리고 돌고래들은 언제나 바다에 있잖아요. 돌고래들이 물에 빠진 선원들을 구해준다지 않던가요? 여하튼, 당신은 왜 선원이 되었죠?"

"언제나 앞일을 미리 생각할 수는 없잖아요. 언제나 알 수도 없는 법이고요."

나는 그의 약지를 가볍게 꼬집었다. "아무 느낌도 없어요?"

"없어요. 신경이 죽었어요."

그에게는 할 이야기가 있다는 걸 나는 언제나 알고 있었다. 이제 그는 손가락 얘기를 필두로, 이야기를 해주기 시작한다. 선원의 이야기. 그 말을 믿느냐고? 정말이지, 나는 상관없다. 핵심에 모종의 진실이 없는 거짓말은 없는 법이다. 사람은 듣는 법을 알아야 할 뿐이다.

그는 물건들을 들어올리고 싣는 작업을 하며 부두에서 일한 적도 있었다. 어느 날 그는 나무상자를 배에서 내리다가 고약한 냄새를 맡았다. 열어보니 남자의 시신이 그 안에 있었다. 숨어 있다가 굶어죽은 밀항자의 시신이었다.

"그는 어느 나라 출신이었죠?" 내가 물었다.

"중국이었어요. 먼 곳이죠."

그는 SPCA*의 보호소에서 일한 적도 있다고 했다.

"당신은 거기에서 개를 좋아하게 된 건가요?"

"언제나 개하고 잘 지내는 편이었어요."

---

* 동물학대근절협회. 동물 보호를 위한 비영리 단체로 전 세계에 지부가 있다.

"어렸을 때도 개가 있었나요?"

"음." 그는 이렇게 말했지만, 아무런 의미도 없는 말이었다. 진작부터 그는 내 질문 중 어느 것은 듣고, 어느 것은 듣지 않으며 상황을 모면하겠다고 마음을 굳히고 있었다.

그럼에도 불구하고 나는 지구상의 어느 것만큼이나 모호한 삶의 조각들을 조금씩 꿰맞출 수 있었다. 나는 궁금했다. 큰 집에 사는 늙은 여자와의 일화가 끝나면, 다음에 그에게 다가올 일은 무엇일까? 불구가 되어 아무런 기능도 하지 못하는 한쪽 손. 밧줄 매듭을 다루는 기술을 잃어버린 선원. 더이상 기민하지도 않고, 더이상 품위도 없다. 항로의 중반에 다다른 인생인데, 곁에는 아내가 없다. 홀로. 스톡시랄린. 텅 빈 들에 있는 막대기 하나. 오직 하나의, 홀로인 영혼. 누가 그를 지켜줄까?

"내가 없어지면 당신은 어떻게 할 건가요?"

"계속 살아가겠죠."

"물론 그러겠죠. 그러나 당신의 인생에 누가 있게 될까요?"

그는 조심스럽게 미소를 지었다. "내 인생에 누가 필요한가요?"

반격이 아니라 진짜 질문. 그는 모른다. 그는, 이 미숙한 사람은, 내게 묻고 있는 거다.

"그래요. 당신에게는 아내가 필요해요. 그 생각이 당신에게 괴이하게 들리지 않는다면 말이에요. 당신이 이곳으로 데리고 온 여자도 괜찮아요, 마음속에 그녀를 향한 감정이 있다면 말이죠."

그는 머리를 저었다.

"신경쓰지 마요. 내가 얘기하는 건 결혼이 아니라 다른 것이니까요. 죽은 다음에 무엇이 가능한지 확실히 알 수는 없지만, 내가 당신을 지켜줄게요. 어쩌면 지켜주는 게 아예 허용되지 않거나 거의 허용되지 않을 수도 있겠죠. 모든 곳에는 나름대로 규칙이 있는 법이잖아요. 원하는지 원하지 않는지와 상관없이, 그걸 지키지 않을 도리가 없는 법이잖아요. 비밀도, 비밀스럽게 지켜보는 일도 허용되지 않을지 모르죠. 당신이나 누군가 다른 사람을 위한 사적인 공간을 가슴속에 전혀 남겨둘 수 없을지도 모르죠. 모든 게 지워질 수도 있어요. 모든 게요. 끔찍한 생각이네요. 반감이 생길 정도로요. '만약 그렇다면 나는 취소하겠어요, 여기에 내 표가 있으니, 다시 물러주세요'라고 말할 만큼 끔찍하군요. 그러나 표를 무르는 건 어떤 이유로도 허용되지 않겠죠.

이게 바로 당신이 혼자 있어서는 안 되는 이유예요. 내가 완전히 가버릴 수도 있으니까요."

그는 등을 돌린 채 침대 위에 앉아 몸을 굽히고, 무릎 사이에 개의 머리를 끼고 쓰다듬고 있었다.

"내 말 이해하겠어요?"

"음." 음이라는 말은 긍정을 의미할 수도 있을 테지만, 실은 아무런 의미도 없다.

"아뇨, 당신은 이해 못해요. 당신은 전혀 이해하지 못해요. 나를 섬뜩하게 하는 건 당신에게 닥칠 외로움이 아니에요. 내게 닥칠 외로움이에요."

그는 매일 장을 보러 간다. 저녁에는 요리를 한 다음, 내 주변을 맴돌며 내가 먹는 모습을 지켜본다. 나는 배고픈 법이 없다. 그렇다고 "당신이 보는 앞에서 먹기가 힘들다"라고 말할 용기도 없다. 나는 최대한 부드럽게 말하고, 음식을 숨겼다가 개에게 먹인다.

그가 가장 즐겨 만드는 요리는 흰 빵을 계란에 적셔 구운 뒤 그 위에 참치를 얹고 토마토소스를 바른 것이다. 그에게 요리하는 법을 미리 가르쳐줬으면 좋았겠다는 생각이 든다.

드러누울 공간이 집안에 널렸지만, 그는 사실상 내 방에서 나와 함께 지낸다. 그는 비닐봉지나 오래된 포장지를 바닥에 던진다. 바람이 들이치면 그것들은 유령들처럼 휙휙 돌아다닌다. "쓰레기 좀 치워요." 나는 애원한다. "그럴게요." 그는 이렇게 약속하고 때때로 치우지만, 그 후 더 많은 쓰레기를 남겨둔다.

우리는 반으로 접은 종이처럼, 접힌 양날개처럼 포개져 침대를 같이 쓴다. 결합된 사이, 부부 사이인 오랜 친구, 함께 자는 친구. 렉투스 제니알리스, 렉투스 아드베르수스.* 그가 신발을 벗을 때 보면, 그의 발톱은 뿔처럼 누렇고 거의 갈색이다. 빠져버릴까봐 두려워서, 숨을 쉴 수 없는 깊이로 빠져버릴까봐 두려워서, 물에 대지 않는 발. 셰익스피어의 작품에 나오는, 손잡이가 귀뚜라미 뼈로 돼 있고 끈은 거미줄로 돼 있는 채찍을 든 메뚜기 요정들처럼, 메마른 피조물, 대기의 피조물. 바람에 휩쓸려 육지가 안 보이는 바다로 내몰리다가, 피곤해져 서로의 몸 위에 앉아버리고, 대서양에 빠져죽는 그들의 거대한 무리. 마지막 하나까지 삼켜지는 그들. 바다 위에서 숲속의 나뭇잎들처럼 한숨을 쉬는 연약한 날개들. 수백만 개의 죽은 눈. 그들 사이를 돌아다니며 그들을 움켜쥐고 갉아먹는 게들.

그는 코를 곤다.

---

* 라틴어로 '신혼부부의 침대'라는 뜻.

네 엄마는 그림자 남편 곁에서 이 글을 쓴다. 이 모습이 불쾌하게 느껴진다면, 나를 용서하렴. 사람은 가장 가까이 있는 걸 사랑해야 한다. 사람은 손에 닿는 걸 사랑해야 한다, 개가 사랑하듯이 말이다.

V 부인.

9월 23일, 추분. 산에 딱 붙은 하늘에서, 너무 낮아 빗자루를 뻗치면 닿을 듯한 하늘에서 끊임없이 내리는 비. 거대한 손처럼, 물의 손처럼 집을 감싸는 부드럽고 둔탁한 빗소리. 지붕 위의 타일을 가볍게 치는 후두두 소리, 더이상 소음으로 들리지 않는, 홈통으로 떨어지는 잔물결은 농축되어, 공기의 액화 상태가 된다.

"이게 뭐죠?" 퍼케일이 물었다.

그는 경첩이 달린 작은 자단紫檀 상자를 들고 나타났다. 뚜껑을 열고 일정한 각도로 햇빛에 비춰보면, 옛날 옷을 입고 긴 머리를 한 젊은 남자의 모습이 드러난다. 각도를 바꾸면, 그 모습은 유리 표면 뒤의 은색 줄무늬 속으로 사라져버린다.

"아득한 옛날 사진이에요. 사진이 나오기도 전의 사진."

"이게 누군데요?"

"잘 모르겠어요. 할아버지 형제 중 한 사람일 수도 있어요."

"당신 집은 박물관 같아요."

(그는 경찰들이 침입했던 방들을 이리저리 뒤지고 있었다.)

"박물관 물건들에는 설명이 붙어 있죠. 이게 박물관이라면 설명이 떨어져나간 박물관이겠죠. 쇠퇴해가는 박물관. 박물관 안에 있어야 하는 박물관이라고나 할까요."

"이 낡은 것들을 팔아버려요, 가지고 있길 원치 않으면요."

"원한다면 당신이 팔아보세요. 나도 팔고요."

"뭘 팔라고요?"

"뼈도 팔고, 머리칼도 팔아요. 내 이도 팔아요. 내가 아무런 가치도 없는 존재라고 생각하지 않는다면 말이에요. 아이들이 가이*의 형상을 실은 채 끌고 다니던 수레들 중 하나가 우리한테 없다는 게 유감이로군요. 당신이 내 이마에 글자를 붙이고 거리로 신고 가서, 내 몸에 불을 지를 수도 있을 텐데 말이에요. 혹은 더 후미진 장소로, 예를 들면 쓰레기장으로 나를 데려가서 버릴 수도 있을 테고요."

그는 담배를 피우고 싶을 때면 발코니로 나가곤 했었다. 그런데 이제는 층계참에서 담배를 피운다. 그래서 담배 연기가 내 방으로 흘러들어온다. 나는 그걸 견딜 수 없다. 그러나 이제, 견딜 수 없는 것에 익숙해질 때가 되었다.

내가 대야에 속옷을 빨고 있을 때 그가 다가왔다. 나는 몸을 구부리고 있어서 고통스러웠다. 틀림없이 나는 끔찍해 보였을 것이다. "내가 할게요." 그가 제안했지만 나는 거절했다. 그런데 속옷을 빨기는 빨았지만 빨랫줄에 널 수가 없었다. 그래서 그가 대신 널어줘야 했다. 늙은 여자의 희끄무레하고 늘어진 속옷.

내가 고통이 너무 심해서 몸이 떨리고 창백해지고 식은땀을 흘리면, 그가 때때로 손을 잡아준다. 나는 낚싯바늘에 걸린 고기처럼 그의 손아귀에서 몸을 비튼다. 그럴 경우, 내 얼굴에 흉한 표정이 감돈다는 걸 나

---

* 가이 포크스. 영국 '화약 음모 사건'의 주모자. 제임스 1세가 가톨릭을 탄압하자 1605년 11월 5일 웨스트민스터궁 지하에 화약을 설치했다.

는 알고 있다. 사람들이 사랑을 하다가 황홀할 때 짓는 표정. 잔인하고 잡아먹을 듯한 표정. 그는 그 표정을 싫어한다. 그는 눈길을 돌린다. 나는 생각한다. 그가 보게 놔두자! 그게 어떤 건지 그가 알도록 놔두자!

그는 주머니에 칼을 갖고 다닌다. 접칼이 아니라, 코르크에 박아넣은, 끝이 뾰족한 위협적인 칼이다. 그는 잠자리에 들 때, 그걸 돈과 함께 자기 옆 마루에 놓는다.

그렇게 나는 잘 보호받고 있다. 죽음은 이 개를, 이 남자를 지나치려고 하기 전에 망설일 것이다.

라틴어가 뭐죠? 그가 물었다.

나는 죽은 언어라고, 죽은 사람들이 쓰던 언어라고 대답해줬다.

"그래요?" 그가 말했다. 그게 그에게는 재미있는 모양이었다.

"그래요, 정말이에요. 요즘은 장례식에나 가야 들을 수 있어요. 장례식이나 색다른 결혼식에서 들을 수 있어요."

"그 말을 할 줄 알아요?"

나는 베르길리우스의 시를 읊었다. 잠들지 못하는 사자死者들에 관한 베르길리우스의 시.

네크 리파스 다투르 호렌다스 에트 라우카 플루엔타
트란스포르타레 프리우스 쿠암 세디부스 오사 쿠이에룬트.
켄툼 에란트 아노스 볼리탄트쿠에 하이크 리토라 키르쿰,
툼 데뭄 아드미시 스타그나 엑소프타타 레비순트.*

* 베르길리우스의 서사시 『아이네이스』 6권 341~344행. 번역은 다음과 같다.
'영혼들은 그들의 뼈가 무덤에 안치되어 쉬게 될 때까지는

"무슨 뜻이죠?" 그가 물었다.

"당신이 편지를 내 딸에게 부치지 않으면, 내가 백 년 동안 비참해질 거라는 뜻이에요."

"설마."

"정말이에요. 오사라는 말은 라틴어로 일기라는 뜻이에요. 삶의 하루하루를 적은 것 말이죠."

나중에 그가 다시 돌아와 부탁했다. "라틴어를 다시 한번 해봐요." 나는 그 시를 읊으며, 그가 들으면서 입술을 움직이는 모습을 바라보았다. 암기를 하려고 하는구나, 나는 생각했다. 그러나 그게 아니었다. 맥이 뛰게 하고 목을 움직이게 하는 힘을 가진 강약약격의 운율 때문이었다.

"당신은 그런 걸 가르쳤나요? 그게 당신 직업이었어요?"

"그래요, 그게 내 직업이었어요. 나는 그 일로 생계를 꾸렸어요. 죽은 사람들에게 목소리를 불어넣으면서 말이에요."

"누가 당신에게 돈을 줬죠?"

"납세자들이죠. 위대하면서도 작은 남아프리카 사람들."

"나한테 가르쳐줄 수 있어요?"

"가르쳐줄 수 있었겠죠. 로마어라면 대부분 가르쳐줄 수 있었을 거예요. 그리스어에 관해서는 그리 자신할 수 없지만, 그래도 가르쳐줄

포효하는 물이 있는 우울한 강둑이나 스틱스강의 사공에게 넘겨지지 않는다.
그들은 백 년 동안 이 기슭의 주변에서 방황하며 날아다닐 것이다.
그런 다음 마침내 받아들여지고, 그들이 원하는 웅덩이를 다시 찾는다.'

수 있을 거예요. 하지만 모든 걸 가르쳐줄 시간은 없을 것 같네요."

나는 그가 우쭐해하는 걸 알 수 있었다.

"당신한테는 라틴어가 쉬울 거예요." 내가 말했다. "이미 알고 있는 것도 많을 거고요."

던져진 또다른 도전, 나는 안다는 또다른 암시. 나는 몰래 정부情婦를 둔 남편을 혼내면서, 실토하라고 구슬리는 여자 같다. 그러나 내가 주는 힌트를 그는 눈치채지 못한다. 그는 아무것도 숨기지 않는다. 그의 무지는 진짜다. 그의 무지, 그의 순진함.

"잘 나오지 않는 말들도 있잖아요?" 나는 말했다. "일단 시작해본 다음, 어디까지 할 수 있는지 보면 어때요?"

그러나 그는 넘을 수 없는 문턱에 서 있었다. 그는 담배 연기 뒤에 숨은 채 내가 그 속을 쳐다볼 수 없도록 눈을 가늘게 뜨고, 말없이 서서 멈칫거리고 있었다.

개가 그의 주위를 돌고 나한테 왔다가 안절부절못하고 다시 물러났다.

보내진 건 그가 아니라 개일 수도 있지 않을까?

너는 그 사람을 결코 만나지 못할 것 같다. 너한테 사진을 보내주고 싶지만, 지난번에 도둑이 들었을 때 카메라가 없어졌다. 여하튼, 그는 사진을 잘 받는 타입의 남자는 아니다. 나는 그의 신분증 사진을 본 적이 있다. 사진 속의 그는 컴컴한 감방에서 잡아채여, 눈부신 불빛으로 가득한 방안으로 밀어넣어지고, 벽으로 떠밀려, 똑바로 서 있으라는 고함소리를 듣는 죄수처럼 보인다. 그로부터 강탈한, 강제로 빼앗은 이미지. 그는 흐릿한 모습으로만 사진에 나타나는, 반쯤 신화적인 존재들 중 하나 같다. 인간일 수도 있고 짐승일 수도 있고 혹은 필름에 칠해진 감광유제에 묻은 티일 수도 있는, 덤불 속으로 막 사라지려고 하는, 증명되지 않고 입증되지도 않은 존재들 중 하나 같다. 혹은, 렌즈가 닫힐 때 한쪽 팔이나 한쪽 다리나 머리 뒤쪽만을 남겨둔 채 사진의 가장자리 너머로 사라지려고 하는 존재 같다.

"미국에 가고 싶어요?" 나는 그에게 물었다.

"왜요?"

"내 편지를 갖고서 말이에요. 편지를 부치는 대신, 당신이 직접 가지고 갈 수도 있어요. 비행기를 타고 미국에 갔다가 돌아오면 돼요. 진기한 경험이 될 거예요. 배를 타는 것보다 더 좋고요. 내 딸이 당신을 만나서 잘 보살펴줄 거예요. 내가 미리 비행기표를 사둘게요. 갈래요?"

그는 용감하게 미소를 지었다. 그러나 내 농담이 그의 아픈 곳을 건드린다는 걸 나는 안다.

"진지하게 얘기하는 거예요." 내가 말했다.

그러나 사실, 그건 진지한 제안이 아니다. 네 집의 손님용 침실에 멍하니 있는, 술을 마시고 싶어 죽겠지만 술을 달라고 청하기에는 너무 수줍은, 이발을 하고 새 옷을 입은 퍼케일의 모습. 그리고 아이들도 잠들고 남편도 잠들었는데 혼자 깨어 옆방에서 이 편지를, 이 고백을, 이 미친 짓을 열심히 읽는 너의 모습. 이건 생각할 필요도 없지. 나는 이런 게 필요치 않아. 너는 이를 갈며 혼잣말을 할지도 모르지. 나는 이것으로부터 달아나기 위해서 여기에 왔어. 왜 이게 여기까지 나를 따라와야 하지?

시간이 많아서, 네가 지난 몇 년 동안 미국에서 보낸 사진들을 뒤적이고 있다. 나는 배경들을, 네가 셔터를 누른 순간 닥치는 대로 사진 속으로 들어온 모든 것들을 바라보고 있다. 예를 들어, 카누를 타고 있는 두 남자아이의 사진을 보면서, 내 눈길은 그 아이들의 얼굴로부터 호수 위의 잔물결과 전나무들의 짙은 녹색으로 옮겨갔다가, 옛날에 수영 연습을 할 때 양쪽 겨드랑이에 끼던 날개 모양의 부낭과 흡사한, 아이들이 입고 있는 오렌지색 구명복으로 되돌아간다. 구명복 표면의 흐릿하고 부드러운 광택을 바라보고 있자니 최면에 걸린 것 같구나. 고무나 비닐, 아니 어쩌면 그 중간쯤 되는 물질로 만들어진 구명복. 몸에 닿으면 거칠고 단단한 이물감이 느껴지는 물질. 내게는 이물감이 느껴지는 이 물질이, 어쩌면 모든 인간에게도 이물감이 느껴질 이 물질이, 형체를 잡아 봉하고 부풀려서 네 아이들의 몸에 묶어둔 이 물질이, 네가 지금 살고 있는 세계를 내게 너무나도 선명하게 보여주는데, 그 이유가 뭘까? 그리고 어째서 그게 내 가슴을 철렁 내려앉게 하는 걸까? 모르겠다. 그러나 이 글이 거듭하여 아무 생각도 없는 곳에서 생각을 하기 시작하는 곳으로 나를 데려가고 있으니, 이 말만은 가설적으로 해보기로 하자. 네 아이들이 결코 물에 빠져 죽는 일은 없으리라는 사실이 어쩌면 나를 낙담시킬지 모른다는 가설 말이다. 그 모든 호수들, 그 모든 물. 호수와 강이 많은 땅. 그러나 운이 없어 카누 밖으로 떨어져도, 그들은 밝은 오렌지색 부낭 덕택에 물위에 안전하게 떠서 몸을 깐닥거릴 것이다. 그러고 있으면 모터보트가 와서 그들을 태우고 가고, 모든 게 다시 정상으로 돌아가겠지.

너는 사진의 뒷면에 휴양지라고 써놓았다. 새로운 이름이 붙여진, 길들여진 호수, 길들여진 숲.

너는 자식들을 더이상 갖지 않겠다고 말한다. 그렇다면 미국의 눈밭에 뿌려진 씨앗들인 이 두 남자아이에게서 대가 끊기는구나. 물에 빠져 죽지도 않을 테고 평균수명이 일흔다섯 살, 아니 그 이상으로 증가추세인 이 아이들에게서 말이다. 물이 장성한 사람들을 집어삼키고, 평균수명이 매년 감소추세에 있는 기슭에 살고 있는 나조차 아무 깨달음 없이 죽어가고 있다. 휴양지에서 카누를 타는 이 불쌍하고 혜택받지 못한 아이들이 뭘 바랄 수 있을까? 일흔다섯이나 여든다섯에, 그들은 태어났을 때만큼 멍청한 채로 죽어갈 것이다.

내가 손자들이 죽기를 바라느냐고? 너는 바로 이 순간, 혐오스러워하며 이 편지를 던져버리고 있니? 미친 할망구 같으니라고! 이렇게 소리를 지르고 있니?

그애들은 내 손자가 아니다. 그애들은 어떤 식으로든 내 자식이 되기에는 너무 멀다. 나는 많은 가족을 뒤에 남기지 않는다. 딸 하나. 배우자와 그의 개.

내가 그애들에게 죽음이 닥치길 바라는 건 결코 아니다. 여하튼, 내 삶을 잠시 스치고 지나갔던 두 아이는 이미 죽고 없다. 그래, 나는 네 아이들이 살기를 바란다. 그러나 네가 그애들의 몸에 붙여준 날개가 그애들에게 삶을 보장해주지는 않을 거다. 삶이란 발가락 사이의 먼지다. 삶이란 이빨 사이의 먼지다. 삶이란 먼지를 입에 무는 일이다.

혹은, 삶이란 물에 빠져 죽는 일이다. 물속으로 바닥까지 떨어지는 일이다.

가장 사사로운 일까지도 도움에 의지해야 할 때가 가까이 다가왔다. 이제 이 슬픈 이야기를 끝내야 할 때다. 퍼케일이 나를 도와주리라는 걸 의심한다는 말이 아니다. 마지막 일들에 관해서는, 여하튼 나는 그를 더이상 의심하지 않는다. 그는 표현할 방법을 알지 못했지만, 그에게는 언제나 나를 염려하는 마음이 있었다. 신뢰할 수 없는 마음이긴 했지만 말이다. 내가 넘어지자 그가 나를 붙잡아줬다. 지금에야 이해했는데, 그가 처음 왔을 때, 그는 내 보호하에 들어온 게 아니었다. 내가 그의 보호하에 들어간 것도 아니었다. 우리는 서로의 보호하에 들어간 거였다. 그때 이래로 우리는 우리의 상호적인 선택의 곡예 속에서 오르락내리락한 거였다.

그러나 그는 내가 상상하는 간호사, 누리스*, 부양자가 아니다. 그는 메마르다. 그가 마시는 건 물이 아니라 불이다. 어쩌면 이게 내가 그의 자식들을 상상할 수 없는 이유일 거다. 그의 정액이 메말랐을 터이기에, 꽃가루나 이 나라의 먼지처럼 메마르고 갈색일 터이기에.

나는 그가 옆에 있어주고 위로해주고 도와주길 바란다. 그러나 그에게도 도움이 필요하다. 여자만이 남자에게 줄 수 있는 도움이, 그에게 필요하다. 유혹이 아니라 유도. 그는 사랑하는 방법을 모른다. 나는 영혼의 움직임이 아니라 더 단순한 움직임에 대해 얘기하는 거다. 남자아이가 사랑하는 방법을 모르듯이, 그는 사랑하는 방법을 모른다. 지퍼와 단추와 후크를 어떻게 해야 할지 모른다. 무엇이 어디로 가야 하는지 모른다. 자신이 해야 할 일을 어떻게 하는지 모른다.

종말이 가까이 올수록, 그는 더 충실해진다. 그러나 아직도 나는 그의 손을 끌어줘야 한다.

---

* 프랑스어로 '유모'라는 뜻.

그날 일이 생각난다. 우리는 차 안에 앉아 있었다. 그는 나한테 성냥을 들이밀고 그 일을 하라고 말했다. 나는 화가 났었다. 그러나 내가 그에게 공정했던 걸까? 지금 생각해보니, 그는 처녀가 성性에 개념이 없듯이 죽음에 개념이 없는 사람인 듯하다. 그러나 결국 같은 호기심이다. 꼬리를 흔들며 혀를 페니스처럼 붉고 우둔하게 늘어뜨린 채, 누군가의 가랑이 사이에 코를 대고 냄새를 맡는 개의 호기심이랄까.

어제, 그가 나를 부축해 욕실로 데려가는데, 내 가운이 풀려 앞섶이 열렸다. 나는 그가 나를 응시하는 걸 보았다. 밀 스트리트에 있는 아이들처럼 체면이고 뭐고 없었다. 체면, 설명할 수 없는 것, 모든 윤리의 근본. 우리가 하지 않는 일들. 우리는 영혼이 육체를 떠나면 응시하지 않고, 그저 눈물로 눈을 덮거나 손으로 눈을 가린다. 우리는 떠나려 몸부림치는 영혼을 강제로 밀어넣어 닫고 퀘맨 흉터들을 응시하지 않는다.

나는 그에게 아직도 고양이들에게 먹이를 주고 있는지 물었다. "예"라고 그는 말했지만, 거짓말이었다. 고양이들은 쫓겨나, 사라지고 없었다. 내가 그 사실에 신경쓰느냐고? 아니, 더이상은 아니다. 내가 너를 좋아하고, 그를 좋아하게 된 후로, 내 가슴에 남은 공간은 없다. 사람들이 흔히 말하듯, 다른 것들은 아무래도 괜찮다.

지난밤, 끔찍하게 한기가 느껴져 작별인사를 하려고 너를 부르려 했다. 그러나 너는 오지 않았다. 나는 네 이름을 나직이 불러봤다. "내 딸아, 내 아가야." 나는 어둠 속에 대고 이렇게 속삭였다. 그러나 내 앞에 나타난 건 사진이었다. 네가 아니라 네 사진이었다. 끊어졌구나, 나는 생각했다. 그 선도 끊어졌구나. 이제 나를 붙잡을 건 아무것도 없다.

그러나 나는 잠이 들었다가 깨어났고, 여전히 여기에 있었다. 오늘 아침은 몸에 활기까지 느껴진다. 그렇다면, 나만 부르는 게 아닌 모양이다. 어쩌면 내 몸이 차가워지는 건 바다 건너에서 내 몸 밖으로 나오라고 나를 부르는데 내가 그걸 모르기 때문일지 모른다.

네가 보다시피, 나는 아직도 너의 사랑을 믿는다.

나는 이 말의 밧줄에서 너를 곧 풀어주려고 한다. 나를 안쓰럽게 여길 필요는 없다. 그러나 내가 뒤에 두고 가는, 수영을 할 줄도 모르고 아직 비행기를 탈 줄도 모르는 이 남자를 잠시 생각해주렴.

나는 자다가 추워서 깼다. 배, 심장, 그리고 뼛속까지 추웠다. 발코니로 통하는 문이 열려 있었다. 커튼이 바람에 펄럭였다.

퍼케일은 발코니에 서서, 바스락거리는 수많은 잎들의 바다를 바라보고 있었다. 나는 그의 팔과 솟은 어깨와 앙상한 등뼈에 손을 댔다. 나는 이를 덜덜 떨며 말했다. "뭘 보고 있어요?"

그는 대답하지 않았다. 나는 그에게 더 가까이 다가섰다. 우리 밑에 있는 그림자들의 바다. 어둠 위로 물고기 비늘처럼 움직이며 바스락거리는 잎들의 장막.

"시간이 됐나요?" 내가 말했다.

나는 침대 속으로, 차가운 시트 사이의 터널 속으로 다시 들어갔다. 커튼이 갈라졌다. 그가 내 곁으로 들어왔다. 처음으로, 나는 아무 냄새도 맡지 못했다. 그는 나를 품에 들이고 굉장한 힘으로 끌어안았다. 그래서 숨이 내게서 훅 빠져나갔다. 그 포옹에는 아무런 온기가 없었다.

1986~89

타자의 소설, 타자의 소설가

세계의 많은 학자들은 J. M. 쿳시를 윤리성, 역사성, 예술성을 두루 갖춘 작가로 평가한다. 데이비드 애트웰이 그를 가리켜 "지적인 힘과 균형적 스타일, 역사적 비전과 윤리적 통찰력을 독특한 방식으로 통합"한 작가라고 평가한 것은 대표적인 예다. 지금도 꾸준하게 소설을 발표하고 있는 작가가 생전에 이러한 평가를 받고 있다는 것은 실로 대단한 일이다. 그의 소설에 대한 논문과 저서, 학위논문이 세계 도처에서 쏟아지면서 그야말로 일종의 '산업'이 된 것은 이제는 낯설지 않은 일이 되었다.

그를 세계문학의 거장으로 만드는 데 『철의 시대』가 큰 역할을 했다. 지금까지 발표한 소설들 하나하나가 그의 진면목을 드러내기에 부족함이 없지만, 『철의 시대』는 특히 그러하다. 우선 이 소설은 그의 창작

역량이 절정에 달했을 때 쓰인 소설이다. 워낙 예술적 완성도가 높은 소설들을 많이 발표해서 그의 절정기가 언제였는지 따진다는 게 부질없는 짓이지만, 이 소설이 그가 쓴 최고의 소설 중 하나인 것은 분명해 보인다. 『야만인을 기다리며』 『마이클 K』 『포』를 발표하고 이미 국제적인 작가로 발돋움해 있던 그는 이 소설로 명성을 더욱 굳히면서 명실상부하게 세계적인 작가가 되었다. 노벨문학상 수상은 이제 시간문제였다. 실제로 그는 이후에 『페테르부르크의 대가』와 『추락』을 추가로 발표하고 노벨문학상을 수상했다.

『철의 시대』가 더욱 각별한 작품인 이유는 그의 삶 중 어쩌면 개인적으로 가장 힘들었을 시기에 쓰였기 때문이다. 창작의 역량과 기량이 절정에 이른 시점과 개인적인 시련이 닥친 시점이 공교롭게도 겹치면서 이전의 작품에서 찾아보기 힘든 감정의 깊이까지 더해졌다. 여기에서 말하는 개인적인 시련이란 그가 사랑하는 사람들의 죽음이다. 1985년에는 어머니가, 1988년에는 아버지가, 1989년에는 외아들이 차례로 세상을 떠났다. 이 소설의 속표지 다음에 "V. H. M. C.(1904~1985) Z. C.(1912~1988) N. G. C.(1966~1989)를 위하여"라는 헌사가 있는 것은 바로 그래서다. 어머니가 세상을 떠나고 일 년 후인 1986년부터 이 소설을 쓰기 시작하여 1989년에 완성했으니 소설 속에 아버지와 아들의 죽음까지 직접적으로 투영되었다고 보는 것은 다소 무리가 있지만, 적어도 어머니의 죽음 이듬해부터 집필을 시작한 것으로 보아 그와 무척 가까웠던 어머니의 죽음이 여하한 방식으로든 스토리에 영향을 미친 것만은 분명해 보인다. 그의 자전소설인 『소년 시절』과 『청년 시절』에서 엿볼 수 있는 어머니와의 깊은 관계를 감안하면, 『철의 시대』에 어머니에 대한 애도의 감정이 어떠한 형식으로든 투영되어 있다고 가정하는 것은 전혀 이상한 일이 아니다.

그렇다고 소설 속에 형상화된 화자 커런 부인과 딸의 관계를 쿳시와 어머니의 관계로 보아야 한다는 말은 아니다. 그는 자신의 사적인 감정을 소설에 직접 투영하기에는 너무 고전적인 작가였다. 그가 아주 젊었을 때부터 좋아하던 시인 T. S. 엘리엇처럼 그는 예술이 "개성의 표현이 아니라 개성으로부터의 탈출"이어야 한다고 믿었다. 그에게도 예술은 엘리엇의 말처럼 "감정을 풀어놓은 것이 아니라 감정으로부터의 탈출"이어야 했다. 물론 처음에는 그렇지 않았다. 이 소설을 처음 구상했을 때만 해도 스토리는 거의 모든 점에서 자신의 어머니를 연상시키는 여성의 죽음을 형상화한 내용이었다. 그때도 편지들로 이뤄진 스토리의 형식이었다. 일부는 아들이 세상을 떠나는 어머니에게 보내는 편지였고, 일부는 그 아들이 다른 나라로 이주한 누이에게 상황을 설명하고 심경을 토로하는 편지였다. 그 편지들에 어머니를 잃은 작가의 슬픔이 고스란히 배어 있었음은 물론이다. 그런데 바로 그것이 문제였다. 그가 믿고 실천해온 미학적 원리에 배치되었기 때문이다. 자신의 슬픔을 그대로 토로하는 것은 그의 기질에도, 미학적 원칙에도 맞지 않았다.

그렇다면 자신의 감정으로부터 어떻게 빠져나오느냐가 문제였다. 그는 죽어가는 어머니가 다른 나라로 이주한 딸에게 보내는 기다란 편지 형식으로 소설의 구도를 바꿨다. 처음에 생각했던 것과 전혀 다른 소설로 만든 것이다. 그러면서 어머니를 잃은 슬픔은 어딘가로 슬그머니 숨어버렸다. 그렇다고 슬픔과 애도의 마음이 어디로 증발해버린 것은 아니겠지만, 그는 자신의 개인적인 감정을 숨기고 억제함으로써 그것을 보편적인 것으로 확장 내지 승화시킬 수 있었다. 그러한 과정을 통해서 『철의 시대』는 몇 겹의 의미를 가진 소설이 되었다. 노년, 죽음, 역사, 타자, 아파르트헤이트, 식민주의, 교육, 이데올로기, 세대 갈등을 비롯한 많은 것들에 관한 담론이 동시다발적으로 풍요롭게 펼쳐진 것은 개인적인 슬픔에서 연유한 스토리가 사적인 차원을 넘어 역사적, 정치적, 문화적 함의를 가진 스토리로 바뀌었기에 가능한 일이었다. 예술은 감정으로부터의 탈출이라는 미학을 이보다 더 장엄하고 성공적으로 보여준 소설도 찾기 힘들다. 그럼에도 불구하고 우리가 이 소설을 어머니의 죽음에 대한 쿳시의 "애도 작업"(work of mourning, 프로이트의 말)으로 읽고자 한다면, 그것은 자신의 감정을 안으로 밀어넣고 밖으로 드러내지 않으려 하는 일종의 청교도적, 스토아적 애도로 보는 게 맞을 것 같다. 자신의 슬픔을 공동체에 관한 사유로 전환할 줄 아는 힘과 능력, 윤리성은 어디에서 나온 것이며 어떻게 그것이 가능한지 놀라울 따름이다.

『철의 시대』는 쿳시의 소설 중 리얼리즘에 가장 가까운 소설이지만 현실을 재현하는 리얼리즘 소설은 결코 아니다. 부분적으로는 리얼리즘 소설이라고 해도 무방하지만 궁극적으로는 현실의 반영이라고 보기 어렵다는 말이다. 이것은 이 소설만이 아니라 쿳시가 지금까지 쓴 모든 소설에 적용되는 일종의 문법이나 원칙 같은 것이다. 그는 자신의 미학적 입장에 대해 이렇게 말한다. "나는 실제 세계를 복사하는 데 자부심을 갖는 리얼리즘에 관심이 없거나 그것에 나 자신을 심각하게 관련시킬 수 없습니다." 그는 남아프리카의 모든 작가들이 리얼리즘 계열의 소설을 쓰고 있을 때, 백인 지배 이데올로기의 폭력성을 내부로부터 해체하는 소설을 썼다. 지금에야 그게 무슨 대수냐 하겠지만, 아파르트헤이트가 기승을 부리던 1980년대에 그러한 소설을 쓴다는 것은 용기를 필요로 했다. 그가 『철의 시대』를 쓸 때 남아프리카는 흑인과 백인 사이에 내전이 벌어졌다고 할 만한 국가적 위기상황이었다. 따라서 작가들은 리얼리즘 소설을 써야 한다는 강박을 느낄 수밖에 없었고, 또 사회는 그들에게 현실 참여적인 문학을 요구했다. 펜으로 싸워달라는 말이었다. 제3세계 작가들 중 유독 현실 참여적인 리얼리즘 소설을 쓰는 이들이 다수인 이유가 바로 여기에 있다. 세계문학의 도도한 흐름이라는 측면에서 보면 제3세계문학 중 일부가 다소 협소하고 정체된 것으로 느껴지는 이유도 여기에 있다. 여하튼 리얼리즘 소설에 대한 시대적 요구를 거부하는 일은 결코 쉽지 않았다. 쿳시는 포스트모더니즘 계열의 소설을 쓴다는 이유로 남아프리카 작가들이나 학자들에게서 거센 비판을 받아야 했다. 그중에서도 동료 작가인 네이딘 고디머의 비판은 지나칠 정도로 신랄했다(이것에 대해서는 『마이클 K』에 대한 고디머의 서평 참조).

그러나 쿳시는 자신의 소설이 역사나 정치에 저당잡혀 볼모가 되는 것을 원치 않았다. 리얼리즘 소설을 쓰는 것으로 위안을 삼고 싶지도 않았다. 그래서 그는 식민주의를 해부하고 백인들을 해부하는 데 몰두했다. 백인이라면 자신도 포함되는 범주였다. 그는 자신을 향해서도 무자비했다. 그의 위대한 소설들은 자학처럼 보이는 그 치열함과 무자비함의 소산이었다. 남아프리카 학자 마이클 머래Michael Marais는 그 점을 이렇게 정리했다. "리얼리즘 소설에서 독자는 희생자와 자신을 동일

시하면서 도덕적 위안을 느끼고, 정치적 잔혹행위의 가해자로부터 의도적으로 거리를 지킴으로써, 우월한 윤리적 입장에서 그들의 행동을 자기만족적으로 비난할 수 있게 된다. 그런데 쿳시의 소설을 읽는 독자에게는 그러한 자기만족감이 주어지지 않는다." 맞는 말이다. 쿳시의 소설에는 자기만족감이나 도덕적 우월감이 들어설 여지가 없다.

전통적인 리얼리즘 계열의 작가라면 『철의 시대』에 나오는 약자들, 즉 퍼케일, 존, 플로렌스, 베키, 타바니 등과 같은 흑인들에 초점을 맞추고 자크 데리다가 "폭력적인 위계질서"라고 칭한 아파르트헤이트로 인해 죽음의 벼랑으로 내몰린 흑인들의 실존적 삶을 재현하려 했을 것이다. 그런데 쿳시는 그렇게 하지 않았다. 그는 아파르트헤이트 정권에 의해 죽음으로 내몰리는 흑인들의 경험을 서사의 중심에 놓고 그들의 삶을 재현하고 대변하는 것이 자칫 허위나 값싼 감상이 될 수 있다는 것을 예리하게 의식하고, 오히려 가해자와 같은 부류인 백인의 내면을 해부하고 그들의 모순을 응시하는 길을 택했다.

쿳시에게 타자는 언어를 통해서든 인식을 통해서든 쉽게 내면화하거나 이해할 수 있는 존재가 아니었다. 그는 타자를 인식의 범주 내로 끌어들여 이해하고 내면화하는 것을 일종의 식민행위로 간주했다. 그러니 그들을 재현하거나 대변하는 것은 가능한 일이 아니었다. 보기에 따라서는 『마이클 K』를 예외라고 생각할지 모르지만, 스토리를 잘 살피면 K, 즉 타자를 재현하는 작품이 아니라 타자의 재현에 따르는 위험과 문제점, 함정을 담론화하고 있는 작품임을 어렵지 않게 알 수 있다.

그렇다고 그가 타자를 외면했다는 말은 결코 아니다. 『철의 시대』의 스토리가 웅변적으로 말해주듯, 타자를 재현하지 않아도 타자의 환대는 그의 주제요 명제요 강박관념이었다. 모순이라면 모순이었다. 한쪽에는 고통과 상처 속에 살아온 타자를 백인식민주의자의 후손인 자신이 재현할 수 없다는 자의식이 있었고, 다른 쪽에는 그럼에도 불구하고 그 타자를 향해 끌려가는 마음이 있었다. 양자 사이에는 메울 수 없는 모순과 간극, 분열이 있다. 그의 소설은 타자와 관련한 모순과 간극, 그리고 분열을 깊이 사유하고 고민한다. 이것이 쿳시 소설의 핵심이다. 그는 '타자의 소설가'로 불려도 될 만큼 타자에 강박을 가진 작가다.

『철의 시대』는 에마뉘엘 레비나스, 자크 데리다, 가야트리 스피박, 에드워드 사이드 등과 같은 학자들이 제기한 타자 이론이 포괄하는 모든 것을, 정말이지 모든 것을 암시하고 환기하고 심지어 예시하는 것처럼 보인다. 타자의 환대가 암시하고 환기하는 것들을 이보다 더 잘 구현한 소설이 있을까 싶을 정도로, 쿳시의 소설은 환대할 수 없는 타자를 환대하는 것이 진짜 환대이고 사랑할 수 없는 타자를 사랑하는 것이 진짜 사랑임을 장엄하게 보여준다.

그렇다고 그의 소설이 타자에 대한 절대적인 환대와 사랑을 구현하여 구체적이고 명확한 형태로 제시하고 있다는 말은 결코 아니다. 그가 지금까지 발표한 소설들을 통틀어 보아도 환대와 사랑의 이상적인 모습은 찾을 수 없다. 『철의 시대』와 더불어 최고 중의 최고에 해당하는 『야만인을 기다리며』 『마이클 K』 『추락』에서 제시되는 타자와의 관계도 이상적인 모습과는 거리가 멀다. 『철의 시대』의 커런 부인과 퍼케일의 관계처럼, 그의 소설이 제시하는 환대와 사랑은 어딘가 조금씩 부족하고 미진하고 때로는 실패한다. 한 번쯤 환대와 사랑의 이상적인 모습을 제시할 만도 한데 쿳시는 그러한 감상적 몸짓에 빠지는 걸 단호히

거부한다. 이 소설의 결말을 보라. 커런 부인과 퍼케일의 포옹이 따뜻한 것이면 더할 나위 없이 좋겠지만 거기에는 온기가 없다. 온기는 미래의 것으로 남을 뿐이다. 이것은 타자를 진정으로 환대하고 사랑하는 것이 그만큼 어렵다는 말이다. 데리다의 말처럼 절대적이고 무조건적인 환대는 이상으로만 존재하는 것일 테니까. 그리고 이상은 인간의 손으로는 닿을 수 없는 별 같은 것일 테니까. 그래서 쿳시의 소설에는 그 이상을 향한 몸부림, 염원, 방향성이 있을 따름이다. 그런데 묘하게도 그것이 종교적인 구도의 몸짓을 닮았다. 내가 그를 거의 종교적인 작가라고 하는 것은 바로 이러한 이유에서다. 영혼의 구도자라고나 할까.

이번에 내놓는 개정판은 십오 년 전에 번역해 들녘에서 출간한 번역본 원고를 수정한 것이다. 원고를 다시 세밀하게 점검하고 잘못된 것들을 바로잡았다. 처음 번역할 때 그랬던 것처럼 이번에도 마지막 순간까지 작가에게 도움을 청해야 했다. 가급적이면 도움을 청하지 않으려 했지만 불가피한 경우에는 어쩔 수 없었다. 매번 정확하고 빠르게 답변해준 작가에게 감사하고 죄송한 마음을 전한다. 그의 답변을 통해 나는 그의 소설이 세밀한 부분에서조차 내가 생각하는 것 이상의 깊이와 차원을 갖고 있다는 것을 다시 한번 깨달았다. 나는 그것을 반영하여 기존의 번역을 더 좋은 번역으로 만들려고 노력했다. 당연한 말이지만, 문학동네의 편집자들도 번역문을 더 좋게 만드는 데 크게 기여했다. 고마운 마음을 전한다.

나는 지금까지 쿳시의 소설들을 번역하는 데 많은 시간과 공을 들였다. 연구를 하는 학자로서 해야 할 일들이 많았음에도 그의 소설 번역에 시간과 공을 들인 것은 그의 산문을 한국어로 환대—폴 리쾨르Paul Ricoeur는 번역을 낯선 외국어를 '모국어의 집'에 환대하는 작업이라고 정의했다—하는 데 내가 도구로 쓰이는 것을 여타의 것보다 가치 있는 일이라고 생각했기 때문이다. 더 개인적인 이유를 들자면 그의 소설이 가진 압도적인 힘에 굴복했기 때문이다.

그를 만나고 인터뷰하고 번역하고 교류한 지 이십 년이 넘었다. 돌아보니 참으로 특별하고 소중한 인연이었다. 지치지 않고 그를 존경할 수 있어서 너무 좋다. 그와의 인연 때문에라도 번역에 최선을 다하려 했지만 능력이 부족한 탓에 여전히 미진한 부분이 있을 것이다. 그래도 나는 그의 소설이 가진 폭과 깊이가 그 미진한 부분을 뛰어넘어 독자에게 전달될 수 있기를 바란다. 나는 그게 고전이 가진 힘이라고 믿고 또 그것으로 위안을 삼는다.

2019년 6월

왕은철

J. M. 쿳시 연보

1940년 남아프리카공화국 케이프타운에서 변호사인 아버지와 교사인 어머니 사이에서 태어나다. 아버지는 네덜란드 이민자의 후손이었고, 어머니는 폴란드계 독일 이민자의 후손이었다.

1942년 아버지가 남아프리카공화국 군인으로 제2차세계대전에 참전해 중동과 이탈리아에서 복무하다.

1943년 남동생 데이비드 쿳시가 태어나다.

1945년 아버지가 전쟁에서 돌아오다. 가족이 케이프타운 폴스무어에 정착하고, 쿳시는 폴스무어초등학교에 입학하다.

1946년 아버지가 케이프 지방행정청에서 직장을 구하다. 가족이 로즈뱅크로 이사가게 되어 쿳시는 로즈뱅크초등학교로 전학을 가다.

1948년 아버지가 케이프 지방행정청에서 실직하고 우스터에 있는 스탠더드 캐너스사로 자리를 옮기다. 가족이 리유니언 파크로 이사하고 쿳시는 1949년 4월에 우스터초등학교로 전학을 가다.

1952년 아버지가 케이프타운 굿우드에 변호사 사무실을 개업하다. 가족이 플럼스테드로 이사하고 쿳시는 세인트조지프 가톨릭 학교로 전학을 가다.

1956년 세인트조지프 가톨릭 학교 졸업.

1957~1961년 케이프타운대학교에 입학해 영문학과 수학을 전공하다. 하워스 교수의 배려로 문예창작 과목을 수강하고 교내 잡지에 시를 발표하다. 1961년 11월, 사우샘프턴을 향해 배로 떠나

다. 영국에서 케이프타운대학교 문학사학위를 받다.

1962년 런던 IBM에서 컴퓨터 프로그래머로 일을 시작하다. 장학금을 받고 케이프타운대학교 문학석사과정에 등록해 대영박물관 열람실에서 포드 매독스 포드 연구에 매진하다. 하이퍼텍스트 시를 실험하다.

1963년 케이프타운으로 돌아와 학창시절 알고 지내던 필리파 주버와 재회해 6월에 결혼식을 올리다. 포드 매독스 포드에 관한 논문을 완성하여 제출하다. 처음에는 영국의 교사직을, 다음에는 프로그래머로 일자리를 지원하다. 미국의 박사과정에 대해 알아보다.

1964년 필리파와 영국으로 떠나다. ICT사(International Computers and Tabulators, Ltd)에서 일을 시작하다.

1965년 케이프타운대학교와 미국에 있는 대학교의 박사과정에 동시에 지원하다. 케이프타운대학교에서 모더니즘에 관한 박사과정을 제안받지만 거절하다. 풀브라이트 장학금을 받고, 미국 내 여러 대학에서 제안을 받으나 최종적으로 오스틴 텍사스 대학교를 선택하다. 필리파와 함께 미국으로 건너가 오스틴 텍사스 대학교에서 언어학과 문학 박사과정에 들어가다.

1966년 아들 니콜라스가 태어나다.

1968~1969년 사뮈엘 베케트에 관한 논문을 완성하던 중에 뉴욕주립대학교 조교수로 임용되었으나 비자 문제 때문에 계약기간이 제한되다. 캐나다와 홍콩에 임용 지원을 하고, 브리티시컬럼비아대학교에서 제안을 받지만 거절하다. 비자 연장을 받기 위해 노력하나 베트남전쟁 반대 시위에 참여한 전력 때문에 계속 무산되다. 딸 기셀라가 태어나다.

1970년 『어둠의 땅*Dusklands*』 집필을 시작하다. 뉴욕주립대학교

교수 45명이 대학의 경영방식과 캠퍼스 내 경찰 배치에 반대하는 시위로 헤이스 홀을 점령한 '헤이스 홀 사건'에 가담해 불법침입과 법정모독으로 유죄판결을 받다. 그해 12월 필리파와 자녀들은 남아프리카로 돌아가다.

1971년 끝내 비자를 연장하지 못해 남아프리카로 돌아가다. 가족과 함께 쿳시 가문의 농장과 가까운 곳에 정착하다. '헤이스 홀 사건' 유죄판결이 번복되지만 미국 재입국비자를 받을 가능성이 거의 없어지다.

1972년 케이프타운대학교 영문과 교수가 되다.

1973년 『어둠의 땅』 집필을 마치지만 몇몇 출판사로부터 출간을 거절당하다.

1974년 요하네스버그에 있는 출판사 레이번 프레스에서 『어둠의 땅』을 출간하다. '책 태우기'라는 제목의 소설을 집필하기 시작하나, 일 년 후 중단하다.

1975년 네덜란드 소설 『사후의 고백*Een Nagelaten Bekentenis*』을 영어로 번역 출간하다.

1976년 『나라의 심장부에서*In the Heart of the Country*』 집필을 시작하다.

1977~1979년 『나라의 심장부에서』를 출간하고 남아프리카 최고의 문학상인 CNA상을 수상하다. 『야만인을 기다리며*Waiting for the Barbarians*』 집필을 시작해 오스틴 텍사스 대학교, 버클리대학교, 캘리포니아대학교에서 안식년을 보내는 동안 완성하다. 『마이클 K*Life & Times of Michael K*』 집필을 시작하다.

1980년 필리파와 이혼. 『야만인을 기다리며』를 출간하다. 후에 평생 반려자가 된 영문과 교수 도러시 드라이버와 만나기 시작하다. 『야만인을 기다리며』로 두번째 CNA상 수상.

1982년 『포*Foe*』 집필을 시작하다.

1983년 『마이클 K』를 출간하고 부커상을 수상하다. 아프리칸스어 소설 『바오밥나무로의 탐험*Die Kremetartekspedisie*』을 영어로 번역 출간하다.

1984년 케이프타운대학교 영문과 정교수로 임명되다. '자서전 속의 진실'이라는 제목으로 정교수 취임 기념 강연을 하다. 『마이클 K』로 세번째 CNA상 수상.

1985년 『포』 집필을 마치다. 어머니가 세상을 떠나다. 『마이클 K』로 에트랑제 페미나 상 수상.

1986년 『포』 출간. 남아프리카 소설가 안드레 브링크와 함께 남아프리카공화국 시 모음집 『부서진 땅*A Land Apart*』을 출간하다. 존스홉킨스대학에서 방문교수로 지내다. 『철의 시대*Age of Iron*』 집필을 시작하다.

1987년 예루살렘상 수상. 회고록 『소년 시절*Boyhood*』 집필을 시작했다가 중단하다.

1988년 아버지가 세상을 떠나다. 당시 케이프타운대학교 영문과 교수로 재직하던 데이비드 애트웰과 함께 『이중 시점: 에세이와 인터뷰*Doubling the Point: Essays and Interviews*』 집필을 시작하다.

1989년 아들 니콜라스가 세상을 떠나다. 『철의 시대』 집필을 마치다. 1980년부터 쓰기 시작한 남아프리카 백인의 글쓰기에 관한 에세이를 모은 『백인의 글쓰기*White Writing: On the Culture of Letters in South Africa*』를 출간하다. 존스홉킨스대학교에서 또 한번 방문교수로 지내다.

1990년 『철의 시대』를 출간하고 선데이 익스프레스 올해의 책으로 선정되다. 필리파가 세상을 떠나다.

1991년 『페테르부르크의 대가*The Master of Petersburg*』 집필을 시

작하다. 하버드대학교에서 방문교수로 지내다. 도러시 드라이버와 오스트레일리아에 장기간 체류하다.

1992년 『이중 시점: 에세이와 인터뷰』를 출간하다.

1994년 『페테르부르크의 대가』를 출간하다.

1995년 『추락*Disgrace*』 집필을 시작하다. 『페테르부르크의 대가』로 아이리시 타임스 국제소설상 수상. 오스틴 텍사스 대학교, 시카고대학교 등 여러 대학교에서 정기적으로 방문교수로 지내기 시작하다. 이즈음 오스트레일리아 이민을 알아보기 시작하다.

1996년 『모욕 주기: 검열에 관한 에세이*Giving Offense: Essays on Censorship*』를 출간하다. 〈뉴욕 리뷰 오브 북스〉 등 여러 잡지에 정기적으로 서평을 기고하기 시작하다.

1997년 『엘리자베스 코스텔로*Elizabeth Costello*』에 대한 구상을 시작하다. 『소년 시절』을 출간하다.

1999년 『추락』을 출간하고 두번째 부커상을 수상하다. 프린스턴대학교에서 했던 태너 강연을 토대로 『동물들의 삶*The Live's of Animals*』을 출간하다.

2000년 『추락』으로 커먼웰스상 수상.

2001년 오스트레일리아 대사관으로부터 이민 비자를 받다. 케이프타운대학교 교수직에서 퇴임하다.

2002년 오스트레일리아로 이민. 도러시 드라이버와 함께 애들레이드에 정착하다. 애들레이드대학교 영문학부 명예연구원이 되다. 『청년 시절*Youth*』을 출간하다.

2003년 노벨문학상 수상. 『엘리자베스 코스텔로』 출간. 시카고대학교 교환교수를 겸임하다.

2004년 『슬로우 맨*Slow Man*』을 집필하다. 네덜란드 시집 『뱃사공과 풍경: 네덜란드의 시*Landscape with Powers: Poetry from* *the Netherlands*』를 번역하고 출간하다. 도러시 드라이버와 함께 스탠퍼드대학교 방문교수로 초대받다. 『서머타임 *Summertime*』 집필을 시작하다.

2005년 『슬로우 맨』 출간. 남아프리카공화국 국가 훈장을 수여받다. 『어느 운 나쁜 해의 일기 *Diary of a Bad Year*』 집필을 시작하다.

2006년 오스트레일리아에 귀화하다.

2007년 『어느 운 나쁜 해의 일기』 출간. 2002년과 2005년 사이에 쓴 서평들을 모아 『내면 활동 *Inner Workings*』을 출간하다.

2008년 폴 오스터와 교류하기 시작하다.

2009년 『서머타임』을 출간하다.

2010년 동생 데이비드가 워싱턴에서 세상을 떠나다. 네덜란드 국가 훈장을 받다.

2011년 세 권의 허구화된 회고록 『소년 시절』 『청년 시절』 『서머타임』을 모은 『시골생활의 풍경 *Scenes from Provincial Life*』 출간.

2012년 『예수의 어린 시절 *The Childhood of Jesus*』 집필을 시작하다.

2013년 폴 오스터와의 서신을 담은 『바로 여기 *Here and Now: Letters 2008-2011*』 출간. 『예수의 어린 시절』 출간.

2016년 『예수의 학창시절 *The Schooldays of Jesus*』 출간. 아라벨라 커츠와의 서신을 담은 『좋은 이야기 *The Good Story: Exchanges on Truth, Fiction and Psychotherapy*』 출간.

2017년 『최근의 에세이 *Late Essays: 2006-2017*』를 출간하다.

문학동네 세계문학전집 발간에 부쳐

세계문학은 국민문학 혹은 지역문학을 떠나 존재하는 문학이 아니지만 그것들의 총합도 아니다. 세계문학이라는 용어에는 그 나름의 언어와 전통을 갖고 있는 국민문학이나 지역문학의 존재를 인정하면서 그것을 넘어서는 문학의 보편적 질서에 대한 관념이 새겨져 있다. 그 용어를 처음 고안한 19세기 유럽인들은 유럽문학을 중심으로 그 질서를 구축했지만 풍부한 국민문학의 전통을 가지고 있는 현대의 문학 강국들은 나름의 방식으로 세계문학을 이해하면서 정전(正典)의 목록을 작성하고 또 수정한다.

한국에서도 세계문학 관념은 우리 사회와 문화의 변화 속에서 거듭 수정돼왔다. 어느 시기에는 제국 일본의 교양주의를 반영한 세계문학 관념이, 어느 시기에는 제3세계 민족주의에 동조한 세계문학 관념이 출현했고, 그러한 관념을 실천한 전집물이 출판됐다. 21세기 한국에 새로운 세계문학전집이 필요하다는 것은 명백하다. 우리의 지성과 감성의 기준에 부합하는 세계문학을 다시 구상할 때가 되었다.

문학동네 세계문학전집은 범세계적으로 통용되는 고전에 대한 상식을 존중하면서도 지난 반세기 동안 해외 주요 언어권에서 창작과 연구의 진전에 따라 일어난 정전의 변동을 고려하여 편성되었다. 그래서 불멸의 명작은 물론 동시대 세계의 중요한 정치·문화적 실천에 영감을 준 새로운 작품들을 두루 포함시켰다.

창립 이후 지금까지 한국문학 및 번역문학 출판에서 가장 전문적이고 생산적인 그룹을 대표해온 문학동네가 그간 축적한 문학 출판 경험을 바탕으로 새로운 세계문학전집을 펴낸다. 인류가 무지와 몽매의 어둠 속을 방황하면서도 끝내 길을 잃지 않은 것은 세계문학사의 하늘에 떠 있는 빛나는 별들이 길잡이가 되어주었기 때문이다. 우리가 자부심과 사명감 속에서 그리게 될 이 새로운 별자리가 독자들의 관심과 애정에 힘입어 우리 모두의 뿌듯한 자산이 되기를 소망한다.

문학동네 세계문학전집 편집위원

민은경, 박유하, 변현태, 송병선, 이재룡, 홍길표, 남진우, 황종연

지은이 **J. M. 쿳시**
1940년 남아프리카공화국 케이프타운에서 태어났다. 1974년 『어둠의 땅』으로 데뷔했고, 1977년 『나라의 심장부에서』로 남아프리카 최고 문학상인 CNA상을 받았으며, 1980년 『야만인을 기다리며』로 세계적 명성을 얻었다. 『마이클 K』와 『추락』으로 부커상을 두 차례 수상했고, 에트랑제 페미나 상, 예루살렘상 등 많은 상을 받았다. 2003년 노벨문학상을 수상했다. 그 밖의 주요 작품으로 『철의 시대』 『페테르부르크의 대가』 『슬로우 맨』 등이 있다.

옮긴이 **왕은철**
『현대문학』을 통해 문학평론가로 등단했으며 유영번역상, 전숙희문학상, 한국영어영문학회학술상, 생명의신비상, 전북대학교학술상, 부천디아스포라문학상 번역가상 등을 수상했다. 현재 전북대학교 영문과 석좌교수로 재직중이다. 『피의 꽃잎들』 『천 개의 찬란한 태양』 『야만인을 기다리며』 『마이클 K의 삶과 시대』 『낙원』 등 50여 권의 역서가 있으며, 『문학의 거장들』 『J. M. 쿳시의 대화적 소설』 『애도 예찬』 『타자의 정치학과 문학』 『트라우마와 문학, 그 침묵의 소리들』 등의 저서가 있다.

세계문학전집 181
철의 시대

1판 1쇄 2019년 6월 14일
1판 2쇄 2023년 1월 5일

지은이 J. M. 쿳시 | 옮긴이 왕은철

책임편집 손예린 | 편집 김정희 황도옥 오동규 | 독자모니터 조혜영
디자인 김현우 최미영 | 저작권 박지영 형소진 이영은 김하림
마케팅 정민호 이숙재 박치우 한민아 이민경 안남영 왕지경 김수현 정경주 김혜원
브랜딩 함유지 함근아 김희숙 고보미 박민재 박진희 정승민
제작 강신은 김동욱 임현식 | 제작처 영신사

펴낸곳 (주)문학동네 | 펴낸이 김소영
출판등록 1993년 10월 22일 제2003-000045호
주소 10881 경기도 파주시 회동길 210
전자우편 editor@munhak.com | 대표전화 031)955-8888 | 팩스 031)955-8855
문의전화 031)955-3578(마케팅), 031)955-2686(편집)
문학동네카페 http://cafe.naver.com/mhdn
인스타그램 @munhakdongne | 트위터 @munhakdongne
북클럽문학동네 http://bookclubmunhak.com

ISBN 978-89-546-5661-0 04840
978-89-546-0901-2 (세트)

www.munhak.com

1, 2, 3 안나 카레니나 레프 톨스토이 | 박형규 옮김
4 판탈레온과 특별봉사대 마리오 바르가스 요사 | 송병선 옮김
5 황금 물고기 르 클레지오 | 최수철 옮김
6 템페스트 윌리엄 셰익스피어 | 이경식 옮김
7 위대한 개츠비 F. 스콧 피츠제럴드 | 김영하 옮김
8 아름다운 애너벨 리 싸늘하게 죽다 오에 겐자부로 | 박유하 옮김
9, 10 파우스트 요한 볼프강 폰 괴테 | 이인웅 옮김
11 가면의 고백 미시마 유키오 | 양윤옥 옮김
12 킴 러디어드 키플링 | 하창수 옮김
13 나귀 가죽 오노레 드 발자크 | 이철의 옮김
14 피아노 치는 여자 엘프리데 옐리네크 | 이병애 옮김
15 1984 조지 오웰 | 김기혁 옮김
16 벤야멘타 하인학교 - 야콥 폰 군텐 이야기 로베르트 발저 | 홍길표 옮김
17, 18 적과 흑 스탕달 | 이규식 옮김
19, 20 휴먼 스테인 필립 로스 | 박범수 옮김
21 체스 이야기 · 낯선 여인의 편지 슈테판 츠바이크 | 김연수 옮김
22 왼손잡이 니콜라이 레스코프 | 이상훈 옮김
23 소송 프란츠 카프카 | 권혁준 옮김
24 마크롤 가비에로의 모험 알바로 무티스 | 송병선 옮김
25 파계 시마자키 도손 | 노영희 옮김
26 내 생명 앗아가주오 앙헬레스 마스트레타 | 강성식 옮김
27 여명 시도니가브리엘 콜레트 | 송기정 옮김
28 한때 흑인이었던 남자의 자서전 제임스 웰든 존슨 | 천승걸 옮김
29 슬픈 짐승 모니카 마론 | 김미선 옮김
30 피로 물든 방 앤절라 카터 | 이귀우 옮김
31 숨그네 헤르타 뮐러 | 박경희 옮김
32 우리 시대의 영웅 미하일 레르몬토프 | 김연경 옮김
33, 34 실낙원 존 밀턴 | 조신권 옮김
35 복낙원 존 밀턴 | 조신권 옮김
36 포로기 오오카 쇼헤이 | 허호 옮김
37 동물농장 · 파리와 런던의 따라지 인생 조지 오웰 | 김기혁 옮김
38 루이 랑베르 오노레 드 발자크 | 송기정 옮김
39 코틀로반 안드레이 플라토노프 | 김철균 옮김
40 어두운 상점들의 거리 파트릭 모디아노 | 김화영 옮김
41 순교자 김은국 | 도정일 옮김
42 젊은 베르테르의 슬픔 요한 볼프강 폰 괴테 | 안장혁 옮김
43 더블린 사람들 제임스 조이스 | 진선주 옮김
44 설득 제인 오스틴 | 원영선, 전신화 옮김
45 인공호흡 리카르도 피글리아 | 엄지영 옮김
46 정글북 러디어드 키플링 | 손향숙 옮김
47 외로운 남자 외젠 이오네스코 | 이재룡 옮김
48 에피 브리스트 테오도어 폰타네 | 한미희 옮김
49 둔황 이노우에 야스시 | 임용택 옮김
50 미크로메가스 · 캉디드 혹은 낙관주의 볼테르 | 이병애 옮김

51, 52 염소의 축제 마리오 바르가스 요사 | 송병선 옮김
53 고야산 스님 · 초롱불 노래 이즈미 교카 | 임태균 옮김
54 다니엘서 E. L. 닥터로 | 정상준 옮김
55 이날을 위한 우산 빌헬름 게나치노 | 박교진 옮김
56 톰 소여의 모험 마크 트웨인 | 강미경 옮김
57 카사노바의 귀향 · 꿈의 노벨레 아르투어 슈니츨러 | 모명숙 옮김
58 바보들을 위한 학교 사샤 소콜로프 | 권정임 옮김
59 어느 어릿광대의 견해 하인리히 뵐 | 신동도 옮김
60 웃는 늑대 쓰시마 유코 | 김훈아 옮김
61 팔코너 존 치버 | 박영원 옮김
62 한눈팔기 나쓰메 소세키 | 조영석 옮김
63, 64 톰 아저씨의 오두막 해리엇 비처 스토 | 이종인 옮김
65 아버지와 아들 이반 투르게네프 | 이항재 옮김
66 베니스의 상인 윌리엄 셰익스피어 | 이경식 옮김
67 해부학자 페데리코 안다아시 | 조구호 옮김
68 긴 이별을 위한 짧은 편지 페터 한트케 | 안장혁 옮김
69 호텔 뒤락 애니타 브루크너 | 김정 옮김
70 잔해 쥘리앵 그린 | 김종우 옮김
71 절망 블라디미르 나보코프 | 최종술 옮김
72 더버빌가의 테스 토머스 하디 | 유명숙 옮김
73 감상소설 미하일 조셴코 | 백용식 옮김
74 빙하와 어둠의 공포 크리스토프 란스마이어 | 진일상 옮김
75 쓰가루 · 석별 · 옛날이야기 다자이 오사무 | 서재곤 옮김
76 이인 알베르 카뮈 | 이기언 옮김
77 달려라, 토끼 존 업다이크 | 정영목 옮김
78 몰락하는 자 토마스 베른하르트 | 박인원 옮김
79, 80 한밤의 아이들 살만 루슈디 | 김진준 옮김
81 죽은 군대의 장군 이스마일 카다레 | 이창실 옮김
82 페레이라가 주장하다 안토니오 타부키 | 이승수 옮김
83, 84 목로주점 에밀 졸라 | 박명숙 옮김
85 아베 일족 모리 오가이 | 권태민 옮김
86 폭풍의 언덕 에밀리 브론테 | 김정아 옮김
87, 88 늦여름 아달베르트 슈티프터 | 박종대 옮김
89 클레브 공작부인 라파예트 부인 | 류재화 옮김
90 P세대 빅토르 펠레빈 | 박혜경 옮김
91 노인과 바다 어니스트 헤밍웨이 | 이인규 옮김
92 물방울 메도루마 슌 | 유은경 옮김
93 도깨비불 피에르 드리외라로셸 | 이재룡 옮김
94 프랑켄슈타인 메리 셸리 | 김선형 옮김
95 래그타임 E. L. 닥터로 | 최용준 옮김
96 캔터빌의 유령 오스카 와일드 | 김미나 옮김
97 만(卍) · 시게모토 소장의 어머니 다니자키 준이치로 | 김춘미, 이호철 옮김
98 맨해튼 트랜스퍼 존 더스패서스 | 박경희 옮김
99 단순한 열정 아니 에르노 | 최정수 옮김

100 열세 걸음 모옌 | 임홍빈 옮김
101 데미안 헤르만 헤세 | 안인희 옮김
102 수레바퀴 아래서 헤르만 헤세 | 한미희 옮김
103 소리와 분노 윌리엄 포크너 | 공진호 옮김
104 곰 윌리엄 포크너 | 민은영 옮김
105 롤리타 블라디미르 나보코프 | 김진준 옮김
106, 107 부활 레프 톨스토이 | 박형규 옮김
108, 109 모래그릇 마쓰모토 세이초 | 이병진 옮김
110 은둔자 막심 고리키 | 이강은 옮김
111 불타버린 지도 아베 고보 | 이영미 옮김
112 말라볼리아가의 사람들 조반니 베르가 | 김운찬 옮김
113 디어 라이프 앨리스 먼로 | 정연희 옮김
114 돈 카를로스 프리드리히 실러 | 안인희 옮김
115 인간 짐승 에밀 졸라 | 이철의 옮김
116 빌러비드 토니 모리슨 | 최인자 옮김
117, 118 미국의 목가 필립 로스 | 정영목 옮김
119 대성당 레이먼드 카버 | 김연수 옮김
120 나나 에밀 졸라 | 김치수 옮김
121, 122 제르미날 에밀 졸라 | 박명숙 옮김
123 현기증. 감정들 W. G. 제발트 | 배수아 옮김
124 강 동쪽의 기담 나가이 가후 | 정병호 옮김
125 붉은 밤의 도시들 윌리엄 버로스 | 박인찬 옮김
126 수고양이 무어의 인생관 E. T. A. 호프만 | 박은경 옮김
127 맘브루 R. H. 모레노 두란 | 송병선 옮김
128 익사 오에 겐자부로 | 박유하 옮김
129 땅의 혜택 크누트 함순 | 안미란 옮김
130 불안의 책 페르난두 페소아 | 오진영 옮김
131, 132 사랑과 어둠의 이야기 아모스 오즈 | 최창모 옮김
133 페스트 알베르 카뮈 | 유호식 옮김
134 다마세누 몬테이루의 잃어버린 머리 안토니오 타부키 | 이현경 옮김
135 작은 것들의 신 아룬다티 로이 | 박찬원 옮김
136 시스터 캐리 시어도어 드라이저 | 송은주 옮김
137 고독한 산책자의 몽상 장자크 루소 | 문경자 옮김
138 용의자의 야간열차 다와다 요코 | 이영미 옮김
139 세기아의 고백 알프레드 드 뮈세 | 김미성 옮김
140 햄릿 윌리엄 셰익스피어 | 이경식 옮김
141 카산드라 크리스타 볼프 | 한미희 옮김
142 이 글을 읽는 사람에게 영원한 저주를 마누엘 푸익 | 송병선 옮김
143 마음 나쓰메 소세키 | 유은경 옮김
144 바다 존 밴빌 | 정영목 옮김
145, 146, 147, 148 전쟁과 평화 레프 톨스토이 | 박형규 옮김
149 세 가지 이야기 귀스타브 플로베르 | 고봉만 옮김
150 제5도살장 커트 보니것 | 정영목 옮김
151 알렉시 · 은총의 일격 마르그리트 유르스나르 | 윤진 옮김

152 말라 온다 알베르토 푸겟 | 엄지영 옮김
153 아르세니예프의 인생 이반 부닌 | 이항재 옮김
154 오만과 편견 제인 오스틴 | 류경희 옮김
155 돈 에밀 졸라 | 유기환 옮김
156 젊은 예술가의 초상 제임스 조이스 | 진선주 옮김
157, 158, 159 카라마조프가의 형제들 표도르 도스토옙스키 | 김희숙 옮김
160 진 브로디 선생의 전성기 뮤리얼 스파크 | 서정은 옮김
161 13인당 이야기 오노레 드 발자크 | 송기정 옮김
162 하지 무라트 레프 톨스토이 | 박형규 옮김
163 희망 앙드레 말로 | 김웅권 옮김
164 임멘 호수 · 백마의 기사 · 프시케 테오도어 슈토름 | 배정희 옮김
165 밤은 부드러워라 F. 스콧 피츠제럴드 | 정영목 옮김
166 야간비행 앙투안 드 생텍쥐페리 | 용경식 옮김
167 나이트우드 주나 반스 | 이예원 옮김
168 소년들 앙리 드 몽테를랑 | 유정애 옮김
169, 170 독립기념일 리처드 포드 | 박영원 옮김
171, 172 닥터 지바고 보리스 파스테르나크 | 박형규 옮김
173 싯다르타 헤르만 헤세 | 권혁준 옮김
174 야만인을 기다리며 J. M. 쿳시 | 왕은철 옮김
175 철학편지 볼테르 | 이봉지 옮김
176 거지 소녀 앨리스 먼로 | 민은영 옮김
177 창백한 불꽃 블라디미르 나보코프 | 김윤하 옮김
178 슈틸러 막스 프리슈 | 김인순 옮김
179 시핑 뉴스 애니 프루 | 민승남 옮김
180 이 세상의 왕국 알레호 카르펜티에르 | 조구호 옮김
181 철의 시대 J. M. 쿳시 | 왕은철 옮김
182 카시지 조이스 캐럴 오츠 | 공경희 옮김
183, 184 모비 딕 허먼 멜빌 | 황유원 옮김
185 솔로몬의 노래 토니 모리슨 | 김선형 옮김
186 무기여 잘 있거라 어니스트 헤밍웨이 | 권진아 옮김
187 컬러 퍼플 앨리스 워커 | 고정아 옮김
188, 189 죄와 벌 표도르 도스토옙스키 | 이문영 옮김
190 사랑 광기 그리고 죽음의 이야기 오라시오 키로가 | 엄지영 옮김
191 빅 슬립 레이먼드 챈들러 | 김진준 옮김
192 시간은 밤 류드밀라 페트루셉스카야 | 김혜란 옮김
193 타타르인의 사막 디노 부차티 | 한리나 옮김
194 고양이와 쥐 귄터 그라스 | 박경희 옮김
195 펠리시아의 여정 윌리엄 트레버 | 박찬원 옮김
196 마이클 K의 삶과 시대 J. M. 쿳시 | 왕은철 옮김
197, 198 오스카와 루신다 피터 케리 | 김시현 옮김
199 패싱 넬라 라슨 | 박경희 옮김
200 마담 보바리 귀스타브 플로베르 | 김남주 옮김
201 패주 에밀 졸라 | 유기환 옮김
202 도시와 개들 마리오 바르가스 요사 | 송병선 옮김

203 루시 저메이카 킨케이드 | 정소영 옮김
204 대지 에밀 졸라 | 조성애 옮김
205, 206 백치 표도르 도스토옙스키 | 김희숙 옮김
207 백야 표도르 도스토옙스키 | 박은정 옮김
208 순수의 시대 이디스 워턴 | 손영미 옮김
209 단순한 이야기 엘리자베스 인치볼드 | 이혜수 옮김
210 바닷가에서 압둘라자크 구르나 | 황유원 옮김
211 낙원 압둘라자크 구르나 | 왕은철 옮김
212 피라미드 이스마일 카다레 | 이창실 옮김
213 애니 존 저메이카 킨케이드 | 정소영 옮김
214 지고 말 것을 가와바타 야스나리 | 박혜성 옮김
215 부서진 사월 이스마일 카다레 | 유정희 옮김
216 사람은 무엇으로 사는가 레프 톨스토이 | 이항재 옮김
217, 218 악마의 시 살만 루슈디 | 김진준 옮김
219 오늘을 잡아라 솔 벨로 | 김진준 옮김
220 배반 압둘라자크 구르나 | 황가한 옮김
221 어두운 밤 나는 적막한 집을 나섰다 페터 한트케 | 윤시항 옮김

● 문학동네 세계문학전집은 계속 출간됩니다